古典文獻研究輯刊

十 三 編
曾 永 義 主編

第 14 冊

宋元類型故事研究

黃 玉 緞 著

國家圖書館出版品預行編目資料

宋元類型故事研究／黃玉緻 著 — 初版 — 新北市：花木蘭文
化出版社，2016〔民 105〕

目 4+188 面：19×26 公分

（古典文學研究輯刊 十三編；第 14 冊）

ISBN 978-986-404-590-7（精裝）

1. 宋元話本 2. 文學評論

820.8   105002168

ISBN-978-986-404-590-7

古典文學研究輯刊

十三編　第十四冊　　　　　ISBN：978-986-404-590-7

宋元類型故事研究

作　　者　黃玉緻
主　　編　曾永義
總 編 輯　杜潔祥
副總編輯　楊嘉樂
編　　輯　許郁翎
出　　版　花木蘭文化出版社
社　　長　高小娟
聯絡地址　235 新北市中和區中安街七二號十三樓
　　　　　電話：02-2923-1455／傳真：02-2923-1452
網　　址　http://www.huamulan.tw 信箱 hml810518@gmail.com
印　　刷　普羅文化出版廣告事業
初　　版　2016 年 3 月
全書字數　136636 字
定　　價　十三編 20 冊（精裝）新台幣 38,000 元

宋元類型故事研究

黃玉緞　著

作者簡介

黃玉緞，中國文化大學中國文學研究所博士班畢業。曾任稻江商職兼任國文教師，中國文化大學、台北海洋技術學院兼任講師，現任中國文化大學兼任助理教授。任教課程為共同科「國文」、中文系文藝創作組「民間文學」。

提　　要

　　宋元典籍中載錄了大量的民間故事，利用故事分類法可以對這些故事作有系統的整理，進而比較分析故事中的文化意涵。

　　本書利用 AT 分類法來歸納宋元故事，由於它是國際間通行的故事分類法，透過這個系統可比較故事流傳於國際的情形，加上這個分類法在中國民間故事研究領域已有發展基礎，像是丁乃通先生、金榮華先生都已利用它編了故事類型索引，有助於故事相關資料的檢索、取得。

　　藉由國際分類法歸納宋元類型故事共有九十六個，出現在七十九部以筆記為主的著作中。僅見於國內，且持續流傳的傳統性類型故事有十九個；也見於國外，可取得中譯本資料的國際類型故事共四十九個。為本書主要研究材料。

　　本書架構共分七章：第一章緒論。第二章說明宋元類型故事的分類歸納。第三、四章比較宋元傳統性與國際類型故事異說在傳播過程的變化。第五章分析傳統性故事的性質，並討論故事發展局限因素、反映時空背景等特色。第六章分析國際型故事的性質，並討論外來及外傳故事所產生的情節變化。第七章為結論。

　　文中各項論述，盼能對宋元類型故事做一基礎探討，觀察當時流傳的故事如何在後世、國際持續發展，民間故事反映時空背景的情形。

目
次

第一章　緒　論

　　人類自有語言開始，講述民間故事的活動即開始進行，說故事是民眾的娛樂，也是群體共同的文學創作。中國擁有豐富的民間故事，今人可以藉由實地調查採錄來獲得民間故事的材料，而歷代的民間故事則大都被收進各種古籍文獻，尤其是文人筆記當中。

　　宋代文人酷愛寫作筆記，風氣延續至元代，宋元筆記流傳至今約有七百部〔註1〕，這些筆記蘊藏故事頗豐，篇幅最大的是南宋洪邁所著《夷堅志》，收錄故事現存二千七百多則〔註2〕，包括生活寫實、神鬼怪異、預言醫卜、海外奇遇等類別。影響所及，金元好問作《續夷堅志》，元無名氏著《湖海新聞夷堅續志》都是其續書。

　　宋元時期因手工業發達，促進商業城市興起，民眾生活形態大為改變，造船技術的進步也使得海上貿易更加熱絡。而民間故事往往反映民眾生活文化，海上貿易帶動了中外交通也可能影響故事的傳播。故以類型歸納宋元筆記故事，探究宋元類型故事傳播的情形及其所反映時代、地區的面貌。

第一節　研究動機與目的

　　宋朝初年太宗勤於閱讀，強調他退朝不廢觀書，並於太平興國年間集合文

〔註1〕　參見(1)《筆記小說大觀》(台北：新興書局，1983年出版)，總索引，宋代筆記收錄414部，遼金元84部，共收近500部。(2)寧稼雨：《中國文言小說總目提要》(濟南：齊魯書社，1996年12月出版)，頁129～214，宋代筆記載錄180餘部，遼金元55部，載錄230餘部。
〔註2〕　劉守華著：《中國民間故事史》(武漢：湖北教育出版社，1999年9月第一版)，頁311。

臣編纂《太平廣記》，收錄漢代至宋初的野史、小說、傳奇共五百卷。當時民間「說話」活動亦盛，就連宋仁宗也要臣下「日進一奇怪之事」以爲娛樂〔註3〕。南宋更設置供奉局，有專門的說話藝人作爲「御前供話」，宋高宗、孝宗皇帝皆熱衷於閱讀故事。在上位者的重視，加上印刷術發達的條件下，文人撰寫筆記收錄故事蔚爲風尚。南宋洪邁作《夷堅志》、金元好問的《續夷堅志》、元無名氏的《湖海新聞夷堅續志》續書皆是以收錄奇聞、軼事、怪異見聞爲主，因而使這一時期筆記蘊藏大量的民間故事，提供了豐富的研究材料。

　　中國文人將民間口頭傳述的故事著錄成書，自先秦時期開始持續到清代，宋元處於承先啓後的時期，整理此一時期的類型故事，比較前代及後世相同類型故事，便可觀察宋元類型故事承繼與開展的情形。

　　中國自古以農立國，至宋元時手工業發達，城市興起，形成廣大市民階層，社會面貌隨之改變。宋代積弱，戰爭失利，元代異族統治，漢人地位遭貶抑，愛國意識抬頭。此一時期社會背景的轉變，有著明顯的特色，故事的流布因時因地變異，反映講述者生活背景。若能比較其它時期同類型故事，即可了解宋元故事所反映的時代特色。

　　宋兩代，相當於公元九六〇至一三六八年，這四百餘年間海上貿易興盛。宋初鼓勵海上貿易以擴充財源，加上造船及航海技術進步的條件下，與各國經貿往來規模擴大，沿海國際商港在唐代原有的基礎上逐步增加，至元代已有膠縣、上海、松江、澉浦、杭州、寧波、永嘉、南安、廣州等貿易港〔註4〕。從目前東亞、東南亞、印度洋、波斯灣，直到非洲東北部皆有宋、元陶瓷的出土，足以顯示當時往來貿易地區之廣〔註5〕。國際商業的往來使中西交通更加頻繁，至元代橫跨歐亞汗國的建立，洲際間的陸路交通也更爲通達。不僅僅是與東亞、東南亞、南亞諸國互市，歐洲商人、傳教士的到訪都可以看到宋元時期中外交通的開展。民間故事是民眾共同的口頭創作，經由口耳相傳傳播，國際交通有助於文化交流，也能促進民間故事的傳播。宋元

〔註3〕　（明）郎瑛：《七修類稿》（台北：新興書局，1983年《筆記小說大觀》），卷22〈辨證類・小說〉，頁330。

〔註4〕　參見王志瑞：《宋元經濟史》（台北：台灣商務印書館，民國63年8月台四版），頁53～54。膠縣，宋稱密州。松江，宋稱華亭。寧波，宋稱明州，元改稱慶元。永嘉，元稱溫州。南安，宋稱泉州。

〔註5〕　陳汝勤、劉鴻喜、曹永和撰：《錦繡系列中國全集⑤海洋中國》（台北：錦繡出版社，民國71年5月出版），頁200。

時期中外交通發達，國際間流傳的同型故事多寡，可觀察當時中外故事傳播的情形。比較當時中西同型故事說法，可分析故事中所反映的不同地區之文化。

　　本書欲蒐羅宋元筆記中之故事，依故事類型分類法歸納所屬類型，整理出亦流傳於國外的國際類型故事，分析其流傳的地區，故事反映的地區特色。而於國內流傳至近世的傳統性故事，則觀察其在中國流布的情形，分析故事中所反映的時代特色。

第二節　研究方法

一、中國民間故事分類與類型歸納

　　宋元典籍中載錄了大量的民間故事，要研究它們需要一套有效的分類系統，以方便歸類比較。目前對中國民故事進行分類的方法有數種，能夠更全面了解故事流傳情形的是 AT 分類法。

（一）中國最早的故事分類

　　最早對中國民間故事作分類的是宋代的《太平廣記》，這部書由大臣李昉等奉敕編纂，收錄了大量的小說、軼事，當中有許多至今仍然流傳的民間故事。宋代文臣在編輯這部著作時為其分類，依照故事主角的身分、性別、才能、行事或全篇性質等，分為一百二十一大類〔註6〕，一百五十多個小類。

　　可惜這樣的分類編者未作說明，其中有些原則不一致，如「畜獸」下有「牛」、「馬」、「獅」、「象」、「狼」等三十二小類，依此標準「虎」與「狐」應屬其下小類，卻另置大類；如大類已設有「神仙」項目，「女仙」應屬其下

〔註6〕　大類類目為：神仙、女仙、道術、方士、異人、異僧、釋證、報應、徵應、定數、感應、讖應、名賢、諷諫、廉儉、吝嗇、氣義、知人、精察、俊辯、幼敏、器量、貢舉、氏族、銓選、職官、權倖、將帥、雜譎智、驍勇、豪俠、博物、文章、才名、好尚、儒行、憐才、高逸、樂、書、畫、算術、卜筮、醫、相、伎巧、絕藝、博戲、器玩、酒、酒量、嗜酒、食、能食、菲食、交友、奢侈、詭詐、諂佞、謬誤、遺忘、治生、貪、褊急、詼諧、嘲誚、嗤鄙、無賴、輕薄、酷暴、婦人、情感、童僕奴婢、夢、巫厭、厭咒、幻術、妖妄、神、淫祠、鬼、夜叉、神魂、妖怪、人妖、精怪、靈異、再生、悟前生、塚墓、銘記、雷、雨、風、虹、山、溪、石、坡沙、水、井、寶、水銀、玉、錢、奇物、草木、文理木、五穀、茶荈、龍、虎、畜獸、狐、蛇、禽鳥、水族、昆蟲、蠻夷、雜傳記、雜錄等等。

小類，卻也另置大類。其編排秩序沒有明確的準則，而性質相近的類別也沒有完全相聯在一起〔註7〕。

（二）中國早期的民間故事類型分類

中國民間文學研究是在「五四」新文化運動前後興起的，民間文學研究者鍾敬文、趙景深等人，在進行民間文學的採集及研究之餘，也嘗試以故事類型的方式來整理中國的民間故事。他們發現 19 世紀 70 年代，一位旅居香港的雜誌編輯丹尼斯・尼可拉斯・布（Dennys Nicholas Belfield），曾利用《印歐民間故事型式表》對中國民間故事做了初步的型式歸納分類，從中可知中國民間故事與外國民間故事型式有某些相似處〔註8〕。

1928 年，鍾敬文與楊成志合譯了《印歐民間故事型式表》（*Types of Indo-European Tales*），列出七十個印歐故事的類型及其情節提要〔註9〕，介紹西方民間故事的分類理論和方法，在當時民間文學界引起很大的迴響。之後，鍾敬文試著以故事類型的方式整理中國民間故事，依據當時流傳的民間故事，歸納了四十五個故事類型並撰寫情節提要，題為〈中國民間故事類型〉〔註10〕，後來譯成日文，刊載於日本的《民俗學》月刊，引發了日本民間文學工作者對民間故事進行比較研究的念頭〔註11〕。這些類型名稱有些被後來的學者沿用，成為不同系統的民間故事類型的名稱，像是「雲中落繡鞋型」、「狗耕田型」、「百鳥衣型」、「蛇郎型」等等。它提供了後來中國民間故事類型分類的參考，使民間文學研究者關注這個課題而加以開展〔註12〕。

（三）第一本中國民間故事類型分類專書

「五四」時期鍾敬文與婁子匡等友人於杭州創立「中國民俗學會」，德國

〔註7〕 金榮華：《中國民間故事與故事分類》（台北：中國口傳文學學會，民國 96 年 9 月再版），頁 37～39。

〔註8〕 參見〔美〕丁乃通著；鄭建威等譯：《中國民間故事類型索引》（武漢：華中師範大學出版社，2008 年 4 月第一版），鍾敬文序一，頁 1～3。

〔註9〕 收錄於婁子匡編：《中山大學民俗叢書》（12）（台北：東方文化，民國 59 年出版）。

〔註10〕 鍾敬文：《鍾敬文民間文學論集》（上海：上海文藝出版社，1985 年出版），下冊，頁 342～356。

〔註11〕 〔德〕艾伯華：《中國民間故事類型》（北京：商務印書館，1999 年出版），中譯本鍾敬文序。

〔註12〕 萬建中：《20 世紀中國民間故事研究史》（北京：北京師範大學出版社，2011 年出版），頁 157。

學者艾伯華經常與之通訊，他們互寄書刊進行交流。艾伯華來華考察時，在民俗學會的安排下於浙江採錄了一些民間故事，後來在曹松葉的協助下，艾伯華於 1937 以德文完成了《中國民間故事類型》〔註 13〕的編纂。

這是第一本中國民間故事類型分類的專書，它所用的材料有一些取自古代典籍、筆記、小說，有一些是當時流傳的民間故事，主要是作者採集而來的故事，以及中國民俗學會成員和曹松葉提供的資料。書中歸納了二百四十七個類型，分成十五類〔註 14〕，提供了相當豐富的類型。然而由於其材料大多限定在中國東南沿海一帶，未能涵蓋全中國，還有其所用分類法並非一般民俗學者所廣泛使用者，若要利用它比較中國和其他國家民間故事，則會有很多困難。然而在丁乃通的《中國民間故事類型索引》出版前的數十年間，它是西方學者了解和研究中國民間故事所能利用的唯一類型索引〔註 15〕，爲他們提供了一座橋樑。

（四）國際通行的 AT 分類法

AT 分類法是目前各國民間文學工作者最廣爲採用的故事類型分類法，最早由芬蘭學者阿爾奈（Antti Arne，1867～1925）所提出，他在 1910 年發表《民間故事類型索引》（*Verzeichnis der Märchentypen*）〔註 16〕，當中分析比較了芬蘭和北歐保存的民間故事，並將所有故事分爲三類：（一）動物故事，（二）一般民間故事，（三）笑話。在這三大類中，再各依故事的主角和故事性質區分細類，總共列出了 540 個類型，給每個類型統一編號，全部號碼共2000 個，未使用的空號留給尚未發現的故事類型，並寫下故事梗概提要。之後，美國學者湯普遜（Thompson Smith）在阿爾奈的索引基礎上增設「程式故事」和「難以分類的故事」兩大類，並將使用的資料從歐洲擴展至世界各國，增補類型，號碼也增加至 2500 個，確立了這個分類法的國際性，於 1961 年出版了《民間故事類型》（*The Type of the Folktale*）〔註17〕。此分類架構就

〔註 13〕 *Typen Chinesischer Volksmärchen* (FFC 120) Helsinki, 1937.中譯本：〔德〕艾伯華：《中國民間故事類型》（北京：商務印書館，1999 年出版）。
〔註 14〕 金榮華：《中國民間故事與故事分類》（台北：中國口傳文學學會，民國 96 年9 月再版），頁 44～45。
〔註 15〕 同註 14，頁 59。
〔註 16〕 *Folklore Fllows Communications* (FFC), No3, Helsinki, 1910.
〔註 17〕 參見丁乃通：〈民間故事類型第二次修訂版的介紹與評價〉，《清華學報》新 7卷第 2 期（新竹：清華大學，民國 58 年 8 月），頁 233～238。

取阿爾奈（Arne）和湯普遜（Thompson）兩人姓氏的第一個字母，合稱為 AT 分類法。

　　AT 分類法是國際共通的民間故事類型分類法，可以藉之來了解中國民間故事於國際傳播的情形，進而追溯故事源流。它是一種故事類型分類系統，廣義的民間故事包涵神話、傳說、故事，而狹義的民間故事則指除去神話、傳說以外的民間故事，故事類型所說的「故事」即是狹義的民間故事，包括幻想故事、生活故事、笑話等等。

（五）以 AT 分類法分類中國民間故事

　　最早使用 AT 分類法分類中國民間故事的是丁乃通教授。丁乃通先生曾在美國教授英國文學及民間故事學，他在研究比較英國詩歌〈蛇女〉和中國的《白蛇傳》時，發現了中國民間故事的重要。對於當時西方學者誤解中國民間故事傳統與西方完全不同，感到遺憾，於是決心為中國民間故事編一部類型索引〔註 18〕。

　　他蒐集了六百多種記載民間故事的書籍，包括中國古代文獻，五四之後採集、出版的故事資料〔註 19〕，以及中共建國後編纂的民間故事書籍，內容有中國境內各地各族的故事〔註 20〕。再以 AT 分類法進行分析和分類，撰成了《中國民間故事類型索引》一書，1978 年在芬蘭出版〔註 21〕，1986 年譯成中文出版。丁先生為使中國故事與國際連結而使用了 AT 編碼，書中統計出的 843 個類型，僅有 268 個是中國特有的，國際性的故事多達 575 個〔註 22〕，說明了流傳於中國的故事和國外的故事有一定的關連。

　　繼丁乃通先生的《中國民間故事類型索引》之後，第二部以 AT 分類法分類中國民間故事的工具書是金榮華先生編纂的《民間故事類型索引》〔註 23〕。書中收錄了《中國民間故事集成》〔註 24〕和《中華民族故事大系》〔註 25〕等

〔註 18〕 〔美〕丁乃通著；鄭建威等譯：《中國民間故事類型索引》（武漢：華中師範大學出版社，2008 年 4 月第一版），丁乃通序，頁 2。

〔註 19〕 同註 18，鍾敬文，頁 1～2。

〔註 20〕 同註 18，賈芝序，頁 7。

〔註 21〕 Ting, Nai-Tung. *A Type Index of Chinese Folktales* (FFC 223) Helsinki, 1978.

〔註 22〕 同註 18，賈芝序，頁 3。

〔註 23〕 金榮華：《民間故事類型索引》（增訂本）（新北市：中國口傳文學學會，2014 年出版）。

〔註 24〕 中國民間文學集成編輯委員會：《中國民間故事集成》（北京：中國 ISBN 中心，1992 年起陸續出版）。

書，主要材料是《中國民間故事集成》，它的故事來自中國大陸 1984 年開始
的一次全國性民間文學普查運動，而丁乃通先生所用的資料大致上是 1970 年
以前發表的，時間上正好銜接。

金榮華先生的《索引》於原有的基礎上陸續改版，擴大收錄的資料，包
括《中國民間故事全集》〔註 26〕，台灣原住民、漢族故事集，外國民間故事
集可見中譯本者，最新版更加入故事最早可見資料出處。

書中對 AT 分類作了三方面修訂，一是編號方式的修改：爲使故事類型的
先後及統屬關係更清晰，新增加的號碼儘量不用「*」；號碼英文字後有小寫
阿拉伯數字者改爲小數點號碼。二是某些類型和類目名稱的重擬：重擬以西
方典故或俗語爲類型名稱者，或類型名稱過於簡單未能表現故事重點者，以
及原來的類目名稱不能顯示中國同性質的故事。三是若干故事型號的調整：
AT 原書對某些故事分類不當，調整分類號使之更容易找到〔註 27〕。另外，丁
乃通先生的索引在故事提要說明上未完整呈現，金先生則爲各類型重寫了提
要，方便研究故事者檢索。

《中國民間故事集成》其實也有一套自己的分類，當時編委會爲統一各
地普查所得的材料，在《工作手冊》中對民間文學的分類作出了規定，在「故
事」這一大類下，按照作品的題材內容，劃分出中類及小類，並利用數字編
碼。然而這種分類原則和以故事結構作分類的類型不同，未能便利故事比較
研究者有效找到資料〔註 28〕，於是各卷參與編纂的工作者爲較具特色的故事
編了類型索引，註明所屬 AT 類型號碼、情節提要、類型故事及其在該省縣區
卷本中的分布，以及在《中國民間故事集成》卷中的序號等〔註 29〕。

分類故事編列索引可以使研究故事者更有效取得資料，觀察歷來爲中國
民間故事分類的學者，他們考量到故事研究的方向，而改變分類的方式。爲

〔註25〕 中華民族故事大系編委會：《中華民族故事大系》（上海：上海文藝出版社，
1995 年出版）。

〔註26〕 陳慶浩、王秋桂主編：《中國民間故事全集》（台北：遠流出版社，1989 年出
版）。

〔註27〕 金榮華：《中國民間故事與故事分類》（台北：中國口傳文學學會，民國 96 年
9 月再版），頁 90～96。

〔註28〕 金榮華：《中國民間故事與故事分類》（台北：中國口傳文學學會，民國 96 年
9 月再版），頁 59～65。

〔註29〕 江帆：《民間口承敘事論》（哈爾濱：黑龍江人民出版社，2003 年出版），頁
33。

能比較中外故事關係，探究故事流變發展，開始利用國際通用的類型索引。故事類型索引的編纂不只是提供資料路徑，也使學者了解各國民間故事類似的情形，及所流傳的故事大致的形貌，輔助了類型故事的比較研究。

（六）故事類型歸納

故事類型歸納是指就整個故事的內容和結構作分析，把基本內容和主要結構相同而細節或有異的故事歸集在一起，取同捨異，而成為一個故事類型〔註30〕。

本書對材料的歸納是利用丁乃通先生的《中國民間故事類型索引》，與金榮華先生的《民間故事類型索引》所建立的基礎，擇取其中收錄的宋元筆記類型故事，加上自行檢閱宋元筆記所得類型故事。其他如祁連修所編《中國古代民間故事類型研究》、顧希佳編著《中國古代民間故事長編》，其中所錄類型故事亦部份對照了 AT 類型號碼，若為前擇取的宋元類型故事所遺漏者則補入本書。

由於金榮華先生的《民間故事類型索引》在類型號碼及類型名稱上作了調整，更符合中國民間故事的特質，故本書歸納類型故事依其所列類型名稱、編號為主，未更動調整者則依丁乃通或「AT 母本」〔註31〕原有的型名、型號。

二、文獻分析法

文獻分析亦稱為內容分析或資訊分析，是一種將語文的、非量的文獻轉變為量的資料，以客觀、系統，以及量化的描述，對資料內容作推論，來瞭解其中蘊含的意義的一種研究方法〔註32〕。

本書從宋元著作中擇取故事，利用 AT 系統編碼、歸納它們所屬的類型、型號，統計類型故事的數量，比較流傳國際與僅見於國內的故事二者的多寡，再分析比較故事情節及基本結構，觀察故事在不同時地流傳時產生的變化。這樣的研究方法屬於文獻分析法。

本書研究步驟如下〔註33〕：

〔註30〕 同註 28，頁 9。
〔註31〕 以阿爾奈（Arne）的《民間故事類型索引》為基礎，而由湯普遜（Thompson）加以增編的《索引》，稱為「AT 母本」。參見 Thompson, Stith. *The Types of the Folklore* (FFC 184) Helsinki, 1981。
〔註32〕 王文科：《教育研究法》（台北：五南圖書公司，民國 90 年出版），頁 427～428。
〔註33〕 文獻分析法研究步驟，參見同註 32，頁 431～437。

（一）確定目標

分析宋元類型故事的傳播情形，以及故事情節在流傳過程中，因時地不同而產生變化。

（二）決定蒐集資料的方法

1. 抽取文獻樣本：從宋元時期筆記爲主著作中擇取成型故事。
2. 界定記錄單位：以 AT 系統中已歸納的故事類型爲記錄單位，依其編號、類型名稱、分類架構分類整理。
3. 計數系統：流傳於國際的故事，以標示類型故事是否出現於國外的方式呈現。成型故事在文獻、類別中的記錄，則以計次呈現其數量。

（三）安排分析程序

比較流傳國際與只流傳於國內的故事數量的多寡，以及各類別故事相對多數者，分析推論其意涵；並且利用民間故事比較方法，分析故事情節變化。

三、民間故事比較方法

民間故事的原始創作是口頭完成的，經過長期的口頭轉述，沒有所謂的定本可言。在不同時期、不同區域，經由不同背景的敘述人講述，會產生不少基本結構相同而風貌各別的「異說」〔註34〕。以故事類型對故事進行分類，比較流傳於不同時空的異說，一個主要內容結構相同，而主題、人物或物品產生變化的故事，可以觀察它流傳時空的文化背景。

歸類後的類型故事，可透過比較異說來作研究。同型故事至少有一個核心情節，是這個故事的特色所在。各異說核心情節不變，而引出核心情節的前置情節，及之後發展的後置情節則會有不同。異說中較合於情理的情節推展，往往是該類型的原型，或接近於原型，加上故事記錄的時代先後便可推論類型故事的源頭。

歷來各國比較研究民間故事雖然產生了一些流派，像是神話學派、進化論人類學派、流傳學派、心理分析學派、結構主義學派、歷史地理學派等，其理論和方法各有優劣，卻不能完全適用於中國民間故事研究。而這些學派的主張裏，像是利用國際間交流的途徑追溯故事的源頭，依人類心理共同

〔註34〕　金榮華：《中國民間故事與故事分類》（台北：中國口傳文學學會，民國96年9月再版），頁2。

性來解釋民間故事主題和情節的類同，分析故事結構、情節要素以判明故事所反映的地區文化，歸納比較大量的故事以推論故事原型的產生時代或地區〔註35〕等等，所提出的概念則可作爲比較研究中國民間故事的參考。

第三節　研究範圍

　　本書研究的範圍爲宋元時期的類型故事。古代民間故事大多被記入文人筆記中，其它如：史書、戲曲、方志、詩歌各種典籍雖也可見收錄，但若完全搜羅，其材料範圍之大恐非本書能駕馭，故擇筆記一類先著手探究。筆者除逐本檢閱載有故事之宋元筆記外，亦利用前賢類型索引輔助歸納這一時期的類型故事，故有數筆類型故事非出於筆記之情況。

　　目前整理出的宋元類型故事，主要收錄於下表 77 部以筆記爲主的著作中：

編號	書　名	作　者	編號	書　名	作　者
1	疑獄集	五代・和凝 宋・和㠓	2	嶺外代答	宋・周去非
3	釋常談	宋・不著撰人	4	侯鯖錄	宋・趙德麟
5	江南餘載	宋・不著撰人	6	江鄰幾雜志	宋・江休復
7	夷堅志	宋・洪邁	8	陶朱新錄	宋・馬純
9	醉翁談錄	宋・羅燁	10	茅亭客話	宋・黃休復
11	燈下閑談	宋・不著撰人	12	錦繡萬花谷	宋・不著撰人
13	避暑漫鈔	宋・陸游	14	鬼董	宋・不著撰人
15	北窗炙輠錄	宋・施德操	16	睽車志	宋・郭彖
17	太平寰宇記	宋・樂史	18	青瑣高議	宋・劉斧
19	開顏錄	宋・周文玘	20	綠窗新話	宋・不著撰人
21	折獄龜鑑	宋・鄭克	22	棠陰比事原編	宋・桂萬榮
23	夢溪筆談	宋・沈括	24	國老談苑	宋・王君玉
25	儒林公議	宋・田況	26	自警編	宋・趙善璙

〔註35〕劉守華：《比較故事學論考》（哈爾濱：黑龍江人民出版社，2003 年出版），頁 3～71。

27	雞肋編	宋・莊綽	28	齊東野語	宋・周密
29	曲洧舊聞	宋・朱弁	30	可書	宋・張知甫
31	續博物志	宋・李石	32	投轄錄	宋・王明清
33	貴耳集	宋・張端義	34	宋人笑話（笑海叢珠、笑苑千金）	宋・不著撰人
35	艾子雜說	宋・蘇軾	36	北夢瑣言	宋・孫光憲
37	遯齋閑覽	宋・范正敏	38	諧史	宋・沈俶
39	歸田錄	宋・歐陽修	40	籍川笑林	宋・不著撰人
41	善謔集	宋・天和子	42	東軒筆錄	宋・魏泰
43	事林廣記	宋・陳元靚	44	東坡志林	宋・蘇軾
45	仇池筆記	宋・蘇軾	46	稽神錄	宋・徐鉉
47	澠水燕談錄	宋・王闢之	48	中吳紀聞	宋・龔明之
49	中國歷代寓言選集（註蘇東坡作未錄引白何書）	宋・蘇東坡	50	搜神秘覽	宋・章炳文
51	清尊錄	宋・廉布	52	太平廣記（引書書名或時代不明）	宋・李昉等
53	唐語林	宋・王讜	54	白孔六帖	唐・白居易 宋・孔傳
55	分門古今類事	宋・委心子	56	太平御覽	宋・李昉等
57	冊府元龜	宋・王欽若等	58	古今合璧事類備要	宋・謝維新
59	葆光錄	宋・龍明子	60	隨隱漫錄	宋・陳世崇
61	新唐書	宋・歐陽修	62	舊五代史	宋・薛居正
63	五代史補	宋・陶岳	64	五代史闕文	宋・王禹偁
65	嘉泰吳興志	宋・談鑰	66	咸淳臨安志	宋・潛說友
67	續夷堅志	金・元好問	68	湖海新聞夷堅續志	元・不著撰人
69	南村輟耕錄	元・陶宗儀	70	異聞總錄	元・不著撰人
71	庶齋老學叢談	元・盛如梓	72	山居新話	元・楊瑀
73	誠齋雜記	元・林坤	74	稗史	元・仇遠
75	宋史	元・脫脫	76	蒙古秘史	元・不著撰人
77	元雜劇	元・王曄	78		

　　表中收錄類型故事的著作，以宋代 67 部居多，元代僅有 10 部，金 1 部，遼未見收有類型故事者。元代載有故事之筆記雖還有其它，如：不著撰人的《群書通要》、元懷的《拊掌錄》、虞裕的《談撰》、戚輔之的《佩楚軒客談》、不著撰人的《廣客談》等，但《群書通要》所收〈鞋值多少錢〉、〈酒鬼的笑話〉類型故事，乃引自《歸田錄》及《艾子雜說》〔註 36〕，原書已錄，故不再重複。《拊掌錄》、《談撰》、《佩楚軒客談》、《廣客談》收錄的故事，則未見成型者。

　　上述著作中，《白孔六帖》原爲唐代白居易所編類書，宋人孔傳亦撰之。原有六帖三十卷爲白居易所作《白氏六帖》，後六帖三十卷爲孔傳所撰《孔氏六帖》，但今所傳本爲兩書合一之《白孔六帖》，共一百卷本。不知何人於南宋末將兩書合爲一書，亦不知怎麼分爲一百卷，既已不可分，故將此書所載故事亦視爲宋元時期範圍〔註 37〕。

　　另外，《疑獄集》爲五代和凝與其子和㠓共撰，因和㠓爲宋人故此書仍列入本書範圍。《南村輟耕錄》作者陶宗儀生處元明之際，但因書前有其友人於至元年間作敘，說明當時書三十卷已完成〔註 38〕，可知成書於元代，所以也將此書列入本書範圍。

　　宋元時期蘊藏豐富故事的《太平廣記》，是一部收錄大量筆記的類書，由北宋初年大臣們奉敕編纂，書中徵引內容自漢至宋的小說、軼事皆有，而所引類型故事時代若非出於宋代，則不能反映此一時期之文化背景，故若從所註出處確知故事引自宋以前著作，則不列入本書的材料範圍。凡未著引書、不知引書年代，所錄爲宋代書籍者則保留。像是引自漢朝桑欽的《水經》、晉朝干寶的《搜神記》、陶潛的《續搜神記》、劉宋劉義慶的《幽明錄》、梁不著撰人的《要錄》、唐代牛肅的《紀聞》、不著撰人的《廣古今五行記》、薛用弱的《集異記》、焦璐的《窮神秘苑》、陳劭的《通幽記》、盧肇的《逸史》、裴鉶的《傳奇》、不著撰人的《異聞集》、釋道世的《法苑珠林》、李復言的《續

〔註 36〕　（元）不著撰人：《群書通要》（上海：江蘇古籍出版社，1998 年《宛委別藏》），〈九百相戲〉、〈喊出四臟〉，分別爲〈鞋值多少錢〉及〈酒鬼的笑話〉類型，參見頁 417、420～421。

〔註 37〕　參見（唐）白居易撰、（宋）孔傳撰：《白孔六帖》（台北：新興書局，民國 65 年出版），頁 1～3 所錄〈四庫提要〉。

〔註 38〕　（元）陶宗儀：《南村輟耕錄》（北京：中華書局，1997 年出版），〈南村輟耕錄敘〉，頁 1。

玄怪錄》、段成式的《酉陽雜俎》、張鷟的《朝野僉載》、不著撰人的《國史異纂》、五代王仁裕的《玉堂閒話》等書中三十一筆類型故事（參見附錄三：《太平廣記》所收宋以前類型故事表），即不列入材料範圍。

其它如《太平御覽》、《古今事類備要》、《猗覺寮雜記》、《開顏錄》等，雖爲此一時期之著作，但這些因是類書收集前作，或是文人筆記隨手援引，也出現了引用宋以前故事的情形，故比照《太平廣記》的擇取方式，亦排除書中載錄的前代故事。像是引了先秦列禦寇的《列子》、莊周的《莊子》、韓非的《韓非子》、漢朝桑欽的《水經》、劉安的《淮南子》、劉向的《說苑》、辛氏的《三秦記》、晉干寶的《搜神記》、劉宋東陽無疑的《齊諧記》、劉義慶的《幽明錄》、梁吳均的《續齊諧記》、唐張鷟的《朝野僉載》、段成式的《酉陽雜俎》等書中的十六個類型故事（參見附錄四：《太平御覽》、《古今事類備要》、《猗覺寮雜記》、《開顏錄》所收宋以前類型故事表），亦不列入研究材料範圍。

第四節　前賢研究成果

目前並未見到以宋元時期類型故事爲研究題目的專書，研究中國民間故事史的專書裏，有介紹宋元時期類型故事發展的，如劉守華的《中國民間故事史》，其中提到了宋元時期較具代表的類型故事，並簡介其流變。如《夷堅志》中的〈藍姐〉，即是 AT956B.1〈少女燭油擒群盜〉型故事。

以整個中國古代民間故事類型爲研究主題的著作，當中涵蓋了宋元時期，而介紹此時期類型故事的，有祁連休的《中國古代民間故事類型研究》。此書歸納整理的故事類型是以民間故事爲主，兼及民間傳說，作者認爲多數的民間故事類型兼具二者的特徵，難以截然分開〔註 39〕。他所作的分類是依自己的歸納而得的類型，強調更關注於中國特有的故事類型，並未運用既有的故事類型分類法。但他在每則故事類型之後註明了與艾伯華和丁乃通著作對應的類型，此一對應說明具有索引的功能，有助於本書的資料蒐集。

另外，顧希佳編著的《中國古代民間故事長編》也是就整個中國古代故事進行類型分類，亦包括民間故事與傳說，並於各時期故事索引表中標示區

〔註39〕 祁連休：《中國古代民間故事類型研究》（石家莊：河北教育出版社，2007 年出版），〈緒論〉，頁 16。

別二者。作者採取並用故事主題和故事結構兩種分類索引，主題是依據中國民間文學集成總編委員會所訂的類目；結構分類則使用國際通用的 AT 編碼，以利檢索其他國家的同型故事〔註 40〕。每則類型故事後經常附上該型異文比較及其流變，幫助民間故事研究者收集故事，探究故事的變異。但其歸類 AT 編碼時，或有標準過寬，不合類型之處。如將《癸辛雜識》〈七夕俗說〉歸為 AT511A〈小紅牛〉型故事，然觀其內容僅是介紹牛郎、織女星宿名稱變化，未言及情節，並不成故事，只可視為參考資料。

陳妙如教授的〈宋代筆記小說的整理與運用〉、〈再談宋代筆記小說之整理〉、〈《陶朱新錄》故事析論〉等則是挑出宋代載有民間故事的筆記，得一百八十多部，逐步為當中故事分析情節，歸納其所屬之 AT 類型，以助益研究類型故事者開拓更豐富的資源。

論文方面，劉淑爾所撰博士論文《元雜劇情節單元與故事類型研究》利用了故事類型分類比較元代的戲曲故事，集中關注故事梗概的共同點及相異點，以探究故事的流變過程及原始形態。陸光瑞的碩士論文《南宋志怪筆記小說研究》則依動植物、神仙宗教、幻想、鬼與亡魂分類南宋志怪筆記小說中的故事，分析各類中情節相似之故事所反映的南宋社會生活面貌，雖不是以類型故事角度研究，但在比較這些情節相似的故事時，有數筆以金榮華先生所編的類型索引進行歸納，亦運用了 AT 分類法。

以宋元時期各別筆記故事研究的論文，如陳美玲的碩士論文《《夷堅志》之民間故事研究》，論文中以情節單元分析《夷堅志》所錄故事，從動植物、宗教、志怪、復生類目分類故事，並分析其反映的社會現象；又賴嘉麒所撰論文《《醉翁談錄》初探》，當中對故事的分析，主要依《醉翁談錄》作者羅燁提出的小說類型來分類，大致分公案、傳奇、神仙三種。皆不是依故事類型分類法角度切入。

相較於前賢研究的成果，本書將研究的時代集中於宋元時期。歸納民間故事則採用能與國際接軌的 AT 分類法，整理出這個時期結構相同的類型故事，比較研究它們在中外流布的情形，及故事在傳播過程中因時空背景不同而產生的變化。

〔註40〕 顧希佳：《中國古代民間故事長編》（浙江：浙江大學出版社，2012 年出版），金榮華序。

第二章 宋元故事分類

第一節 宋元筆記所見類型故事

　　目前所見宋元類型故事共有 196 筆，收錄於《疑獄集》等 77 部以筆記爲主著作中（參見附錄一：宋元筆記爲主著作載錄類型故事表），這些故事分屬於 96 個故事類型（參見附錄二：宋元類型故事分類表）。

　　宋元時期收錄類型故事總數最多的筆記是宋代洪邁的《夷堅志》，共有十六筆，其它如宋孔傳亦撰的《白孔六帖》、宋鄭克所著《折獄龜鑑》、元代不著撰人的《湖海新聞夷堅續志》、宋羅燁的《醉翁談錄》及宋李昉等人合著的《太平廣記》都各有九筆以上成型故事。一書中載錄最多同型故事的是《醉翁談錄》，所收〈忠心的妓女〉類型，共有三則異說；以及《折獄龜鑑》中的〈財物不是我的〉類型，也是三則異說（參見附錄一）。

　　《夷堅志》爲宋人志怪小說中篇幅最大的一部，宋洪邁所撰。全書原有四百二十卷，元朝時書已不全。後世輯錄篇目最多的本子，僅二百零七卷〔註 1〕。「夷堅」爲傳說中上古時代的博物者，以記載奇異著稱〔註 2〕。作者取以爲名，意在搜奇志怪。書中所收，大多神奇詭異，虛誕荒幻，舉凡神仙鬼

〔註 1〕 今人何卓據涵芬樓編印的《新校輯補夷堅志》爲底本，重加標點校定，並從《永樂大典》等書中輯出佚文，作爲「三補」一卷，由中華書局出版。參見（宋）洪邁：《夷堅志》（全四冊）（北京：中華書局，2006 年第 2 版），〈點校說明〉，頁 2。

〔註 2〕 傳說上古有鯤魚廣、長皆數千里，鵬鳥翼若垂天之雲，此怪異之事，夷堅聞而志之，參見（先秦）列禦寇：《列子》（台北：台灣商務印書館，民國 63 年《人人文庫》1410），〈湯問〉，頁 39。

怪、冤對報應、夢幻雜藝、醫卜妖巫、釋道淫祀、詩詞雜著無不收錄。宋元以來，有不少話本和戲曲都取材於書中故事〔註3〕。因其篇幅較大，編著以搜奇志怪為目的，而成型故事多為精采、流傳廣遠之故事，神怪奇事常令情節精采，故而此書收錄類型故事較它書為多。

《夷堅志》收錄故事類型包括：〈老虎求醫並報恩〉、〈虎求助產並報恩〉、〈義犬衛主，為主復仇〉等內容主要描述動物對人知恩圖報；〈術士鬥法〉類型為神奇鬥法故事；〈財各有主命中定〉類型是敘述財富天定的故事；〈蠱王〉、〈惡地主變馬消罪孽〉、〈天雷獎善懲惡媳〉、〈惡媳變烏龜〉等類型則傳達了善惡有報的思想；〈仙境一日　人間千年〉類型是神奇仙境故事；〈一時氣絕非真死〉類型在述說死而復活的奇異故事；〈少女燭油擒群盜〉類型是敘述少女機智聰敏，計擒盜賊的故事；〈大魚〉類型是形容誇大的趣味故事。

《白孔六帖》為唐代白居易所編類書，宋人孔傳亦撰之（參見本書第一章第三節）。白居易編書目的為雜探成語故實以備詞藻之用，孔傳則彙聚有益於世之詩頌銘贊，奇編奧錄，續作此書。書中收有十一個類型故事（參見附錄一），像是弱勢動物計敗猛獸的〈水牛塗泥鬥猛虎〉故事；因果報應的〈葬人得好報〉故事；動物助逃，神奇現象的〈蜘蛛鳥雀掩逃亡〉故事；愛情使人復活的〈死而復生續前緣〉故事；各種巧妙判案故事，有〈誰偷了雞或蛋（嘔食破案）〉、〈這些不是我的財富〉等類型；命運的故事，像是〈命中注定的妻子〉、〈塞翁失馬〉類型；盜賊的故事〈寬大使賊改邪歸正〉類型；寫實生活的〈財富生煩惱〉故事等等。此書所收故事面向多元豐富。

《折獄龜鑑》乃宋鄭克所撰，別名《決獄龜鑑》、《晰獄全鑑》。《宋志》錄有二十卷，今傳為八卷本。大旨以和氏父子所撰《疑獄集》所收治獄案例未詳盡，欲補足其闕。其間論斷主尚德緩刑，或偏主於寬，未能悉協中道，所輯故實，務求廣博，多有出於正史之外者，較《疑獄集》為賅備〔註4〕。由於作者載錄故事原以蒐集決獄案例為主，故而書中所收類型故事十一則（參見附錄一）都是決斷奇案的故事，而且有同型故事二、三則的情形，所收類型包括：〈孩子到底是誰的（灰闌記）（所羅門式的判決）〉、〈到底誰是物主〉、〈鐘上塗墨辨盜賊、審畚箕〉（誰是物主）〉、〈誰偷了驢馬〉、〈誰偷了雞或蛋

〔註3〕 朱一玄、寧稼雨、陳桂聲：《中國古代小說總目提要》（北京：人民文學出版社，2005年第一版），頁193～194。

〔註4〕 （宋）鄭克：《折獄龜鑑》（北京：中華書局，1985年出版），〈提要〉，頁1。

（嘔食破案）〉、〈財物不是我的〉、〈他嘴裏沒灰〉等等。

　　《湖海新聞夷堅續志》爲續洪邁《夷堅志》、元好問《續夷堅志》而作，作者不詳。今傳本書通行本爲四卷，分前、後集。書中所收多爲宋代故事，間有少數元代或前代故事。所記以神鬼佛道及怪異之事爲主，亦兼收野史逸文〔註5〕。所錄類型故事十一則（參見附錄一），與《夷堅志》同型的，有描述動物對人知恩圖報的〈老虎求醫並報恩〉、〈虎求助產並報恩〉類型；傳達善惡有報思想的〈惡媳變烏龜〉類型。其他有神奇故事〈田螺姑娘〉、〈黃粱夢〉（瞬息京華）類型；神仙懲罰貪心之人的故事〈井水變成酒　還嫌無酒糟〉類型；盜賊詐騙的故事〈冒認親人騙商家〉類型；僧侶以巧智得地蓋廟的故事〈一袈裟之地〉（用和尚袈裟的影子量地）類型。所收類型故事部份承繼《夷堅志》，神奇怪異與獎善懲惡故事居多。

　　宋代書名爲《醉翁談錄》者有二，一爲宋金盈之所撰，另一爲宋羅燁撰。金盈之所作書中未見成型故事，故此不討論，而羅燁所作二十卷本，則有成型故事九筆。羅燁所撰《醉翁談錄》在國內散佚已久，1941年在日本發現「觀瀾閣藏孤本宋槧」，後影印傳世。羅燁，盧陵人，其生平不詳。日本所見孤本雖言「宋槧」，但未必是宋版，因書中雜有元人之事，書成可能在宋元之際。全書十集，各二卷，輯錄小說爲主，亦包括一些詩詞雜組。小說篇幅不長僅存故事梗概，故事多爲市井所流行者，所錄有些成爲後世話本小說及戲曲的藍本。書中甲集卷一的〈小說引子〉及〈小說開闢〉，把話本小說分類，每類列舉若干小說名目對應，還談論了小說的功能及技巧〔註6〕，同質故事也歸列於同集中，似在爲說話藝人提供便利的參考。

　　《醉翁談錄》共收類型故事九筆（參見附錄一），包括物品故事〈人體器官爭功勞〉類型；神奇愛情故事〈仙境遇豔不知年〉類型；離合愛情故事〈夫妻離散各執信物終得團圓〉、〈忠心的妓女〉類型；笑話趣味故事〈大官也怕老婆（我的葡萄架也要塌了）〉、〈老不死的酒鬼〉類型。書中可見相同類型故事有數則之情形，應是作者蒐集同質故事之故，因爲同質故事往往主題或結構相同，而本書依AT分類法整理故事，類型的歸屬即是以故事結構相同爲依歸。

〔註5〕　朱一玄、寧稼雨、陳桂聲：《中國古代小說總目提要》（北京：人民文學出版社，2005年第一版），頁222。

〔註6〕　朱一玄、寧稼雨、陳桂聲：《中國古代小說總目提要》（北京：人民文學出版社，2005年第一版），頁216。

　　《太平廣記》共五百卷，卷帙較宋元時期其它筆記爲多，然所錄類型卻不是最多，因其所載故事大多爲前代著作，不列入此時期範圍（參見本書第一章第三節），此處僅錄所引書目時代不明者，或已知故事引自宋代著作，如《北夢瑣言》，則列入原書項目，不在此列。本書共收類型故事九筆（參見附錄一），有動物報恩故事〈老虎求醫並報恩〉類型；神奇故事〈鳥妻（仙侶失蹤）〉、〈蜘蛛鳥雀掩逃亡〉、〈黃粱夢（瞬息京華）〉類型；財富天定的故事〈財各有主命中定〉類型；神仙故事〈陸沉的故事〉類型：案獄故事〈誰偷了驢馬〉類型。

第二節　宋元類型故事的分類

一、AT 分類法架構分類

　　本書以 AT 分類法歸納宋元筆記中故事類型共得 96 個，宋元時期類型故事依 AT 分類法架構區分，「生活故事」類有三十六個，「笑話、趣事」類有二十五個，「幻想故事」類有十五個，「宗教神仙故事」類有十個，「動物及物品故事」類有九個，「難以分類的故事」有一個（參見附錄二）。

　　宋元時期類型故事以「生活故事」類最多，其中又以判案故事比例爲高，有〈孩子到底是誰的（灰闌記）（所羅門式的判決）〉等十四個，即型號爲 926 開頭的類型皆是，數量將近這一大類的一半（參見附錄二）。當中〈解釋怪遺囑〉類型流傳異說較多，共有七則，收錄於《國老談苑》、《儒林公議》、《自警編》、《宋史》、《古今合璧事類備要》、《疑獄集》、《北窗炙輠錄》諸書中（參見附錄五：宋元類型故事異說統計表）。

　　「動物及物品故事」類數量雖然不多，僅有九個，但是敘述動物報恩的〈老虎求醫並報恩〉類型卻有十二則異說，收錄於《侯鯖錄》、《江南餘載》、《夷堅志》、《陶朱新錄》、《太平廣記》、《唐語林》、《葆光錄》、《湖海新聞夷堅續志》、《嘉泰吳興志》等書中（參見附錄五），是所有類型中故事異說最多，流傳最廣的。

二、承繼前代與宋元初見類型分類

　　這個時期故事承繼前代而來的類型有 51 個，宋元初見的類型有 45 個（參見附錄六：宋元故事類型初見朝代表）。先秦已見流傳的類型有：〈陸沉的故

事〉、〈漫天撒謊　比誰最老〉。漢代開始流傳的類型有：〈狐假虎威〉、〈鷸蚌相爭〉、〈蜘蛛鳥雀掩逃亡（蛛網救人）〉、〈三片蛇葉〉、〈孩子到底是誰的（灰闌記）（所羅門式的判決）〉、〈到底誰是物主〉、〈塞翁失馬〉、〈解釋怪遺囑〉。魏晉南北朝開始流傳的類型有：〈老虎求醫並報恩〉、〈虎求助產並報恩〉、〈義犬衛主，爲主復仇〉、〈術士鬥法〉、〈鳥妻（仙侶失蹤）〉、〈葬人者得好報〉、〈黃粱夢（瞬息京華）〉、〈荒屋得寶（藐視鬼屋裡妖怪的勇士）〉、〈生雖不能聚　死後不分離〉、〈惡媳變烏龜〉、〈仙境一日　人間千年〉、〈仙境遇豔不知年〉、〈死而復生續前緣〉、〈貞節婦爲夫復仇（孟姜女）〉、〈所得警言皆應驗（買來的或者別人提供的警言證明是正確的）〉、〈團結力量大〉、〈審畚箕（誰是物主）〉、〈誰偷了雞或蛋〉、〈不識鏡中人〉、〈妻妾鑷髮〉、〈自信已經會隱形的傻瓜〉、〈老不死的酒鬼〉。隋唐五代始見流傳的有：〈畫中女〉、〈動物變成的妻子〉、〈亡魂報恩護旅程〉、〈財各有主命中定（命中注定的財寶）〉、〈惡地主變馬消罪孽〉、〈姑娘詩歌笑眾人〉、〈夫妻離散各執信物終得團圓〉、〈忠心的妓女〉、〈誰偷了驢馬〉、〈假證人難畫真實物〉、〈財物不是我的〉、〈命中注定的妻子〉、〈弄巧成拙　劣子遵遺言〉、〈一時氣絕非真死〉、〈大官也怕老婆（我的葡萄架也要塌了）〉、〈忘掉的房子、親戚等等〉、〈蠶王〉。以繼承魏晉南北朝的故事類型最多，隋唐五代次之。

三、國際型與中國特有型分類

　　AT 分類系統是國際通用的故事類型分類法（參見第一章第二節），有許多國家的民間故事研究者，以此系統爲自己國家的民間故事作分類，編著故事類型索引，將宋元故事類型比對這些外國類型索引，便可了解故事流傳於國際的概況。

　　目前筆者所見外國類型索引，以 AT 系統分類的包括：（一）國際類型索引：金榮華先生的《民間故事類型索引》（簡稱「ATK」）〔註7〕、「AT 母本」（簡稱「AT」）〔註8〕、烏特的《國際民間故事類型》（簡稱「ATU」）〔註9〕。

〔註 7〕　金榮華：《民間故事類型索引》（增訂本）（新北市：中國口傳文學學會，2014
　　　　　年出版）。
〔註 8〕　以阿爾奈（Arne）的《民間故事類型索引》爲基礎，而由湯普遜（Thompson）
　　　　　加以增編的《索引》，稱爲「AT 母本」。參見 Thompson, Stith. *The Types of the
　　　　　Folklore* (FFC 184) Helsinki, 1981。
〔註 9〕　Uther, Hans-Jörg. *The Types of International Folktales* (FFC 284-286) Helsinki,
　　　　　2004.

（二）各國類型索引：池田弘子的《日本民間故事類型與情節單元索引》（簡稱「池田本」）〔註10〕、海達‧杰遜的《印度口頭故事類型》（簡稱「杰遜本」）〔註11〕、華倫‧羅伯斯的《印度口頭故事類型》（簡稱「羅伯斯本」）〔註12〕、哈森的《阿拉伯世界民間故事類型》（簡稱「哈森本」）〔註13〕、瑞德‧克里斯琴森的《愛爾蘭民間故事類型》（簡稱「克里斯琴森本」）〔註14〕。（三）AT類型對照表：海達‧杰遜曾爲猶太故事作了類型歸納〔註15〕，雖未見原書，但依丁乃通《索引》（簡稱「ATT」）〔註16〕與之所作的對照表，亦可用來核對宋元類型故事（簡稱「杰遜對照表」）〔註17〕。

　　將宋元故事類型對照以上各本外國類型索引，整理出亦見於外國的類型共六十五個，這些外國也見流傳的類型稱爲「國際型」（參見附錄七：宋元國際類型統計表）。

　　這些外國類型索引未見記錄者，則先將它們視爲「中國特有型」，統計如下表，表中初見於宋元的類型於型號下畫線標記：

宋元中國特有型統計表

序號	型　　　　　　名	型　　　號
1	蠶王	714（ATT：613A）
2	井水變成酒　還嫌無酒糟	750D.1（ATT：750D1）
3	漁夫義勇救替身	776A
4	天雷獎善懲惡媳	779D

〔註10〕　Ikeda, Hiroko. *Motif Index of Japanese Folk-Literature* (FFC 209) Helsinki, 1971.

〔註11〕　Jason, Heda. *Type of Indic Oral Tales* (FFC 242) Helsinki, 1988.

〔註12〕　Thompson, Stith. and Warren, Roberts E. *Type of Indic Oral Tales* (FFC 180) Helsinki, 1991.

〔註13〕　Hasan, M. El-Shamy. *Types of the folktale in the Arab World Idiana* University press, 2004.

〔註14〕　Seán Ó Súilleabháin and Reidar Th. Christiansen, *The Types of The Irish Folktale* (FFC 188) Helsinki, 1968.

〔註15〕　海達‧杰遜在整理印度故事類型之前，曾爲伊拉克地區猶太故事歸納類型。參見：Jason, Heda. *Type of Indic Oral Tales* (FFC 242) Helsinki, 1988, Preface。

〔註16〕　〔美〕丁乃通著：鄭建威等譯：《中國民間故事類型索引》（武漢：華中師範大學出版社，2008年4月第一版）。

〔註17〕　丁乃通核對以色列故事檔案後所作，「ATT」與詹遜（即海達‧杰遜）猶太故事類型對照表，參見同註16。〈導言〉，頁19～20。

5	惡媳變烏龜	779D.2
6	有求必應（各人祈求的天氣不同，女神盡皆賜與）	829 (ATT：1830*)
7	姑娘詩歌笑眾人	876B (ATT：876B*)
8	夫妻離散各執信物終得團圓	881A*
9	忠心的妓女	889A
10	潑辣妻子被嚇壞而且改正過來了	901D*
11	誰偷了驢馬	926G (ATT：926G*)
12	一句話破案	926H (ATT：926H*)
13	試抱西瓜斥誣告	926L.2
14	解釋怪遺囑	926M.1 (ATT：926M*)
15	這些錢幣是什麼時候造成的	926N*
16	財物不是我的	926P (ATT：926P*)
17	他嘴裏沒灰	926Q
18	塞翁失馬	944A (ATT：944A*)
19	寬大使賊改邪歸正	958A1*
20	兒子長大後才能報仇	960B1
21	富家子終於知艱辛	998 (ATT：935A*)
22	盲人和太陽	1317A
23	父母為子女擇偶	1362C
24	想學怎樣不怕老婆的丈夫	1375C*
25	大官也怕老婆（我的葡萄架也要塌了）	1375D (ATT：1375D*)
26	鞋值多少錢	1551A (ATT：1551A*)
27	大盜留名	1525T
28	忘掉的房子、親戚等等	1687A*
29	蜻蜓與釘子	1703A
30	帽子和烏鴉	1703F
31	高手畫像	1863

依表中統計，宋元時期中國特有型共有三十一個，國際型數量較中國特有型多了一倍以上。

國際型故事中有外國異說資料可茲比較者，稱宋元國際性類型故事，共四十九個；中國特有型故事，有些後世仍繼續流傳，稱為傳統性類型故事，共有十九個，將於後文各章討論。

第三章　宋元傳統性類型故事的傳播

第一節　宋元承前傳統性類型故事的傳播

宋元所見傳統性類型故事，上有所承且近世仍有流傳的共有六則：

一、〈蠶王〉（714）

〈蠶王〉故事大致在說：兄弟分家後，哥哥給弟弟蠶種，卻事先破壞，想令他育蠶不成，但弟弟反而養成一隻蠶王，收成加倍。

這一型故事最早見於唐段成式的《酉陽雜俎》〈支諾皐上〉，是〈不忠的兄弟和百呼百應的寶貝〉這個故事可以獨立的一部份，內容如下：

> 新羅國有第一貴族金哥。其遠祖名旁㐌，有弟一人，甚有家財。其兄旁㐌因分居乞衣食，國人有與其隙地一畝，乃求蠶穀種於弟，弟蒸而與之，㐌不知也。至蠶時，有一蠶生焉，目長寸余，居旬大如牛，食數樹葉不足。其弟知之，伺間殺其蠶。經日，四方百裏内蠶飛集其家。國人謂之巨蠶，意其蠶之王也。四鄰共繰之〔註 1〕。

宋人所述，基本情節相同而過程細節較多：

> 近宿州符離北境農民王友聞，居邑之蔡村，與弟友諒同處，娶邑人秦彪女，天性狠戾，日夜譖諒，竟分析出外，或經年不相面。諒嘗乞蠶種於兄，秦以火熘而遺之。諒妻如常法煖浴以俟其出，過期亦但得其一。已而漸大，幾重百斤。秦氏疑妬焉，伺諒夫婦作客

〔註 1〕（唐）段成式：《酉陽雜俎》（上海：上海古籍出版，2000 年《歷代筆記小說大觀．唐五代筆記小說大觀》），續集卷一，頁 85。

> 東村但留稚女守舍，秦呼其夫同詣之，詐女往庖下，直入蠶房，見
> 蠶臥牖畔，喘息如牛，食葉如風雨聲，秦鞭以巨梃，每一擊，輒吐
> 絲數斤。秦震怖，魂魄俱喪，急促夫歸。因病心顫，踰月而死。及
> 諒蠶成繭，皤然如甕，繅之，正得絲百斤〔註2〕。

兄弟分家後兩人各自養蠶，弟弟向哥哥要蠶種，嫂嫂故意將蠶種以火烘乾才給他，弟婦僅養成了一隻，卻是巨大的蠶王，嫂嫂忌妒想打死蠶王，反使牠吐更驚人的絲，嫂嫂見狀嚇死，弟弟卻因此大豐收。

此型故事迄今仍流傳於江浙、雲南等地〔註3〕。

二、〈惡媳變烏龜〉（779D.2）

〈惡媳變烏龜〉故事大意是說：惡媳婦背著丈夫，不讓婆婆吃飽，或因為婆婆失明看不見，故意拿穢物給她吃。她的惡行被丈夫發現後，受到責打，最後被上天懲罰，變成了烏龜或其它動物。

這個故事早期的資料可見於晉干寶《搜神記》，故事中惡媳給婆婆吃蟲，丈夫知道後，和母親相擁而泣，哭昏醒來，母親的瞎眼竟然復明。這個說法尚未有惡媳遭天罰的情節：

> 盛彥字翁子，廣陵人。母王氏，因疾失明，彥躬自侍養。母食，
> 必自哺之。母疾既久，至於婢使，數見捶達。婢忿恨，聞彥暫行，取
> 蠐螬炙餄之。母食，以為美，然疑是異物，密藏以示彥。彥見之，抱
> 母慟哭，絕而復蘇。母目豁然即開，於此遂癒〔註4〕。

宋元繼續流傳，故事可見於宋代《夷堅志》及元代《湖海新聞夷堅續志》中，《夷堅志》所記內容如下：

> 信州玉山縣塘南七里店民謝七妻，不孝於姑，每飯以麥，又不
> 得飽，而自食白杭飯。……婦與夫皆出，獨留姑守舍。游僧過門，
> 從姑乞食，……終不敢與。俄而婦來，僧徑就求飯，……婦呲曰：「脱
> 爾身上袈裟來，乃可換。」僧即脱衣授之，婦反復細視，戲披於身，
> 僧忽不見，袈裟變爲牛皮，牢不可脱。胸間先生毛一片，漸遍四體，

〔註2〕 （宋）洪邁：《夷堅志》（台北：中華書局，2006年10月出版），支甲卷八，〈符
  漓王氏蠶〉，頁771～772。
〔註3〕 本章所引各型故事現代流傳地，參照金榮華：《民間故事類型索引》（增訂本）
  （新北市：中國口傳文學學會，2014年出版），各類型書目。後不另註。
〔註4〕 （晉）干寶：《搜神記》（上海：上海古籍出版社，1999年《漢魏六朝筆記小
  說大觀》），卷十一〈蠐螬炙〉，頁362。

頭面成牛〔註5〕。

　　媳婦欺負婆婆，不給她吃飽，和尚來化緣，婆婆說自己都吃不飽無法施捨，和尚問桌上的米飯，婆婆回說是媳婦的，她不敢動。正巧媳婦回來，故意要和尚拿袈裟來換飯，和尚於是脫下給她，媳婦得到袈裟便往身上披，不料那袈裟披上就脫不下來，並且愈縮愈緊，把媳婦變成了一頭牛。

　　《湖海新聞夷堅續志》所記二則說法，其一與《夷堅志》相似，文字略有變化。其二描述惡媳婦給眼盲婆婆食穢物，丈夫因此追打惡媳，惡媳逃入廟中變化爲狗。

　　此型故事現在仍流傳於各地漢族，也見於苗、仡佬等少數民族。

三、〈姑娘詩歌笑衆人〉（876B）

　　〈姑娘詩歌笑衆人〉故事大致在說：女子在路上遇見道士，相互吟詩作對。道士先於詩句中嘲弄女子，女子也不甘示弱，在對句中取笑道士。

　　這個故事的早期型態可見於晉代裴啓的《裴子語林》：

　　　　道眞嘗與一人共索祥草中食，見一嫗將二兒過，並青衣。調之曰：「青羊將兩羔。」嫗答曰：「兩豬共一槽。」〔註6〕

　　故事也見於宋代周文玘的《開顏錄》，內容相似，對答人物略有變化：

　　　　道眞又嘗素盤共人食，有姬青衣將二子行，道眞嘲曰：「青羊將二羔。」姬應聲曰：「兩豬同一槽。」〔註7〕

　　此型故事如今全國各地皆見流傳，情節也更爲豐富，女子常以寡擊衆，一首詩歌把數位男子都調侃了，男子們甘拜下風〔註8〕。

四、〈誰偷了驢馬〉（926G）

　　〈誰偷了驢馬〉故事大致在說：有人的驢或馬同鞍一起被偷，縣令急切

〔註5〕　（宋）洪邁：《夷堅志》（台北：中華書局，2006 年 10 月出版），丙志卷八〈謝七嫂〉，頁 430～431。

〔註6〕　（晉）裴啓：《裴子語林》（上海：上海古籍出版社，1999 年《漢魏六朝筆記小說大觀》），頁 573。

〔註7〕　（宋）周文玘：《開顏錄》（台北：世界書局，民國 50 年《中國笑話書七十一種》），頁 71。

〔註8〕　例如：老太太上船被乘客文、武狀元爲難，以比詩歌決勝負，她詩中取笑了文、武狀元及船老大，三人佩服。參見：中國民間文學集成編輯委員會：《中國民間故事集成·浙江卷》（北京：中國 ISBN 中心，1997 年出版），〈乘船比詩〉，頁 811。

捕盜，不久驢被放回，鞍仍藏著。於是縣令叫主人勿餵驢糧草，再放出驢，看牠往誰家覓食，便搜索該家，果然找著驢鞍，證明是這家偷驢。

這個故事最早在唐代張鷟撰《朝野僉載》中已經出現：

> 張鷟為陽縣尉日，……有一客驢韁斷，並鞍失三日，訪不獲，經縣告。鷟推勘急，夜放驢出而藏其鞍，可直五千已來。鷟曰：「此可知也。」令將却籠頭放之，驢向舊餧處，鷟令搜其家，其鞍於草積下得之〔註9〕。

宋元時期共有五則異說（參見附錄五），大致都與《朝野僉載》相同，其中《疑獄集》所載情節較簡，敘述二人皆自稱是牛主，縣令便放牛，任牛自回其原居所，以分辨誰是牛主〔註10〕。

故事近世也見流傳，情節或為：老農騎了一匹壯馬上市集，被人用一匹瘦驢偷換走。縣官假裝鞭問這瘦驢誰是牠的主人，實際是讓牠跑回原主家去而找到了偷馬人〔註11〕。

這型故事迄今仍見於各地漢族，也見於布朗、仡佬等少數民族。

五、〈解釋怪遺囑〉（926M.1）

〈解釋怪遺囑〉故事大意是說：富翁臨終，留下遺書，明指女婿可得大多數財產，或者全部。兒子長大後訴官判決，縣官依著富翁留給兒子的劍，或考量兒子當時年幼，或者為句子巧妙的遺囑斷句，重新解釋遺囑，反過來判兒子應得較多財產。

這個故事最早見於漢代《風俗通》〈何武斷遺劍〉，內容如下：

> 前漢時，沛郡有富家翁貲二十萬，有男纔三歲，失其母，又無親屬，有一女，不賢，翁病困，思恐爭其財，兒必不全，因喚族人為遺書，令悉以財屬女，但遺一劍，云：「兒年十五以此付之。」其後又不肯與兒，兒乃詣郡，自言其劍。時太守司空武得其辭，因錄女及婿，省其手書，顧謂掾吏曰：「女性強梁，婿貪鄙，畏賊害其兒，又計小兒正得此財不能全護，故且俾與女，內實寄之耳。」夫

〔註9〕　（唐）張鷟：《朝野僉載》（上海：上海古籍出版社，1999年《漢魏六朝筆記小說大觀》），卷五，頁62。

〔註10〕　（五代）和凝、（宋）和㠓同撰：《疑獄集》（台北：台灣商務印書館，民國72年《四庫全書》），卷三，頁816。

〔註11〕　金榮華：《民間故事類型索引》（增訂本）（新北市：中國口傳文學學會，2014年出版）。參見型號926G提要。

劍者亦所以決斷，限年十五者，智力足以自居。度此女婿必不復還
其劍，當明州縣，或能明證，得以伸理。此凡庸何能用慮宏遠如是
哉，取財物以與兒，曰：「敹女惡婿溫飽十歲亦已幸矣。」於是論者
乃服〔註12〕。

　　宋元時期共有七則異說（參見附錄五），如《國老談苑》所述：

　　　　張詠鎮杭州，有訴者曰：「某家素多藏，某二歲而父母死，有甲
　　　氏贅于某家。父將死，手券以與之曰：『吾家之財七分當主於甲，三
　　　分吾子得之。』某既成立，甲氏執遺券以析之，數理於官。咸是其
　　　遺言而見抑。」詠嗟賞之謂曰：「爾父大能，微彼券則爲爾患在乳臭
　　　中矣。」遽命反其券而歸其資〔註13〕。

　　富翁重病，幼子尚小，留下遺書給贅婿，寫明他日兒子長成分家，女婿
將分得大部份財產。幼子成年，分產不服，故訴訟官府。判官見遺書，判說
此乃富翁之智慧，若不留此遺囑，幼子早喪贅婿之手，應反過來由兒子繼承
大部份財產才是。

　　宋元各異說大致相同，判案人物多爲張詠。《北窗炙輠錄》所載，差異較
大，富翁遺囑說，待兒長成分產，女婿可得一半，兒子原先不滿，聽完縣官
解釋後同意。

　　後世流傳的此型故事另有說法：富翁所寫遺囑可以兩讀，女婿的理解是：
「老漢古稀生一男，人說非是我兒也。家產全付予女婿，外人不得來爭執。」
幼子長大後不服，告進縣衙，縣官依據情理，重讀遺囑爲：「老漢古稀生一男，
人說非，是我兒也，家產全付予。女婿外人，不得來爭執。」便把家產判歸
給幼子〔註14〕。遺囑語帶玄機，情節轉變，更能表現富翁之智慧。

　　這型故事現代仍流傳於浙江漢族。

六、〈財物不是我的〉（926P）

　　〈財物不是我的〉故事大致在說：某人因要事去遠地，把財物或牲口託
親友保管。這人回來後，親友意圖侵吞，不承認那是他的財物，於是訴之官

〔註12〕　（五代）和凝、（宋）和㠓同撰：《疑獄集》（台北：台灣商務印書館，民國72
　　　　年《四庫全書》），卷二十六〈何武斷遺劍〉引自漢代《風俗通》，頁818。

〔註13〕　（宋）王君玉：《國老談苑》（台北：新興書局，民國77年《筆記小說大觀》
　　　　8編），卷2，第30則，頁270～271。

〔註14〕　金榮華：《民間故事類型索引》（增訂本）（新北市：中國口傳文學學會，2014
　　　　年出版），參見型號926M.1提要。

府。縣官了解眞相後，告訴那個親友，有一名被捕的大盜供稱，那些財物或牲口都是他搶來的，所以都是贓物。收藏贓物有共犯的嫌疑，那個親友覺得事情嚴重，便趕緊從實招認〔註15〕。

這個故事最初見於唐代張鷟著《朝野僉載》卷五之中。宋元時有六則異說流傳（參見附錄五），桂萬榮的《棠陰比事原編》〈裴命急吐〉裏所記內容如下：

> 唐裴子雲爲新鄉令，部民王恭戍邊，留犉牛六頭於舅李瑾家，五年產犢三十頭，恭還，索牛。李云：「二頭已死，只還四頭老犉。」恭訴之，子雲送恭於獄，令進盜牛者李瑾。瑾至，子雲叱之曰：「賊引汝盜牛三十頭在汝莊上。」喚賊共對，乃以布衫籠恭頭立南牆下，命瑾急吐款，乃云：「三十頭牛總是外甥犉牛所生，實非盜得。」子雲去恭布衫，令盡還牛，卻以五頭酬瑾辛苦〔註16〕。

舅家欲侵占外甥所寄養的牛隻，原六頭又產三十頭，卻謊稱只剩四頭。外甥因此告官，縣令故意罩住外甥頭，騙舅舅說此人乃偷牛賊，所盜之牛三十頭在他家，令其交出，舅舅聞言，趕緊承認三十頭是外甥所有，縣令當下去除頭罩，命令舅舅還牛。

其他異說大致相同，情節描述較爲簡略，《折獄龜鑑》所載則差異較大，內容敘述：鄰居彼此密熟，東鄰先還西鄰八百千錢，當下未取文證，付餘款時，西鄰不認，東鄰只好告官，縣官以懷疑西鄰是劫江賊爲由，察其財產，西鄰方認家中八百千錢乃東鄰所付贖契錢〔註17〕。

這型故事迄今仍流傳於湖南漢族。

第二節　宋元初見傳統性類型故事的傳播

宋元時期開始流傳，也見於近世的傳統性故事有二十則：

一、〈井水變成酒　還嫌無酒糟〉（750D.1）

〈井水變成酒　還嫌無酒糟〉大意是說：賣茶婆婆經常施捨僧道，一道

〔註15〕同註14，參見型號926P提要。
〔註16〕（宋）桂萬榮：《棠陰比事原編》（石家莊：河北教育出版社，1994年4月《歷代筆記小說集成・宋代筆記小說》），頁338。
〔註17〕（宋）鄭克：《折獄龜鑑》（北京：中華書局，1985年出版），卷七，頁102。

人感念她屢次施予，便以杖拄地化出泉水，凡婆婆取泉水必有酒味，讓她改賣酒而大發利市。道人再來時，婆婆表示感謝外，卻說可惜沒有酒糟得以養豬。道人一聽，覺得她太貪心，於是以杖拄泉，從此泉水失去酒味，變成普通的水。

這個故事最早出現在元代的《湖海新聞夷堅續志》〈井化酒泉〉中，內容敘述：

> 常德府城外十五里，地名河洑，有崔婆者，賣茶為活，遇有僧道過往，必施與之。
>
> 一道人往來凡十餘次，崔婆見之，必與茶。道人深感之，與之曰：「我欲使汝改業賣酒如何？」崔婆喜。道人以杖拄地，清水迸出，為崔婆言：「此可為酒。」崔婆取之以歸，味如酒，濃而香，買者如市。若他人汲之歸，則常品水也。崔婆大享其利。道人重來，崔婆再三謝之，但云：「只恨無糟養豬。」道人怒其貪心不足，再以杖拄泉，則復成水，無復酒味矣。其井至今尚存〔註18〕。

這個故事現今仍流傳於全國各地漢族，及白族、納西族、仡佬族等少數民族中。

二、〈漁夫義勇救替身〉（776A）

〈漁夫義勇救替身〉故事大意是說：一名書生或漁夫聽落水鬼說，將在明天某處討得替身。第二天他依所言時間、地點前往阻撓，救下替身。當晚水鬼便來責怪他。

這個故事宋、金、元各有一則異說流傳（參見附錄五），南宋委心子所編《分門古今類事》〈黃裳與水鬼〉中所記內容如下：

> 延平黃狀元裳，少苦學，好夜讀書。忽一夕，月明，聞水涯人偶語，俯而聽之，曰：「吾在此十紀，來日當去，惟候淮南二急腳來替。」黃甚怪之，翌日亭午，果有二黃衣至水涯就浴，黃乃急止之，仍令他日無復過此。是夕中夜，鬼又語曰：「我本當替，為黃狀元令過去，未有來期。」黃自是知其必冠多士〔註19〕。

〔註18〕　（元）不著撰人：《湖海新聞夷堅續志》（台北：新興書局，1986年《筆記小說大觀》42編），後集，〈神仙門・遇仙〉，頁245。

〔註19〕　（宋）委心子：《分門古今類事》（台北：新興書局，民國73年《筆記小說大觀》19編），卷四〈黃裳狀元〉，頁1043～1044。

書生救了替身，因此還預知自己將成爲狀元。金、元流傳的說法，夜裡活動而聽到鬼要捉替身的是針工和洗菜的菜農，他們通知替身免於溺死，自己卻遭受水鬼攻擊，甚至殺死。

宋元以後此型故事繼續發展，救替身者有的是漁夫，和水鬼的關係還是朋友。故事至今仍然流傳於全國各地漢族。

三、〈天雷獎善懲惡媳〉（779D）

〈天雷獎善懲惡媳〉故事大致在說：長媳富而不孝，幼媳貧而孝。婆婆與幼媳同住，家貧，平時沒有葷菜吃。一日，幼媳出外幫傭，帶回一隻熟雞腿給婆婆吃，但婆婆失手，把雞腿跌落尿桶，於是叫幼媳取出洗淨後給她吃。不久雷雨大作，幼媳認爲老天要懲罰她把不潔之物給婆婆吃，便跑去樹下受死，不料天雷打翻大樹，也翻出了土中的一堆白銀。長媳知道後把婆婆接去她家，殺了一隻雞，故意把一隻雞腿跌入尿桶，再撈起來洗了給婆婆吃。不久，天也下起雷雨，長媳以爲有好事將至，也急忙跑去樹下。但是一個天雷下來，把她打死在樹下了〔註20〕。

這個故事的早期資料可見於宋代郭彖的《睽車志》，其說法有此型故事「天雷獎善」的部份，沒有「懲罰惡媳」的情節，內容如下：

> 常州一村媼老而盲，家惟一子一婦。婦一日方炊未熟，而其子呼之田所，婦囑姑爲畢其炊，媼盲無所覩，飯成，捫器貯之，誤得溺器。婦歸不敢言，先取其當中潔者食姑，次以饋夫，其親器臭惡者，乃以自食。良久，天忽晝暝，覿面不相覩，其婦暗中若爲人攝去。俄頃開明，身乃在近舍林中，懷掖間得小布囊，貯米三四升，適足給朝晡，明旦視囊，米復如故，寶之至今。予始聞此事，竊謂晝暝得米，或孝感所致，如郭巨得金之類。至謂囊米旦旦常盈，則頗近迂誕，然范德老爲人成愨，必不妄傳。而村婦一節如此亦可尚也，顧錄以爲勸云〔註21〕。

眼盲婆婆不慎將食物放入尿桶，善良的媳婦爲免婆婆知曉，又不願丟棄食物，於是默默吃著沾上惡臭的米飯。她的孝行、惜物感天，白日一陣昏暗

〔註20〕 金榮華：《民間故事類型索引》（增訂本）（新北市：中國口傳文學學會，2014年出版），型號779D。

〔註21〕 （宋）郭彖：《睽車志》（台北：新興書局，民國77年出版《筆記小說大觀》28編），卷三，頁257～258。

後，上天賜予她能不斷積聚米糧的布囊，使之糧食無憂。

　　現今這個故事還流布於各地漢族，也流傳於回、壯、苗、羌、朝鮮、撒拉、仡佬、阿昌等少數民族。

四、〈有求必應（各人祈求的天氣不同，女神盡皆賜與）〉（829）

　　〈有求必應（各人祈求的天氣不同，女神盡皆賜與）〉故事大意是說：廟中神明靈驗，無論人乞求晴雨，都能遂其心願。同一日，有煮鹽的人祈求放晴，農夫求雨水，往湖廣的海船求順風過南，往浙東的求順風過北，神都應允。他的做法是讓曬鹽場放晴，雨下在田中，南風吹將往北的商船，北風吹欲往南的商船，使信徒們皆大歡喜。

　　這個故事最早見於《笑苑千金》〈轉智大王〉，其內容說道：

> 昔有一廟，在海邊極靈，晴雨皆應。一日煮鹽者祈晴，作田者乞雨。海船入湖廣者，祈便風過南。欲之浙東者，祈便風過北。卜於神，皆許之。大王曰：「我有以處之。南風送北客，北風過南洋，雨去田中落，日出曬鹽場。則皆從其欲矣。」夫人笑曰：「此卻是轉智大王。」〔註22〕

　　現在這一型故事仍見於各地漢族，也流傳於少數民族水族。

五、〈一句話破案〉（926H）

　　〈一句話破案〉故事大致在說：甲乙兩人相約於五更，天亮時甲至乙家呼叫他的妻子說，相約五更天，為何天都亮了還不見乙？乙妻驚訝的說丈夫出門很久了。後來找到乙的屍體，他的財物都不見了，乙妻認為是甲殺了丈夫，因而訴訟於官，但罪名一直無法成立。直到有一官員問甲說：「你與乙相約，他未到，你到他家應喊他的名字，卻喊他的妻子，可見是你殺了乙。」甲於是無話可辯駁，罪名因此成立。

　　這個故事最早宋代已流傳，見於施德操《北窗炙輠錄》中，內容如下：

> 魏公應為徽州司理，有二人以五更乙會甲家，如期往。甲至雞鳴往乙家，呼乙妻曰：「既相期五更，今雞鳴尚未至，何也？」其妻驚曰：「去已久矣。」復曰：「甲家乙不至。」至曉徧尋蹤跡，于一行業中獲一尸，乃乙也。隨身有輕齎物皆不見。妻號慟謂甲曰：「汝

〔註22〕　婁子匡編校：《宋人笑話（《笑海叢珠》、《笑苑千金》）》（台北：東方文化，民國57年出版），頁49。

殺吾夫也。」遂以甲訴于官獄，久不成，有一吏問曰乙：「與汝期，乙不至，汝過乙家只合呼乙，汝舍乙不呼，乃呼其妻，是汝殺其夫也。」其人遂無語一言之間，獄遂成[註23]。

　　明代馮夢龍的《增廣智囊補》，清代的小說《施公案》仍可見此型故事的記錄[註24]，現今這個故事還流傳於四川、浙江、廣東等地漢族。

六、〈試抱西瓜斥誣告〉（926L.2）

　　〈試抱西瓜斥誣告〉故事大致在說：一名婦人抱著孩子，拿著包袱，經過瓜田，瓜田主人認定她偷了數十顆瓜，一狀告到衙門。縣官於是請瓜田主人抱著孩子，拿著包袱，拾數十顆瓜，主人做不到，縣官即判主人誣告。

　　這個故事最早可見於五代和凝、宋和㠓父子所著《疑獄集》中，內容如下：

> 大定唐公為冠氏縣令，縣界有種者，一婦人因過圃摘一枚與其子，主執之詣官，其主意謂一不能致罪，又自摘三十枚以誣告其婦。
> 令曰：「婦人盜挈何筐篋？」主曰：「並無。」令即叱主抱子並使盡拾，其至十餘枚已不能抱也，遂伏誣告之罪[註25]。

　　宋元以後這個故事也記載於明代孫能傳所編《益智編》[註26]裏，說法與《疑獄集》相同，文字略有差異。故事至今也見於河南[註27]、江蘇、吉林等地漢族。

七、〈寬大使賊改邪歸正〉（958A1*）

　　〈寬大使賊改邪歸正〉故事大意是說：一位善心的富翁遭竊，捉到的小偷說是迫於貧困而偷竊，他反倒同情小偷的處境，送他生活所需財物讓他離

〔註23〕　（宋）施德操：《北窗炙輠錄》（台北：新興書局，民國78年《筆記小說大觀》6編），卷下，第34則，頁1735～1736。

〔註24〕　本節宋以後流傳書目參照〔美〕丁乃通著；鄭建威等譯：《中國民間故事類型索引》（武漢：華中師範大學出版社，2008年4月第一版），見各型書目，不另註。

〔註25〕　（五代）和凝、（宋）和㠓同撰：《疑獄集》（台北：台灣商務印書館，民國72年《四庫全書》），卷四〈唐公問筐篋〉，頁819～820。

〔註26〕　金榮華：《民間故事類型索引》（增訂本）（新北市：中國口傳文學學會，2014年出版），型號926L.2。

〔註27〕　祁連休：《中國古代民間故事類型研究》（石家莊：河北教育出版社，2007年出版），頁880～881。

開，臨行，又怕貧窮的他夜裏帶著錢行走，會被懷疑，便留他到天亮再離開。小偷受到感化，後來改過向善。

　　這個故事最早可見於宋代，《白孔六帖》、《澠水燕談錄》各錄有一則異說。《澠水燕談錄》所記如下：

　　　　曹州于令儀者，市井人也，長厚不忤物，晚年家頗豐富。一夕盜入其家，諸子擒之，乃鄰子也。令儀曰：「汝素寡悔，何苦而爲盜邪？」曰：「迫於貧耳。」問其所欲。曰：「得十千足以衣食。」如其欲與之。

　　　　既去，呼之，盜大恐，謂曰：「汝貧，乘夜負十千以歸，恐爲人所詰。」留之至明使去。盜大感愧，卒爲良民。鄉里稱君爲善士〔註28〕。

　　《白孔六帖》所記情節，被原諒的小偷改過後，甚至守著他人遺留的劍，待人來取。更強調感化之力量。

　　此型故事迄今於江蘇、廣東漢族仍見流傳。

八、〈富家子終於知艱辛〉（998）

　　〈富家子終於知艱辛〉故事大意是說：富家與一佛寺爲鄰，這家的水溝每天都流出飯粒，和尚便把它洗淨曬乾，收集起來。戰爭時這家人陷入沒食物的窘境，和尚就把所集的乾飯浸水，蒸煮給他們吃，使之免於飢餓。

　　此型故事最早可見於宋《貴耳集》、《養痾漫筆》中，二者大致相同，文字略有差異，前者於故事後批評浪費之罪惡，後者則無。《養痾漫筆》所記如下：

　　　　王黼宅與一寺爲鄰，有一僧每日於黼宅旁溝中漉取雪色飯，洗淨晒乾，數年積成一囷。靖康城破，黼宅骨肉絕食，此僧即用所積乾飯，復用水浸，蒸熟送入，黼宅老幼賴之無餒〔註29〕。

　　此型故事流傳至今，仍可見於全國等地漢族，在少數民族中，也流傳於回、蒙古、哈薩克族之間。

〔註28〕　（宋）王闢之：《澠水燕談錄》（台北：新興書局，1986 年《筆記小說大觀》
　　　　28 編），卷三〈奇節〉，頁 964。

〔註29〕　（宋）不著撰人：《養痾漫筆》（成都：巴蜀出版社，1996 年《古今說海》說
　　　　纂部），頁 71。

九、〈父母爲子女擇偶〉（1362C）

〈父母爲子女擇偶〉故事大意是說：兩個老婦人互相讓路，於是比歲數長幼。被問的說今年七十歲，問的人說：「我今年六十九，那麼我明年就和你同年了。」

此型故事目前可知，最早收錄於蘇軾所著《艾子雜說》裏，內容說道：

> 艾子行，出邯鄲，道上，見二嫗相與讓路。一曰：「嫗幾歲？」
> 曰：「七十。」問者曰：「我今六十九，然則明年當與爾同歲矣。」
> 〔註30〕

故事也記錄於明代馮夢龍所著《廣笑府》，陸灼所著《艾子後語》，清代程世爵所著《笑林廣記》，獨逸窩退士所輯《笑笑錄》中。後世流傳的情節或爲：夫婦爲幼年子女訂親，丈夫將自己一、兩歲的女兒定聘給朋友兩、四歲的兒子。妻子說：「我們的女兒小他們家的兒子一半，當她二十歲時，他們的兒子就四十歲了，怎麼可以！」丈夫回答：「一、兩年後，他們會一般大，那時便沒有問題。」〔註31〕內容更豐富，對話趣味增加，

這個故事迄今仍流傳於全國各地漢族。

十、〈鞋值多少錢〉（1551A）

〈鞋值多少錢〉故事大意是說：急性子的人問他朋友新鞋要多少錢，朋友舉起左腳說九百，他一聽怒罵僕人，爲何幫他買的鞋卻要一仟八，此時朋友才舉起右腳說：「這也要九百。」

這個故事最早記載於宋代歐陽修所著《歸田錄》中，內容如下：

> 馮相道、和相凝同在中書，一日，和問馮曰：「公靴新買，其值
> 幾何？」馮舉左足示和曰：「九百。」和性褊急，遽回顧小吏云：「吾
> 靴何得用一千八百？」因詬責，久之，馮舉其右足曰：「此亦九百。」
> 於是哄堂大笑〔註32〕。

此型故事也見於明代曹臣所編《舌華錄》、清程世爵的《笑林廣記》裏，

〔註30〕 （宋）蘇軾：《艾子雜說》（台北：新興書局，民國 77 年《筆記小說大觀》3
編），第 6 則，頁 1292。

〔註31〕 〔美〕丁乃通著；鄭建威等譯：《中國民間故事類型索引》（武漢：華中師範
大學出版社，2008 年 4 月第一版），型號 1362C。

〔註32〕 （宋）歐陽修：《歸田錄》（台北：新興書局，民國 76 年《筆記小說大觀》21
編），卷一，頁 1635。

至今仍流傳於台灣的漢族。

十一、〈蜻蜓與釘子〉（1703A）

〈蜻蜓與釘子〉故事最早見於《笑海叢珠》〈釘子與黃蜂〉，內容說道：

> 昔有人眼不能遠視，見門上有小釘子，意謂是蠅，以手拂之，被釘子掛破手皮。大懊恨曰：「我道是蠅子，不知它卻是黃蜂兒。」

〔註33〕

此型故事現今可見於寧夏、四川和海南等地的漢族，在少數民族中，羌族也見流傳。

十二、〈帽子和烏鴉〉（1703F）

〈帽子和烏鴉〉故事最早見於《笑海叢珠》〈問路石人〉，內容說道：

> 昔有人近覷迷路，見路傍古墓邊有石人，前去問之。先是有烏鴉立于石人頭上，見人來飛去。其人問路於石人，石人不聲。其人曰：「我問你路，不說與我，你落了頭巾，我亦不說與你。」〔註34〕

此型故事也見於明代不著撰人《時尚笑談》中，迄今仍見流傳而情節較有變化，各種異說如下：（一）一個近視眼的帽子被風吹走，他看見柱子頂上有一隻烏鴉，以爲是他的帽子，就想取下來。（二）他把柱子當成人和他打招呼。（三）他看到大街上的鳥屎以爲是他的帽子，第二天見到一個棕色的小鉢，反而把它當成鳥屎，扔了一塊石頭過去，把它打碎了〔註35〕。

十三、〈高手畫像〉（1863）

〈高手畫像〉故事大意是說：將軍獨眼，當畫工要幫他畫像時，他警告若不像要砍頭，畫工又不敢直接畫其缺陷，於是畫他執扇遮半邊的臉，大官說這是諂媚，於是他改畫將軍拉弓，微閉一目以注視箭是否筆直，他這才滿意。

這個故事最早見於宋代陶岳《五代史補》及宋王禹偁《五代史闕文》中，

〔註33〕妻子匡編校：《宋人笑話（《笑海叢珠》、《笑苑千金》）》（台北：東方文化，民國57年出版），頁23。

〔註34〕妻子匡編校：《宋人笑話（《笑海叢珠》、《笑苑千金》）》（台北：東方文化，民國57年出版），頁23。

〔註35〕〔美〕丁乃通著：鄭建威等譯：《中國民間故事類型索引》（武漢：華中師範大學出版社，2008年4月第一版），型號1703F。

是關於後唐太祖李克用的傳說。陶岳所記內容如下：

> 武皇之有河東也，威聲大振，淮南楊行密常恨不識其狀貌，因使畫工詐爲商賈，往河東寫之。
>
> 畫工到，未幾，人有知其謀者，擒之。武皇初甚怒，既而謂所親曰：「且吾素眇一目，試召之使寫，觀其所爲如何。」及至，武皇按膝屬聲曰：「淮南使汝來寫吾眞，必畫工之尤也，寫吾不及十分，即階下便是死汝之所矣。」畫工再拜下筆。時方盛暑，武皇執八角扇，因寫扇角半遮其面。武皇曰：「汝諂吾也。」遽使別寫之，又應聲下筆，畫其臂弓撚箭之狀，仍微合一目以觀箭之曲直。武皇大喜，因厚賂金帛遣之〔註36〕。

此型故事至今仍流傳於蒙古、柯爾克孜與土家等少數民族，以及各地漢族。

〔註36〕（宋）陶岳：《五代史補》（台北：新文豐，民國 78 年出版），卷二〈淮南寫太祖眞〉，頁 73。

第四章 宋元國際性類型故事的傳播

第一節 宋元承前國際類型故事的傳播

宋元時期所見國際型故事，也見於前代者有三十二則：

一、〈老虎求醫並報恩〉(156)

〈老虎求醫並報恩〉故事大意是說：野獸請求人為其除去病痛，康復後，牠呈上謝禮致意。

這故事在宋元時期共有十二則異說流傳（參見附錄五），宋代李昉等編《太平廣記》中所載內容如下：

> 饒安縣有人野行，為虎所逐。既及，伸其左足示之，有大竹刺，貫其臂。虎……請去之者。其人為拔之，虎……隨其人至家乃去。是夜，投一鹿于庭。如此歲餘，投野豕麋鹿，月月不絕。或野外逢之，則隨行。其人家漸豐，因潔其衣服，虎後見改服，不識，遂齧殺之。家人收葬訖，虎復來其家。母罵之曰：「吾子為汝去刺，不知報德，反見殺傷。今更來吾舍，豈不愧乎？」虎……常旁其家，既不見其人，知其誤殺，乃號呼甚悲，因入至庭前，奮躍折脊而死〔註1〕。

虎請人為其除掌中刺，後常以獵物回報，恩人因而富足，一日，此人改換衣服，虎認不出，反將其殺死。恩人母親怒罵虎忘恩負義，虎知道後自殺

〔註1〕 （宋）李昉等編：《太平廣記會校》（北京：北京燕山出版社，2011年出版），卷431〈李大可〉，頁7649。

而死。

為虎除刺的說法還見於《侯鯖錄》、《江南餘載》、《唐語林》《葆光錄》、《太平廣記》(〈劉禹錫〉) 及《夷堅志》(〈海門虎〉) 中所載,《嘉泰吳興志》說法則是為虎取出喉中橫骨,這些異說,情節大多描述,老虎回報獸肉,竟擲死人來,為恩人惹禍。此人向官府解釋後獲釋,隨即請求虎莫再拋死人來。

《陶朱新錄》、《夷堅志》(〈猿請醫士〉)、《湖海新聞夷堅續志》(〈猿請醫士〉、〈猴劫醫人〉) 所錄,猿猴請醫生為其治病,回報的是金銀財物。向人求助的野獸,其形象、行為都更接近於人。

這個故事劉宋時劉敬叔的《異苑》裏已有記載,請求除刺的是大象。海外則流傳於歐、亞、美、非等地〔註2〕,一般的說法多為虎或狼等取出梗在喉嚨裡的骨頭,日本的說法即是:

> 有個男人夜裡獨自行走山路,看見一隻狼張著血口,腦袋欲伸又縮,他感到奇怪,走到狼的近前,見牠前腿彎曲,像在鞠躬,向人求救的神情。再一看,狼的喉嚨裡卡了東西,男人說:「我這就給你取出來!」他說著將手伸進了狼嘴,把卡著的東西掏了出來,原來是塊骨頭。男人勸告狼以後小心,狼高興且溫順地向山裡走去。
>
> 過了些日子,男人到附近人家參加酒宴,忽然有隻狼跑到這家大門大吼,原來是他曾搭救過的那隻狼。狼馴服地伏在他腳下,並在他跟前刨出一隻大野雞,男人明白了,這原來是狼為了表示謝意而送來的禮物〔註3〕。

二、〈虎求助產並報恩〉(156B)

〈虎求助產並報恩〉故事大意是說:野獸請女人接生,助其順產後,獻上禮物表示感謝。

故事在宋元時期可見於《夷堅志》及《湖海新聞夷堅續志》中,《湖海新聞夷堅續志》〈虎謝老娘〉所載如下:

> 至元甲申州城外有老娘姓吳,夜二更有荷轎者立於門首,敲門

〔註2〕 本書中故事在國際的流傳記錄,皆引至第二章第二節・二,及錄附八中所參照之國際類型索引。

〔註3〕 撮述〔日〕關敬吾:《日本民間故事選》(北京:中國民間文藝出版社,1982年出版),〈狼報恩〉,頁442~443。

曰：「請老娘收生。」老娘開門喜而入轎，但見輿夫二人行步甚速，
雖荊棘亦不顧也。到一所，屋宇高敞，燈燭明麗，一女子坐蓐，老
娘與之收生，得一男子，洗畢而歸，到家已中矣，其家問之，老娘
如夢，亦不知爲何人之家，忽見二虎咆哮于門，驚甚。次日開門，
見籬之有豬肉一邊，牛肉一腳，左右鄰里莫不怪之，蓋虎以此來謝
老娘也，誰謂禽獸無人心哉〔註4〕。

　　老婦半夜被帶至華府，替一女子接生，回家後感覺猶如幻夢，忽有二虎
送肉來謝，方知爲虎助產。

　　這個故事東晉干寶之《搜神記》裏已有記載，也流傳於歐亞各國及北非
等地，國外的一般說法，求醫報恩的動物是蛇〔註5〕。

三、〈鳥妻（仙侶失蹤）〉（400A）

　　〈鳥妻（仙侶失蹤）〉故事大致敘述：仙女與凡間男子結婚，婚後他找
回可以讓她飛翔的羽衣，或丈夫違背了約定，或者時間到了，她因此返回
仙境。

　　這故事在宋元時期可見於宋代李昉等人所編《太平廣記》中，所載如
下：

　　　　妻少玄爲仙人來降生，幼即手有文，書幾歲歸某，後果嫁之。
　　一日仙人來訪，妻告夫乃仙人遇謫，二十三年將返天界。……將歸
　　天，夫求其道，留詞，言某年，某先生能開釋其夫，後果之。言畢
　　而卒，葬時留衣蛻去，棺無屍〔註6〕。

　　某人的妻子是仙人遇謫下凡，她從小手上就寫著未來丈夫的名字，後來
果然嫁給他。她預告幾年後要返天界，果然那一年死，埋葬時屍體消失，只
剩衣服。

　　這個故事晉郭璞之《玄中記》裏已有記載，歐亞各國與東非等地也見流
傳。茲錄法國所傳說法如下：

　　　　光棍兄弟在荒野水泉旁遇見仙女姊妹，她們說要嫁兄弟倆，做

〔註4〕　（元）不著撰人：《湖海新聞夷堅續志》（台北：新興書局，1986 年《筆記小
　　　　說大觀》42 編）後集，〈精怪門・狐虎〉，頁 412。

〔註5〕　Hans-Jörg Uther, *The Types of International Folktales* (FFC 284-286) Helsinki,
　　　　2004.型號 156B*。

〔註6〕　（宋）李昉等：《太平廣記會校》（北京：北京燕山出版社，2011 年出版），卷
　　　　67〈崔少玄〉，頁 779～780。

凡間的民婦，兄弟答應了。仙女要他們第二天黎明再來，到達前必須禁食。哥哥在路上咬了麥粒，仙女姊姊說他沒守諾言，不能嫁他，就消失了。

仙女妹妹和弟弟結了婚，她叮囑丈夫，不能叫她仙女，否則她將永遠消失。他們生活好多年，仙女為他生下孩子，還讓他成為富翁。某年夏天，丈夫從城裡回來，看見麥子還沒熟，妻子卻叫僕人先收割，生氣的說：「這個仙女莫非發瘋了？」說完，妻子就不見了。這天晚上刮起暴風雨，除了弟弟家的有收成外，其他麥子全毀。

仙女雖說走了，每天一清早都會回家給孩子梳洗、餵飯，丈夫知道了，晚上偷偷藏在孩子房裡，想等妻子來看孩子時抓住她，但從此仙女就再沒露過面〔註7〕。

和仙女結婚的男人不能信守承諾，仙女便依之前約定，永遠離開了他。

四、〈畫中女〉（400B）

〈畫中女〉故事大致敘述：男子愛慕畫中女子，女子也自畫中走出與他結合，後女子離去，男子傷心而死，或男子設法挽回。

這個故事在宋元時期可見於宋黃休復的《茅亭客話》及元陶宗儀《南村輟耕錄》中，《茅亭客話》〈勾生〉所載如下：

> 益州大聖慈寺，開元中興，創周迴廊廡，皆累朝名畫，……蓋有唐李洪度所畫其筆妙絕。時值中元日，士庶遊寺，有三少年俱善音律，因至此，指天女所合樂云：「是霓裳羽衣曲，第二疊頭第一拍也。」其中勾生者，即云：「某不愛樂，但娶得妻，如抱箏天女足矣。」遂將壁畫者，項上掐一片土吞之為戲，既而各退歸。
>
> 勾生是夜夢在維摩堂內，見一女子，明麗絕代，光彩溢目，引生於牕下狎昵。因是每夜忽就生所止，或在寺宇中，繾綣迨月餘。
>
> 生舅氏范處士者，見生神志癡散，似為妖氣所侵。或云服符藥設醮拜章除之，始得生父母領之。其夜天女對生歔欷不自勝，曰：「妾本是帝釋侍者，仰思慕不奪君願，託以神契，君今疑妾，妾不可住，君亦不必服諸符藥，妾亦不欲忘情。」於衣帶中解玉琴爪一對曰：「聊

〔註7〕撮述董天琦等譯：《法國童話》（上海：上海文藝出版社，1991年出版），〈仙女和光棍〉，頁435～437。

爲思念之物，君宜保愛之。」自此永訣。生捧之無言酬答，但彼此
嗚咽而已。既去，生自是日漸羸瘠，不逾月而卒，玉琴爪其家收得，
至順寇時方失之，壁畫天女，至今項上指甲痕尚存焉〔註8〕。

書生愛慕畫中仙女，對之傳達情意，女因此來與之幽會，後因書生家人
爲保護他而阻止，女子自願離去，書生則因思念過度而死。

這個故事中國唐代之《聞奇錄》裏已有記載，也流傳於越南，所傳內容
如下：

　　一個書生在寺廟遇上一位姑娘，他們談話中，姑娘突然消失。
從那以後，他日夜思念著姑娘，有一天，神仙賣他一幅美女畫，畫
裡的美女就是他夢寐以求的姑娘。

　　他邀著畫中美女一起吃飯，把她看作一個人，後來，美女真的
從畫中走出來，幫他打掃、做飯，爲了不讓她離開，書生撕爛了畫。
姑娘告訴他，與他有宿世姻緣，下凡要跟書生結爲夫妻，她以髮簪
施法把房屋變成宮殿，請神仙來參加婚禮。

　　婚後書生不再讀書，只是喝酒玩樂，變成酒鬼，姑娘便趁他熟
睡時飛回天空。他後悔傷心想自殺，姑娘又回來救他，在他戒酒後
倆人和好，不久生下孩子。一天晚上，他們叮囑孩子留下來，倆人
騎著黃鶴飛上天〔註9〕。

五、〈田螺姑娘〉（400C）

〈田螺姑娘〉故事大致敘述：男子將拾獲的田螺養在家裏，螺變成女子
爲他理家，他發現後，螺女消失；或者他藏起螺殼，螺女回不去，於是和男
子結婚生子。

這故事在宋元時期可見於宋《錦繡萬花谷》、元《湖海新聞夷堅續志》中，
《湖海新聞夷堅續志》〈井神現身〉，所載如下：

　　吳湛居臨荊溪，有一泉極清澈，眾人賴之，湛爲竹籬遮護，不
令穢入，一日吳於泉側得一白螺，歸置之甕中，每自外歸，則廚中
飲食已辦，心大驚異。一日竊窺，乃一女子自螺中而出，手自操
刀。吳急趨之，女子大窘，不容歸殼，實告吳曰：「吾乃泉神，以君

〔註8〕 （宋）黃休復：《茅亭客話》（台北：新興書局，1963年《說庫》），頁393。
〔註9〕 過偉主編：《越南傳說故事與民俗風情》（南寧：廣西人民出版社，1998年出
　　　　版），〈秀淵和絳嬌〉，頁89～91。

敬護泉源，且知君鰥居，爲君操饌。君食吾饌，當得道矣。」言訖
不見〔註10〕。

單身漢自清泉拾得一螺養在家裏，之後日日家中都備好飲食，他偷偷察
看，原來螺化成女子爲他煮飯。說是來謝謝他平日敬護泉源，吃她煮的飯可
以得道。說完，螺女就消失了。

這個故事東晉陶潛之《搜神後記》裏已有記載，海外則流傳於鄰近中國
的越南與緬甸。越南說法裏，螺女原爲玉帝的女兒，犯錯受罰成爲海螺。她
被發現後回不去螺殼，便和凡人結婚，內容茲錄如下：

> 玉皇大帝有一個女兒，打破了父親心愛的玉杯，玉帝很生氣，
> 把她變成一個海螺扔到大海裡。

> 有一個小伙子，父母都去世了，只剩他一個人，有一天他出海
> 打魚，撈上來一個海螺，放在盤中用水養起來，每次吃飯都對著海
> 螺說話。

> 一天，小伙子從海邊回來，看到家裡變得非常整潔。第二天，
> 他回到家，看見桌上有煮熟的菜飯，他感到很奇怪。第三天，他出
> 去後又回家，躲在窗戶旁，看見一個姑娘從海螺飛出來，走到廚房
> 煮飯。小伙子希望姑娘能做他的妻子，他進去把海螺殼扔到火裡，
> 姑娘想回到殼裡，已經遲了，便和小伙子結成夫妻〔註11〕。

六、〈蜘蛛鳥雀掩逃亡（蛛網救人）〉（543）

〈蜘蛛鳥雀掩逃亡（蛛網救人）〉故事大致敘述：某人逃走時，追兵趕來
搜捕，幸忽有蜘蛛結網所躲避處，追兵一看，以爲有蛛網表示很久沒人來過，
而放棄搜捕。

這個故事在宋元時期有三則異說流傳（參見附錄五），主角身分多爲帝王
后妃，強調命定。如宋代朱弁的《曲洧舊聞》所載，即是杜太后躲避追兵搜
查故事。太后入寺院藏身，士兵至，卻見蛛網滿布，塵埃厚積，以爲當中無
人而去。內容如下：

> 太祖在周朝受命北討至陳橋爲三軍推戴時，杜太后眷屬以下盡

〔註10〕 （元）不著撰人：《湖海新聞夷堅續志》（台北：新興書局，1986 年《筆記小
說大觀》42 編），後集〈神明門・神靈〉，頁 364。

〔註11〕 過偉主編：《越南傳說故事與民俗風情》（南寧：廣西人民出版社，1998 年出
版），〈小海螺姑娘〉，頁 108～109。

在定力院，有司將搜捕，主僧悉令登閣而固其扃鐍，俄而大搜索，主僧給云：「皆散走不知所之矣。」甲士入寺陞梯且發鐍，見蛛網絲布滿其上而塵埃凝積若累年不開者。乃相告曰：「是安得有人？」遂皆返去，有頃太祖已踐祚矣〔註12〕。

　　這個故事在漢代《風俗通》裏已有記載，海外則流傳於歐、亞、非洲及北美等地，說法大致相同，埃及所傳主角爲宗教領袖，在他祈求安拉後，蜘蛛網和野鴿爲他掩飾，躲過搜捕。故事強調信仰的力量。茲錄如下：

　　　　古萊氏人懸出重賞，連日搜捕穆罕默德，穆聖與同伴擔心的立在洞口，諦聽著外面的響動。古萊氏騎士問牧羊人是否看見穆罕默德和他的同伙，牧羊人說可能在山洞裏。一個古萊人走近山洞，留意地向洞裏看了看。穆罕默德向他的主安拉祈求著，那人移開腳步沒有進洞，有人問怎麼沒進洞裏看看？他說：「洞裡有穆罕默德出生前就結下的蜘蛛網，洞口還看到二隻野鴿子，所以我曉得裡面沒有人。」過了一會兒，搜山的騎士遠去〔註13〕。

七、〈三片蛇葉〉（612）

　　〈三片蛇葉〉故事大致敘述：人見蛇利用神奇草葉治療病痛，或醫活死蛇，便取蛇所採葉來醫治病人，或死者。有的不能醫病，有的使人復活。

　　這故事在宋代可見於陸游所著《避暑漫鈔》中，內容所載如下：

　　　　有歙客經於潛山中，見一蛇其腹漲甚，蜿蜒草中，徐遇一草，便嚙破以腹就磨，頃之漲消如故。蛇去，客念此草必消漲毒之藥，取至篋中。夜宿旅邸，鄰房有過人方呻吟牀第間。客就訊之，云正爲腹漲所苦。即取藥就釜，煎一盃湯飲之。頃之，不復聞聲，意謂良已。至曉，但聞鄰房滴水聲，呼其人不復應，即起爇燈視之，則其人血肉俱化爲水，獨遺骸臥牀，急挈裝而逃〔註14〕。

　　蛇利用神奇草葉醫好肚漲，人模仿牠，取蛇所採草來醫病，反將病人醫死。

〔註12〕　（宋）朱弁：《曲洧舊聞》（台北：新興書局，民國52年12月1版《說郛》），卷1第1則，頁684。
〔註13〕　撰述〔埃及〕麥赫穆德・薩里姆作，王彤譯：《穆聖的故事》（北京：中國社會科學出版社，1993年出版），〈安拉和我們在一起〉，頁125～126。
〔註14〕　（宋）陸游：《避暑漫鈔》（台北：新興書局，1963年《說庫》），頁796。

這個故事在漢代的《海內十洲記》裏已有記載；也流傳於歐、亞、美洲各國及非洲東、西部。國外所述，結局大多是醫療成功，茲錄如下：

> 少年幫一個大國打勝仗，國王因此提拔他，給他財寶。國王有個女兒曾賭咒說，如果她先死，能陪她同葬的人，才能做她的丈夫。即使這樣，少年仍然向國王求娶她。他們結婚後不久，公主得重病死了，少年便同屍體被送進墳地裡。
>
> 他在墳裡看見一條蛇，便拔劍把蛇砍成三節，過一會兒，又爬出另一條蛇來，牠嘴含三片綠葉，在死蛇每個傷口上各放一片。分開的幾節便合起來，蛇活了過來，兩條蛇逃走，葉子還留在地上。少年想，這葉子是不是也可以叫人復活，於是在屍體嘴上、兩眼各放一片，公主就復活了。他們出墳墓後，少年把三片蛇葉交給侍從隨身保管。
>
> 少年和公主一起乘船要回父親家，途中公主卻愛上船夫，趁著少年睡覺，將他丟到河裡溺斃。少年的侍從看到了，把他撈起，將三片葉蛇葉放在他的眼睛和嘴上，他便復活了。
>
> 他們比公主先回到國王那裡，說了公主的罪行，國王就叫他們先到密室等待。公主回來時，說丈夫半路得熱病死了，都是船夫幫助她。國王聽完，說要叫死人復活，於是打開密室，公主看見丈夫出來，就跪地求饒，國王不願饒恕她，將她與船夫都沉入海裡〔註15〕。

少年守諾同公主陪葬，墳中見蛇以神奇葉子醫活死蛇，便模仿牠，醫活了公主。當公主背叛他，將他害死，侍從也利用神奇葉子救活少年，使他得以向國王揭穿公主的罪行。

同樣是仿效蛇以草藥醫病，中國說法是醫療失敗，西方則醫療成功，且是讓人死而復活，效力更強大。西方說法裏主角因為守諾而有此奇遇，因此救了所愛，再自救，背叛自己的公主還受到懲罰，強調守諾的重要，救命的葉子正是遵守諾言的回報。

八、〈黃粱夢（瞬息京華）〉（725A）

〈黃粱夢（瞬息京華）〉故事大致敘述：極欲求功名、富貴或情愛的人，

〔註15〕 撮述〔德〕格林兄弟編著，魏以新譯：《格林童話全集》（北京：人民文學出版社，1994 年 11 月出版），〈三片蛇葉〉，頁 62～63。

在一場夢中經歷所求，明白了世事無常。

這故事在宋元時期有四則異說流傳（參見附錄五），情節大多敘述，欲求功名者忽然登第，或者進入某國度，成就了功名，發揮所長，也因此看透世事無常而醒悟，方覺得是夢一場。如元代《湖海新聞夷堅續志》〈一夢黃粱〉所載：

> 開元中，道者呂翁經邯鄲道上邸舍中，有邑少年盧生同止于邸。主人方蒸黃粱，共待其熟。盧不覺長歎，翁問之，具言生世困厄。翁取囊中枕以授盧，曰：「枕此當榮適所願。」生俛首，但記身入枕穴中，遂至其家。未幾，登高第，歷臺閣，出入將相五十年，子孫皆列顯仕，榮盛無比。上疏曰：「臣年逾八十，位列三台，空負深恩，永辭聖代。」其夕卒，盧生欠伸而寤，呂翁在旁，黃粱尚未熟。生謝曰：「此先生所以窒吾欲也。」再拜受教而去〔註16〕。

嚮往富貴而未有所成的書生遇見道士，聽了他的感歎，道士給他一枕，讓他夢其所願，入睡前一旁正在蒸黃粱，夢中他出將入相，無比榮顯，然後終享天年。當他醒來，發現黃粱都未蒸熟。

這個故事南朝宋劉義慶的《幽明錄》裏已有記載，海外流傳很廣，可見於歐、亞、美洲各國及澳洲、非洲等地。茲錄韓國說法如下：

> 本寺遺僧調信爲知莊，信到莊上，悅守金昕公之女，惑之深，屢就洛山大悲前潛祈得幸，方數年間，其女已配矣，又往堂前怨大悲之不遂己，哀泣至日暮，情思倦悠，俄成假寢，忽夢金氏娘容豫入門，粲然啓齒而謂曰：「兒早識上人於半面，心乎愛矣，未嘗暫忘，迫於父母之命強從人矣，今願爲同穴之友，故來爾。」信乃顚喜，同歸鄉里，計活四十餘霜，有兒息五，家徒四壁，……乃落魄扶携糊其口於四方，如是十年。……
>
> 過溟州蟹縣嶺，大兒十五歲者，忽餒死，痛哭收瘞於道。……到羽曲縣，……飢不能興，十歲女兒巡乞，乃爲里獒所噬，號痛臥於前，父母爲之歔欷泣下數行。婦……語曰：「予之始遇君也，……一味之甘得與子分之，……出處五十年，恩愛綢繆，可謂原緣。自比年來，……傍舍壺漿，人不容乞，千門之恥重似丘山。兒寒兒飢，

〔註16〕　（元）不著撰人：《湖海新聞夷堅續志》（台北：新興書局，1986 年《筆記小說大觀》42 編），後集〈神仙門‧仙異〉，頁 235～236。

－45－

未遑計補，何暇有愛悅夫婦之心，……然而行止非人，難合有數，請從此辭。」信聞之大喜，各分二兒。……

方分手，進途而形開，殘燈翳吐，……夜色將闌。及旦，鬢髮盡白，惘惘然殊無人世意，已厭勞生，……辛苦貪染之心灑然冰釋，於是漸對聖容懺滌無已。歸撥蟹峴所埋兒塚，乃石彌勒也，灌洗奉安於鄰寺。還京師，免莊任，傾私財，創淨土寺，勤修白業，後莫知所終。議曰：「讀此傳掩卷而追繹之，何必信師之夢為然，今皆知其人世之為樂，欣欣然，役役然，特未覺爾。」〔註17〕

此說希望得償所願的是一名寺僧，他的願望則是想與戀慕的女子相守，一場夢境讓他看破情愛無常，不再執著。

九、〈財各有主命中定（命中注定的財寶）〉（745A）

〈財各有主命中定（命中注定的財寶）〉故事大致敘述：神仙看守的財寶上面寫了主人的名字，不是財寶的主人無法取得，或者神仙先將財寶借某人，此人富有後將財產分給財寶的主人。

這個故事在宋元時期共有四則異說流傳，情節大多描述，神仙守著財寶，待真正的主人出現領取財寶，如《太平廣記》〈牛氏僮〉中所載如下：

牛肅曾祖大父，皆葬河內，出家童二戶守之。開元二十八年，家僮以男小安，質於裴氏。齒牙為疾，晝臥廏中。若有告之者曰：「小安，汝何不起，但取仙人杖根煮湯含之，可以愈疾。何忍焉！」小安驚顧，不見人而又寢。未久，告之如初。安曰：「此豈神告我乎？」乃行求仙人杖，得大叢，掘其根。根轉壯大，入地三尺，忽得大磚，有銘焉。揭磚已下，有銅缽刯，于其中盡黃金鋌，丹砂雜其中。安不知書，既藏金，則以磚銘示村人楊之侃。留銘示人，而不告之。銘曰：「磚下黃金五百兩，至開元二十八年五月十八日，有下賊胡人年二十二姓史者得之：澤州城北二十五里白浮圖之南，亦二十五里，有金五百兩，亦此人得之。」

諸人既見銘，道路喧聞于裴氏子。問小安，且諱，執鞭之，終不言。於是拷訊，萬端不對，拘而閉諸室。會有畫工來訪小安，市

〔註17〕〔韓·高麗王朝〕一然：《三國遺事》（韓·首爾：民族文化推進會，1973年（影中宗壬申刊本）），卷三〈調信〉，頁283～286。

丹砂焉。裴氏子誘問之，畫工具言其得金所以。又曰：「吾昨於人處，用錢一百，市砂一斤。砂既精好，故來更市。」張氏益信得金。召小安，以畫工示之。安曰：「掘得銘後，下得數金丹砂，今無遺矣。」金寶不得，則又加棰笞治之，卒不言，夜中亡去。會裴氏蒼頭，自太原赴河內，遇小安於澤州。小安邀至市，酒飲酣招去。意者小安便取澤之金乎！及蒼頭至裴言之，方悟。出《紀錄》〔註18〕。

　　小僮聽到神仙喚其名，經指引下得到了財寶，財寶上寫著給某人。小僮主人拷問他，欲奪其寶，小僮逃走，又得另一處神仙所示財寶，主人終無所獲。

　　這個故事中國唐代句道興的《搜神記》裏已有記載，也流傳於歐、亞、美洲各國，及北非、東非、大洋洲等地。日本流傳的說法如下：

　　　　窮人善五郎誠心信仰財神大黑天，可還是一點錢也賺不到。眼看就要餓死，他想爬人家的牆進去偷錢，不小心摔暈過去，他夢見大黑天出現，腳下都是金銀，責怪地問說，爲什麼不願賜一點給他？大黑天說這些財寶都是有主人，除了向那主人借，別無他法。

　　　　他照大黑天的囑咐找到財寶的主人，一個睡在橋下的乞丐，把事情說給乞丐聽，寫下一張三百兩欠條，約定今後作親戚來往，乞丐很吃驚，但還是同意了。他回家後便在地板下找到三百兩金子，以這些金子當本錢，做起生意，善五郎漸漸富裕起來。他接來乞丐一家，分給他們好處，因爲自己沒孩子，就從乞丐家過繼一個養子，讓他繼承財產，結果就像大黑天啓示的那樣，到頭來還是乞丐家的福份〔註19〕。

　　沒有財運的窮人乞求神賜財寶給他，神告訴他財寶皆是有主人，無法給他，只能向主人借。而主人是名乞丐，他訴說原由，寫下借條，照顧乞丐的生活，兩人因此逐漸富足，成爲一家人。此說有扶弱濟貧招來好運的寓意。

十、〈荒屋得寶（藐視鬼屋裡妖怪的勇士）〉（745B）

　　〈荒屋得寶（藐視鬼屋裡妖怪的勇士）〉故事大致敘述：某屋總讓入住者

〔註18〕　（宋）李昉等編：《太平廣記會校》（北京：北京燕山出版社，2011年出版），卷400，頁6976～6977。
〔註19〕　〔日〕柳田國男著，吳菲譯：《遠野物語・日本昔話》（上海：上海三聯書店，2012年出版），第80則〈乞丐的錢〉，頁184～185。

牛病，有人不怕買下，夜晚躲在梁上察看，果然有金妖和杵妖對話，他套妖怪的話，找到他們的原形，挖出金子，燒了杵，成為富翁。

這個故事在宋元時期可見於《古今合璧事類備要》、《燈下閑談》中，《古今合璧事類備要》〈赤幘是誰〉所載如下：

> 魏郡張本富買宅與陳應，應舉家疾病，賣與何文，文先獨持大刀暮入氏堂梁上。一更中有一人長丈餘，高冠赤幘呼曰：「細腰！」細腰應喏。「何以有人氣？」答無。便去，文因呼曰：「細腰！」問向赤衣冠赤幘，答曰：「金也，在西壁下。」問：「君是誰？」答云：「我杵也，今在竈下。」文掘得金三百斤，燒去杵，由此大富，宅遂清寧〔註20〕。

這個故事中國晉干寶的《搜神記》裏已有記載，也流傳於歐洲與亞洲。茲錄意大利說法如下：

> 天黑了，西安佐來到森林裡一座老房屋，棲身在老房子坍塌的一角，剛合上眼，聽到周圍傳來腳步聲，他拔劍劈刺，什麼也沒碰到，過一會兒，有人拉他的腳，他又一躍而起，拔劍喊道：「不管你是誰，讓我們比試比試。」他聽到一個聲音道：「坐下來，讓我告訴你我是誰。」他天不怕地不怕，在黑暗中摸索到一個通往地窖的梯子，順著梯子下去，看見三個小矮人對他說：「把這個財寶拿去吧，天命判定它應該屬於你。」說完話，他們就不見了〔註21〕。

黑暗中勇士無懼妖怪的挑釁，接受挑戰，贏得小矮人的崇敬，因而獻上財寶。

十一、〈生雖不能聚　死後不分離〉（749A）

〈生雖不能聚　死後不分離〉故事大致敘述：夫妻情深，死後合葬，墳上所生兩樹合抱成一樹。

這故事在宋元時期有二則異說，皆見於元代林坤所著《誠齋雜記》中，其一內容如下：

> 海鹽陸東美，妻朱氏，有容止，夫妻相重，寸步不相離，時人

〔註20〕　（宋）謝維新：《古今合璧事類備要》（台北：新興書局，民國 60 年出版），卷六十一，頁 2072。

〔註21〕　〔意大利〕吉姆巴地斯達・巴西耳著，馬愛農等譯：《五日談》（長春：時代文藝出版社，1996 年出版），頁 52～53。

號爲比肩人，後死合葬，塚上生梓樹，同根，二身相抱，而合成一樹，每有雙雁長宿於上，孫權封其里約比肩，墓曰雙梓，後子弘與妻張氏亦相愛慕，吳人又呼爲小比肩〔註22〕。

　　此型故事東晉干寶的《搜神記》裏已有記載，也流傳於世界各地，包括歐、亞、美洲各國，以及澳洲、大洋洲、北非、東非等地都有其記錄。茲錄印度所傳說法如下：

　　　　有一對恩愛的夫妻，遇上四處遊歷的國王。國王對妻子動了心，問丈夫說：「這是你的妹妹還是你的妻子？」丈夫說：「這是我的妹妹。」國王便問要花多少錢，才可以娶她？

　　　　丈夫故意說，要多到能把他家吊杆壓斷的珠寶才可以。他想，國王一定拿不出來，婚事就會告吹，但國王做到要求前來娶親。丈夫雖後悔，卻不敢說這是他的妻子。

　　　　愛妻被接走後幾年，丈夫找到她，他沒注意竟吃了國王請的有毒酒肉，妻子要他趕緊回家救治，但他回到家還是死了。

　　　　村里人埋葬了他，請鴿子去叫他妻子回來。她逃回家鄉，找到丈夫的墳墓，挖開墳，叫丈夫的骨頭挪一挪，讓她躺在他的骨架旁，並求一位老婦人讓她死。後來，國王也趕來，看見妻子已死，也在他們旁邊自殺了。這對夫妻變成兩隻美麗的蝴蝶飛起，接著國王也變成另一隻蝴蝶孤單的跟著他們〔註23〕。

　　恩愛夫妻生前被拆散，死後同葬，化作一雙蝴蝶。

十二、〈惡地主變馬消罪孽〉（761）

　　〈惡地主變馬消罪孽〉故事大致敘述：財主作惡欺負下人，或欠人錢故意不還，老天讓他投胎爲牛還債，或變馬受苦，令他反省。

　　這故事在宋元時期共有四則異說流傳（參見附錄五），皆是敘述前世借錢不還，投胎爲畜牲償還虧欠之人。如南宋龍明子的《葆光錄》中所載：

　　　　上虞縣有民章蘊者，因歲歉，於鄰人假糧數十斛，後鄰人闕食，就索之，抵負誓曰：「的不還，作犁牛塡。」章笑而許諾。暮月，章卒，其鄰家產一犢，當耕耨之次，謂弟兄曰：「章某欠我米，已云許

〔註22〕　（元）林坤：《誠齋雜記》（台北：新興書局，1963 年《說庫》），頁 833。
〔註23〕　撮述劉安武選編：《印度民間故事集》第一輯（北京：中國民間文藝出版社，1984 年出版），〈賈鳥勒巴拉和杜阿勒鳥姬〉，頁 434～439。

作牛還，此犢莫是否？」偶以姓名呼之，隨聲而應，再答，既而降淚屈膝，似拜許之狀。報其家屬來驗之，右肋上隱起字曰：「負人米，罰作此畜。」其家乃數倍價贖而養之〔註24〕。

此型故事中國唐代李復言之《續玄怪錄》裏已有記載，海外則流傳於歐洲各地，北歐拉脫維維亞所傳說法如下：

> 從前一個沒同情心的地主，對僕人非常苛刻，連祭典都不讓他們休假，僕人要牽馬來拉脫麥機，他就喊罵不准，他罵完離開後，出現一位白眉老人。他送僕人一匹馬，說白天可以讓牠做最辛苦的工作，如果牠不聽話就鞭打牠，食物也不要給牠吃，晚上把牠吊樑上，這樣對牠很有好處。馬的嘶叫聲很像地主的叫喊聲，因此僕人猜想馬是主人變成的，老人應是雷電之神。他們遵照老人所說的方式對待這匹馬。
>
> 自從這匹馬出現後地主就失蹤了，女主人也找不著丈夫。一年後，她看見馬偷吃菜，打了馬的頭，一瞬間，他的丈夫出現在她眼前，說他已經餓了一年，女主人這才明白真相，她把渾身是傷的丈夫帶回家。此後，地主變成對僕人很好的主人〔註25〕。

刻薄下人的地主，變馬一年感受被奴役的痛苦，使他深切反省。

十三、〈陸沉的故事〉（825A）

〈陸沉的故事〉故事大致敘述：有預言城門染血則城將陷為湖，老婆婆聽了擔憂的天天去看城門，守門衛知道了故意在門上染血，婆婆看見後逃走，後城果然被大水淹沒。

宋元時期有四筆異說（參見附錄五），以《太平廣記》〈長水縣〉為例，內容如下：

> 秦時，長水縣有童謠曰：「城門當有血，則陷沒為湖。」有老嫗聞之，憂懼，但往窺焉。門衛欲縛之，嫗言其故。嫗去後，門衛殺犬，以血塗門。嫗又往，見血走去，不敢顧。忽有大水，長欲沒縣。主簿何幹入白令，令見幹曰：「何忽作魚？」幹曰：「明府亦作魚亦！」

〔註24〕 （宋）龍明子：《葆光錄》（台北：新興書局，民國63年《筆記小說大觀》3編），卷3，頁1391～1392。

〔註25〕 《北歐民間故事》（台北：綠園出版社，民國68年出版），拉脫維亞的故事〈變成馬的地主〉，頁243～246。

遂淪陷爲谷。出《鬼神傳》〔註26〕。

這個故事先秦已有記載，見於《呂氏春秋》中，海外則流傳於日本及法國等地。茲錄法國說法如下：

上帝要試探人，認爲沒有一點同情心的人，不應該繼續存在世上。一天夜裡，他扮作乞丐，走進盧爾德城，乞求別人給他一點食物充饑，人們不但拒絕，甚至用難聽話嘲笑他。

後來，他走進全城最破的一座棚子，見裡面有兩個女人和一個尚在搖籃中的嬰兒，女人對他說：「你可以進來，屋裏比外面暖和，等會兒二個黑麥餅烘熟，也會分你一份。」他吃了她們分享的餅後，勸兩個女人趕快離開盧爾德城，她們不聽，他硬拉住她們倆和孩子往城外跑。他們剛離開，整座城市突然下沉，大水淹沒了整個城區，整個城市裡沒有一個人能逃出來，除了棚屋這三個居民〔註27〕。

具同情心的人，在洪水淹沒城市時得以倖免。

十四、〈仙境一日　人間千年〉（844A）

〈仙境一日　人間千年〉故事大致敘述：人入深山伐木稍憩，遇仙人對奕，得其贈食仙藥，出山竟已過三日。

這個故事可見於宋代洪邁的《夷堅志》〈石溪李仙〉中，所載如下：

南劍州順昌縣石溪村民李甲，年四十不娶，但食宿於弟婦家，常伐木燒炭鬻於市，得錢則日糴二升米以自給，有餘，則貯留以爲雨雪不可出之用，此外未嘗妄費。紹熙二年九月入山稍深，倦憩一空屋外，聞下棋聲，知是人居，望其中有兩士對奕，李趨進揖之，呼爲先生。奕者笑而問曰：「汝以何爲業？」對曰：「賣炭爾。」又曰：「能服藥乎？」應曰：「諾。」即顧侍童取瓢中者與之，童頗有吝色曰：「此何爲者而輕付之？」咄曰：「非汝所知。」藥正紅而味微酸，服竟，即遣出，約曰：「三十年後復會此山中。」出門反顧，茫無所覩，嗅腰間所齎飯，臭不容口，傾之於水而行，迨還家，既歷三日矣，遂連日大瀉，自是不復飲食，唯啖山果，鄉人稱之曰：

〔註26〕　（宋）李昉等編：《太平廣記會校》（北京：北京燕山出版社，2011 年出版），卷 468，頁 8422。

〔註27〕　撮述董天琦等譯：《法國童話》（上海：上海文藝出版社，1991 年出版），〈萊鳥湖的來歷〉，頁 518～519。

李仙〔註28〕。

這個故事晉代葛洪的《神仙傳》裏已有記載，海外則流傳於歐、亞、美洲各國與北非、南非、澳洲等地。

西方的這型故事有兩種，一是某人在結婚當天依約邀請他的亡友參加婚禮，婚禮後亡友也邀新郎去他那裡（天堂或地下世界）看看。新郎稍作停留後回去，不料已人事全非，原來時間已過了幾百年（型號 470）。另一種是一位修道院的修士在花園裡欣賞鳥叫，不久回去，修道院裡已沒有人認識他，原來時間已過了幾百年（型號 471A）〔註29〕。

十五、〈仙境遇豔不知年〉（844B）

〈仙境遇豔不知年〉故事大致敘述：男子入山中迷路，遇華宅美女，與之結爲夫妻，妻雖待之優渥，但思念家鄉而欲返家，妻挽留半年，後指明山路，使男子歸去，回家時道已過十世代。

這故事在宋元時期有三則異說流傳（參見附錄五），《太平廣記》中所載如下：

> 劉晨、阮肇入天台採藥，遠不得返，經十三日，饑甚。遙望山上有桃樹子熟，遂躋險援葛至其下，啖數枚，饑止體充。欲下山，以杯取水，見蕪菁葉流下，甚鮮妍。復有一杯流下，有胡麻飯焉。乃相謂曰：「此近人矣。」遂渡山，出一大溪，溪邊有二女子，色甚美，見二人持杯，便笑曰：「劉、阮二郎捉向杯來。」劉、阮驚，二女遂忻然如舊相識，曰：「來何晚耶？」因邀還家。……
>
> 各有數侍婢，使令具饌，有胡麻飯、山羊脯、牛肉，甚美。食畢行酒，俄有群女持桃子，笑曰：「賀汝婿來。」酒酣作樂，夜後各就一帳宿，婉態殊絕。
>
> 至十日，求還，苦留半年，氣候草木，常是春時，……歸思甚苦。女遂相送，指示還路。鄉邑零落，已十世矣〔註30〕。

〔註28〕（宋）洪邁：《夷堅志》（台北：中華書局，2006 年 10 月出版），支戊卷一，頁 1052。

〔註29〕金榮華：《民間故事類型索引》（增訂本）（新北市：中國口傳文學學會，2014 年出版），參見型號 844A 提要。

〔註30〕（宋）李昉等：《太平廣記會校》（北京：北京燕山出版社，2011 年出版），卷 67，頁 721～722。

　　此型故事東晉陶潛的《搜神後記》裏已有記載，海外則流傳歐亞各國。茲錄寮國（老撾）說法如下：

　　　　有一個貧窮的青年名叫何方，每晚都到森林裡去，指望在山的裂縫裡找到寶藏。有一天，他跟在一隻大蝴蝶後面，發現了一塊岩石的裂縫裡有通道，他走進通道後倒地睡著，醒來時，一個黃衣少女正看著他。其實這個姑娘就是蝴蝶變的。

　　　　何方問姑娘：「我們到了什麼地方？」姑娘回說：「這裡是地下王國，這裡沒有時間，所以人們不慌不忙，沒有欲望和要求。」

　　　　何方就留在地下王國和姑娘結了婚，他們生活和睦。直到有一次，他手受傷流血，他突然非常懷念故鄉和家人，就離開地下王國，朝故鄉跑去，但是村裡變陌生，他找不到自己的房子，曾經和父親種下的香蕉苗變成百年大樹。他問一個同姓的姑娘，關於他的家人，姑娘告訴他，他們早就死了，她還聽說從前一個叫何方的青年，在山洞迷了路，誰也找不到他〔註31〕。

　　中西說法皆是說，華宅美女，安逸的生活令人沉溺，忘卻了家園。

十六、〈死而復生續前緣〉（885A）

　　〈死而復生續前緣〉故事大致敘述：女子丈夫從軍，許久不歸，女父要其改嫁，女子不願，父勉強，女因而得病死，夫回，至墳開棺見之，女子竟復活，與夫團圓。

　　這故事在宋元時期有三筆異說流傳（參見附錄五），《白孔六帖》〈梁國女子〉中所載如下：

　　　　梁國女子許嫁已受禮謝，尋而夫戍長安，經年不歸，女家更以適人，女不願，父抑之，遂得病死，後夫還，問女所在，仍至墓所發塚開棺，女遂活，因與歸，後壻訴官爭之，王導議曰：「此不得以常理斷之，宜還前夫。」朝廷以爲人妖〔註32〕。

　　由官府主張與前夫團圓，使女子歸還原所愛者。

　　這個故事晉代干寶的《搜神記》裏已有記載，也流傳於歐、亞、美洲各

〔註31〕　殷康等編：《亞洲童話》（上海：上海文藝出版，1993 年出版），老撾〈蝴蝶姑娘〉，頁 504～506。

〔註32〕　（唐）白居易作、（宋）孔傳撰：《白孔六帖》（台北：新興書局，民國 56 年 10 月出版），卷九十，頁 1281。

國及北非、澳洲等地。中世紀意大利所傳說法如下：

> 金第先生愛上尼柯羅丘的妻子，她懷著身孕，突然間得了急病，
> 像死了一樣，醫生說她已經斷氣，家人就把她埋入墓穴裡。金第聽
> 到了這件事，悄悄打開墓門，哭哭啼啼地吻她、摸她，發覺她心還
> 微微跳動，於是把她帶回家，救活了她，並讓她順利生下孩子，然
> 後在眾人面前說明這件事，將她母子交還尼柯羅丘〔註33〕。

發現女子病死復活的是另一名愛慕者，他救活了她，助她生下孩子，將
她交還給她的丈夫。西方的這則說法，強調了愛慕者的寬大胸襟。

十七、〈貞節婦爲夫復仇（孟姜女）〉（888C）

〈貞節婦爲夫復仇（孟姜女）〉故事大致敘述：將領爲占人妻，而殺其公
婆、夫婿，妻要求將領助其爲公婆、夫婿行喪禮，才願意事奉他，但完成喪
禮後，貞婦便自殺。

這故事在宋元時期可見於元代陶宗儀的《南村輟耕錄》中，其內容如下：

> 台之臨海民婦王氏者，美姿容，被掠至師中。千夫長殺其舅姑
> 與夫，而欲私之，婦誓死不可。自念且被污，因陽曰：「能俾我爲舅
> 姑與夫服期月，乃可事君。」千夫長見其不難於死，從所請，仍
> 使俘婦雜守之。師還，挈行至嵊，過上清風嶺，……即投崖下以死
> 〔註34〕。

描述女子爲公婆、丈夫守節服滿才自盡，更顯其貞節守禮形象。

這個故事晉代干寶《搜神記》裏已有記載，鄰近中國的越南也見流傳，
其說法如下：

> 一個青年爲躲避建宮殿的苦役，躲到農家菜園裏，這家的女兒
> 發現了，將他藏在家裏。她的父親見他人品好，要招他爲女婿，正
> 舉行婚禮時他被抓走了。
>
> 冬天到了，農家女兒爲丈夫送棉衣來到宮殿，但聽說丈夫已經
> 累死了，她問屍體在哪裏，別人告訴他埋在宮殿下，她一連哭了三
> 天三夜，眼淚把宮殿沖塌了，露出丈夫的屍體，她痛苦極了，就跳

〔註33〕 撮述〔意〕卜伽丘著，方平等譯：《十日談》（上海：上海譯文出版社，1989
年出版），〈故事第四〉，頁880～888。

〔註34〕 （元）陶宗儀：《南村輟耕錄》（北京：中華書局，1997年出版），卷三〈貞烈〉，
頁38。

海自盡〔註35〕。

貞婦連哭三天，淚水沖塌宮殿，因而找到丈夫屍體。凸顯其悲傷之深切。

十八、〈所得警言皆應驗（買來的或者別人提供的警言證明是正確的）〉（910）

〈所得警言皆應驗（買來的或者別人提供的警言證明是正確的）〉故事大致敘述：一個外地經商的男子準備返家，算命先生告訴他一段暗語，要他依暗語指示以避開禍事。他照做後躲過幾次死劫，而且從中找出謀害自己不成，反倒誤殺妻子的兇手。

這故事在宋元時期可見於宋章炳文所著《搜神秘覽》中，所載內容如下：

> 西山費孝先，善軌格，世皆知名，有客人王旻因售貨至成都，求為卦，孝先曰：「教住莫住，教洗莫洗，一石穀，搗得三斗米，遇明即活，遇暗即死。」再三戒之，令誦此數言足矣，旻受乃行，途中遇大雨，憩於屋下，路人盈塞，乃思曰：「教住莫住，得非此耶？」遂冒雨行，未幾，屋顛覆，獨得免焉。
>
> 旻之妻已私謁鄰比，欲講終身之好，候旋歸，將攻毒謀，旻既至，妻約其私人曰：「今夕但新浴者，乃夫也。」日欲晡，果呼旻洗沐，重易巾櫛。旻悟曰：「教洗莫洗，得非此邪？」堅不從，婦怒不肯，乃自沐，夜半反被害。旻驚睆罔測，遂獨囚繫。官府栲訊就獄，不能自辨，郡守錄伏牘，旻悲泣言曰：「死只死矣，但孝先所言，終無驗耳。」左右以是語上達，翌日，郡守命未得行法，呼旻問曰：「汝鄰比何人？」曰：「康七。」遂遣人捕之。「殺汝妻者，必是人也。」已而果然，因謂察佐曰：「一石穀搗得三斗米，非康七乎？」旻既辨雪，誠遇明即活之效歟〔註36〕。

預告怎麼化解困境的是算命先生，強調命運註定。

這個故事劉宋劉敬叔的《異苑》裏已有記載，也流傳於歐、亞、美洲各國及北非、東非等地。茲錄柬埔寨說法如下：

〔註35〕　廣西師範學院編：《越南傳說故事與民俗風情》（南寧：廣西人民出版社，1998年出版），〈黎明女尋夫〉，頁28。

〔註36〕　（宋）章炳文：《搜神秘覽》（北京：中華書局，1985年出版），頁1。

一對兄弟在佛寺學習了五年，離開前，住持建議哥哥去中國，預言他在那裡可以成爲大臣。他告訴弟弟：「追求幸福的過程中感到疲倦時，不要睡覺。躺下來時，不要和妻子講話。結了婚要尊重岳父母，遵循這三個教示的話，你會得到一個王位。」

哥哥遵照住持的建議，果然在中國成了大臣。弟弟娶了妻，過得很貧窮，於是他乘船去找哥哥幫忙。哥哥聽相士說弟弟會成爲國王，但要經過磨難，也就沒幫他什麼忙。弟弟回國途中，當全船人睡覺休息時，他想起住持說的：「如果感到疲倦，不要睡覺。」於是他沒敢入睡，因此半夜揪住了來吃人的惡魔，從他那裡得到能自動勒人的仙繩、自動打人的神棍、自己做飯的奇妙飯盒三樣寶物。

他一回家，就把寶物藏在梯子下，他躺下休息時，妻子問他帶些什麼回來，他曾想起主持的囑咐：「和妻子同睡時，不要回答她的話。」但在妻子的堅持下，他還是說了寶物所在，當時妻子的情人正躲在床下偷聽，半夜便偷走寶物。

第二天，弟弟驚異寶物不見了，便疑心妻子有情人。他去向國王申訴梯子的罪，國王聽出他的意思，明白他的妻子有了情人。國王贈送他華服金飾，指示說：「如果有人請你看歌舞，你不要去，把華服金飾交給你的妻子，讓她穿戴著去看歌舞。」弟弟照做了，妻子便讓情人穿戴丈夫的華服金飾，一同去看國王安排的歌舞，國王認出衣服而抓住了他們，拿回弟弟的寶物。弟弟轉而將寶物獻給國王，國王於是想以王位來回報這些無價之寶，弟弟先是婉拒，多年後成了別國的國王，才回來娶了公主，繼承王位〔註37〕。

弟弟除了得到主持師父的警言，也得到國王的，主持所言是命運中冥冥註定的考驗，而國王說的卻是爲了設計使弟弟的妻子認罪，此說敘述命運天定外，也強調智慧可貴。

十九、〈團結力量大〉（910F）

〈團結力量大〉故事大致敘述：作母親怕兄弟彼此猜疑，而命他們各折一隻箭，箭很容易折斷了，又把五隻箭束在一起，讓他們再折，卻折不斷。

〔註37〕陳徹譯：《帶刀的人——柬埔寨民間故事》（北京：中國民間文藝出版社，1981年出版），〈帶刀的人〉，頁1～35。

她以此告誡他們要團結。

這故事在宋元時期可見於元代《蒙古秘史》中，所載如下：

> 他母親阿闌・豁阿煮著臘羊，將五個兒子喚來跟前，列坐著，每人與一隻箭桿，教折斷，各人都折斷了。再將五隻箭桿束在一處，教折斷，五人輪著都折不斷。……阿闌・豁阿就教訓著說：「您五個兒子都是我一個肚皮裏生的，如恰才五隻箭桿一般，各自一隻，任誰容易折斷。您兄弟但同心呵，便如這五隻箭桿束在一處，他人如何容易折得斷。」〔註38〕

這個故事在北齊時所編《魏書・吐谷渾傳》中已有記載，歐、亞、非、美洲各地也見流傳。茲錄希臘所傳說法如下：

> 農夫的幾個孩子經常爭吵，他多次勸導也不奏效。有一天，他把兒子們叫來，拿了一束木棒，讓他們輪流折，但誰也折不斷，然後他分給兒子一人一根，叫他們再折，兒子們很容易都折斷了。農夫說，你們要像木棒一樣團結，才不會被敵人征服，互相爭吵，很容易被敵人打垮。〔註39〕

二十、〈孩子到底是誰的（灰闌記）（所羅門式的判決）〉（926）

〈孩子到底是誰的（灰闌記）（所羅門式的判決）〉故事大致敘述：兩個母親爭奪一個孩子，無法證明誰才是他真正的母親，法官故意讓她們拉這個孩子，親生的母親不忍，不敢用力拉，怕傷到孩子，另一個則使勁拉。

這故事在宋元時期有四則異說流傳（參見附錄五），五代和凝、宋和㠓父子所著《疑獄集》〈黃霸察姒情〉中，所載如下：

> 前漢時潁川有富室兄弟同居，弟婦懷妊，其長姒亦懷妊，胎傷匿之，弟婦生男，奪取以為己子，論爭三年，郡守黃霸使人抱兒於庭中，乃使婦姒競取之，既而俱至，姒持之甚猛，弟婦恐有所傷而情甚悽愴，霸乃叱長姒曰：「汝貪家財欲得兒，寧慮頓有所傷乎？此事審矣。」姒伏罪〔註40〕。

〔註38〕　（元）不著撰人：《蒙古秘史》（石家莊：河北教育出版社，1994年4月《歷代筆記小說集成・宋代筆記小說》），頁10～11。

〔註39〕　概述〔希臘〕伊索：《伊索寓言》，〈農夫的孩子們〉（台北：志文出版社，1997年4月出版），頁26。

〔註40〕　（五代）和凝、（宋）和㠓同撰：《疑獄集》（台北：台灣商務印書館，民國72

　　這個故事漢代的《風俗通》裏已見記載，歐、亞、非、美各國也見流傳。
茲錄葡萄牙說法如下：

　　　　森林裡有一隻白花狐狸和一隻黑花狐狸，它們生活在同一個洞
　　　穴裡，還在同一天各生了一隻小狐狸。兩個崽兒長得十分相像，使
　　　人難以分辨誰是誰的崽兒。兩個月後，突然一個崽兒死了。夜裡，
　　　死崽的媽媽偷偷地把活狐崽掉換過來。第二天，被騙的母狐醒來，
　　　發覺躺在身旁的狐崽死了，它道：「這不是我的孩兒，那個才是我的。」
　　　另一隻也這麼說，它們爭論不休，便去找獅子法官。

　　　　獅子覺得雙方都有理，便吩咐衛士取來一把劍，說道：「把狐崽
　　　劈成兩半，給它們平分！」白花狐狸聽後大叫：「不能把我的崽兒劈
　　　成兩半，要嘛，您乾脆判給它算了。」黑花狐狸說：「劈就劈，乾脆
　　　把崽兒分成兩半。」這時候，法官明白了，對白花狐狸宣判說：「你
　　　是活崽的媽媽。」黑花狐狸則因為騙人，羞得溜掉了〔註41〕。

二十一、〈到底誰是物主〉（926A.1）

　　〈到底誰是物主〉故事大致敘述：兩人爭一塊布，太守故意判決將布裁
斷，一人一半，派吏卒察看二人反應，真正布的主人覺得冤枉，冒認的則謝
恩。

　　這故事在宋元時期共有三異說流傳（參見附錄五），宋代桂萬榮所著《棠
陰比事原編》〈薛絹互爭〉中所載如下：

　　　　漢時有人持縑入市，遇雨以縑披覆，後一人至求庇蔭，陰雨一
　　　頭雨霽當別，輒互爭縑，太守薛宣令斷縑，各與一半，使騎吏聽之，
　　　一云，太守之恩，一稱冤不已，追問乃服〔註42〕。

　　這個故事漢代應劭的《風俗通義》裏已有記載，海外則流傳於印度、柬
埔寨。茲錄柬埔寨說法如下：

　　　　一個人趕路口渴，把傘放在坡沿上，到池邊飲水，這個時候另
　　　一人拾起傘走了。傘的主人趕上小偷，但小偷咬定傘是他的，於是

─────────────────────────────

　　年《四庫全書》），卷一〈黃霸察姒情〉，頁800～801。

〔註41〕　撮述〔葡〕瑪·阿爾加維亞等編，邵恒章等譯：《獅子和蟋蟀──世界民間故
　　　　　事大全·葡萄牙篇》（上海：少年兒童出版社，1991年出版），〈白花狐狸和黑
　　　　　花狐狸〉，頁29～31。

〔註42〕　（宋）桂萬榮：《棠陰比事原編》（石家莊：河北教育出版社，1994年4月《歷
　　　　　代筆記小說集成·宋代筆記小說》），頁338。

兩人起爭論，末了，決定找法官解決。

　　法官想了想說：「將傘劈開，一人一半。」然後祕密命兩個司書尾隨兩人到家，要他們記下所聽到的一切。當偷傘的回到家裏，他的兒子叫道：「爸爸，您從哪裡弄來半個傘。」傘的主人回到家，他的妻兒則說：「您帶著一把好傘，為什麼只帶回它的一半？」法官聽了司書的呈報，明白指出誰是小偷，命令他賠原主一把新傘〔註43〕。

二十二、〈審畚箕（誰是物主）〉（926F）

　　〈審畚箕（誰是物主）〉故事大致敘述：賣糖和賣針在皆說一團絲是自己的，縣官於是鞭打絲，掉出針來，證明絲是屬於賣針者。

　　這故事在宋元時期有五則異說流傳（參見附錄五），其中宋代《棠陰比事原編》〈傅令鞭絲〉中，所載內容如下：

　　　傅季珪爲山陰令，有賣糖賣針者爭一絲團，訴於縣。乃令掛絲
　　於簷，鞭之，有少針出。乃罰賣糖者〔註44〕。

　　這個故事南朝梁蕭子顯的《南齊書・傅琰傳》裏已有記載，海外則流傳於印度、越南。茲錄印度說法如下：

　　　一個婦女用各色棉線搓成項圈，一天她將項圈放池邊，下池沐
　　浴，一個少女拿起項圈戴在脖子上跑了，婦女追上少女，她倆爭吵
　　著，智者聽到，爲她們作判決。他問項圈上抹的是什麼香料？少女
　　說是百合香，婦女說是苾揚古花香。他將項圈放水裏，請香料商鑒
　　別是什麼香料，香料商聞出是苾揚古花香。少女便承認自己是賊
　　〔註45〕。

二十三、〈誰偷了雞或蛋〉（926G.1）

　　〈誰偷了雞或蛋〉故事大致敘述：二人爭一隻雞，皆說是自己的，縣官問雞他們給雞吃什麼，殺雞看牠肚子裏的食物是否吻合。

〔註43〕　陳徹譯：《帶刀的人——柬埔寨民間故事》（北京：中國民間文藝出版社，1981年出版），〈兩個人和傘〉，頁55～56。

〔註44〕　（宋）桂萬榮：《棠陰比事原編》（石家莊：河北教育出版社，1994年4月《歷代筆記小說集成・宋代筆記小說》），頁337。

〔註45〕　概述郭良鋆、黃寶生譯：《佛本生故事選》（北京：人民文學出版社，2001年8月出版），〈項圈〉，頁405～406。

這故事在宋元時期有四則異說流傳（參見附錄五），其中《白孔六帖》〈爭〉中，所載內容如下：

> 齊二野父爭雞，傳　宇季珪爲山陰令，問雞何食，一云豆，乃殺，破雞得粟乃罪言豆者，一縣稱其神也[註46]。

這個故事中國南朝梁蕭子顯的《南齊書・傅琰傳》裏已有記載，也流傳於亞洲的印度、越南、寮國。茲錄印度說法如下：

> 國王養的御狗吃了他馬車上的皮件和皮帶，人們稟告國王，一群狗吃了御車上的皮件和皮帶，他一怒之下命令凡是見到狗就殺死，但窮狗被殺，御狗卻安然無恙。菩薩所投胎的狗認爲事情發生在皇宮，應是御狗所爲，它來到公堂證明御狗吃了皮帶。證明的方法是，把狗舍草拌在奶酪裏，讓御狗喝下，結果它們吐出了皮塊[註47]。

二十四、〈假證人難畫眞實物〉（926L）

〈假證人難畫眞實物〉故事大致敘述：主持告某僧偷了前主持交領的金子，寺中還有其他僧人作證，被告僧人則私下對縣官訴冤，實際上只有文件並無金子。於是縣官要主持及證人以黃泥塑金子的樣子，作爲證據，他們不知形狀，做不成模，所以承認誣告。

這個故事可見於宋王讜的《唐語林》中，所載內容如下：

> 李衛公鎮浙西，甘露僧知主事者訴，交代常住什物爲前主僧隱沒金若干兩，引證前數年，皆遞相交割傳領，文籍分明。且初上之時，交領分兩既明，交割之日不見其金。
>
> 引慮之際，公疑其未盡，微江意揣之。僧乃曰：「居寺者樂於知事前後主之者，積年以來，空交分兩文書，其實無金矣。群僧以某孤立，不雜輩流，欲由此擠之。」因流涕言其冤狀。
>
> 公曰：「此非難也。」俛仰之間曰：「吾得之矣。」乃立召兜子數乘，命關連僧入對事。咸遣坐檐子下帘，指揮門下不令相對。
>
> 命取黃泥，各令模交付下次金樣，以憑證據。僧既不知形狀，

[註46]　（唐）白居易作、（宋）孔傳撰：《白孔六帖》（台北：新興書局，民國 56 年 10 月出版），卷九十四，頁 1333。

[註47]　概述郭良鋆、黃寶生譯：《佛本生故事選》（北京：人民文學出版社，2001 年 8 月出版），〈狗本生〉，頁 16～18。

竟模不成，數輩等皆伏罪〔註48〕。

　　這個故事中國五代嚴子休的《桂苑叢談》裏已有記載，也流傳於蒙古與印度。茲錄印度的說法如下：

　　　　一對窮朋友決定到國外碰運氣，他們到的國家裡的國王很同情他們，給了他們不少錢，得了這筆錢，他們一個開店，一個辦學校，幾年過去，店的生意很興隆，學校也很興旺。兩人想回家看看，但王子還在學校念書，國王因此挽留辦學的，於是他讓朋友先帶回國王賞的三塊寶石給妻子。

　　　　兩年後，他回家發現家境比以前還不如，才知道妻子沒拿到寶石，於是他和朋友爭吵起來，狀告到了國王那裡。開店的說他當著五個人的面把寶石交給朋友的妻子，五個證人也發誓有看到，於是國王要證人一個個單獨來把看到的寶石畫在紙上。這五個全是買通來的，根本沒看過寶石，所以，他們畫的寶石的形狀都各不相同，國王便識破了他的手段〔註49〕。

二十五、〈命中注定的妻子〉（930A）

　　〈命中注定的妻子〉故事大致敘述：男子遇見月下老人告知婚姻天定，其妻為菜販陋女，才三歲，便命人刺此女。後所娶妻子，眉常貼花鈿，為遮刀疤之故，原來妻幼時遭刺，詢問而知竟是當年菜販陋女。

　　這故事在宋元時期可見於《白孔六帖》、《分門古今類事》中，《分門古今類事》〈韋固赤繩〉所載如下：

　　　　韋固少孤思早娶，遇老父向月檢書，言幽冥之書，主天下婚姻，告之其妻適三歲，十七方嫁。老人囊中赤繩繫夫婦之足，雖邈天涯，終不可逭。老人指菜市眇一目之嫗所挽陋女乃其妻，固怒，命奴殺之，奴中其眉間，後固求婚終不遂，又十四年以蔭恭相州軍，刺史王泰喜之，以女妻之。固妻眉間常飾花鈿，雖寢沐未嘗去，逼問之，方云，乃郡守猶子，父亡尚在襁褓，幼時隨乳母鬻蔬於市，遭狂賊所刺，刀痕尚在，故覆花鈿。七八年前方得在叔左

〔註48〕　（宋）王讜：《唐語林》（上海：古典文學出版社，1957年4月出版），卷一〈政事上〉，頁27～28。

〔註49〕　撮述劉安武選編：《印度民間故事集》第一輯（北京：中國民間文藝出版社，1984年出版），〈黑心的朋友〉，頁143～146。

右，以爲女嫁君耳。固問乳母眇乎？妻問何以知之，固言乃其所制耳，夫妻驚涕〔註50〕。

這個故事在中國唐代李復言之《續玄怪錄》裏已有記載，也流傳於歐、亞、美洲各國，及北非、東非等地。英國所傳說法如下：

貴士伯很有錢而且會魔法，他預知兒子將娶一個很窮的姑娘，而不是有錢的公主，感到悶悶不樂。於是他找到姑娘的父親，他正發愁養不起剛出世的女兒。貴士伯謊稱要收養小女孩，其實是把她抱走後拋入河裏，所幸她被一個窮漁夫發現，抱回家養大。

有天，貴士伯到漁夫家討水喝，發現小女孩沒死，已經長大。他爲姑娘寫一封信，要她送去給他的哥哥，說哥哥可以使她變富裕，回來幫助養父母。送信途中有小偷要偷她的錢，拆開信看，發現內容寫著要殺死送信的姑娘，小偷幫她換了信，改成讓姑娘和寫信者的兒子結婚。哥哥見了姑娘，照信上所說辦婚事，通知弟弟前來。

婚禮前貴士伯要姑娘承諾不再見他兒子，否則就殺死她，他把兒子送姑娘的金戒指丟入大海。說道，若是她能拿回戒指，就可以同他兒子結婚。姑娘傷心離開，到一個富人家當起廚師。某天，貴士伯和兒子來拜訪她的主人，她燒魚時發現了魚肚裏有金戒指，正是被丟入海的那枚。餐後，貴士伯要感謝廚師，她戴上戒指去見他，貴士伯見了姑娘，終於醒悟，一切都無濟於事，看到戒指又戴回她手上，便同意她和兒子結婚〔註51〕。

二十六、〈弄巧成拙　劣子遵遺言〉（982C）

〈弄巧成拙　劣子遵遺言〉故事大致敘述：逆子總是和父親唱反調，父親臨終故意說反話，要水葬，實際是想說兒必定忤逆自己而可以土葬，但這次兒子卻遵照了他的遺言。

這故事在宋代李石的《續博物志》中，所載如下：

有一狼子，生平多逆父旨。父臨死囑曰：「必葬我水中。」意其

〔註50〕撮述（宋）委心子：《分門古今類事》（台北：新興書局，民國73年《筆記小說大觀》19編），卷四〈黃裳狀元〉，頁1043～1044。

〔註51〕撮述〔英國〕詹・黎維編，周仁義等編：《藍頓蛇──世界民間故事大全・英國篇》（上海：少年兒童出版社，1991年出版），〈魚和戒指〉，頁90～100。

逆命，得葬土中。至是，狼子曰：「生平逆父命，死不敢違旨也。」破家築沙潭水心以葬〔註52〕。

這個故事中國唐代段成式的《酉陽雜俎》裏已有記載，也流傳於鄰近中國的日本，其流傳的說法如下：

> 從前有個古怪的小孩，爸爸叫他上山，他偏下河，總是和爸爸撐著幹，爸爸對他一點辦法也沒有。

> 爸爸患了重病，這個不孝敬的孩子一點也不著急，爸爸很想死後埋在山上，但是，不敢把眞實的意圖告訴他，臨終前吩咐他：「把我埋在小河旁吧！」他見爸爸死了，悔恨萬分，所以這次卻按照爸爸的話去做。

> 每當下雨河水上漲，幾乎要把爸爸的墳沖走，他焦急又想念爸爸，終於變成一隻山鳩，擔心地啼叫著：「爸爸喲，爸爸喲。」

〔註53〕

二十七、〈一時氣絕非眞死〉（990）

〈一時氣絕非眞死〉故事大致敘述：女子爲情傷心而死，盜墓者欲得其臂上寶玉，發棺驚見女子復活，而娶其爲妻。

這故事在宋元時期有三則異說流傳（參見附錄五），廉布的《清尊錄》中，所載如下：

> 大桶張氏者……，因祠州西灌口神，歸過其行錢孫助教家。孫氏未嫁女出勸酒，其女，容色絕世。張目之曰：「我欲娶爲婦。」孫惶恐曰：「不可。」張曰：「願必得之。」……即取臂上所帶古玉條脫，俾與其女帶之，且曰：「擇日作書納幣也。」飲罷而去。其後張爲人所誘，別議其親……。

> 踰年張就婚他族，而孫之女不肯嫁，父乃復因張與妻祀神回，並邀飲其家，而令女窺之。既去，曰：「汝適見其有妻，可以別嫁矣。」女語塞，去房內以被蒙頭，少刻遂死。父母哀慟，呼其鄰鄭三者告之，使治喪具。且曰：「小口死勿停喪，就今日穴壁出瘞

〔註52〕　（宋）李石：《續博物志》（鄭州：大象出版社，2008 年《全宋筆記》4 編 4 冊），頁 214。

〔註53〕　撮述〔日〕關敬吾：《日本民間故事選》（北京：中國民間文藝出版社，1982 年出版），〈山鳩的孝行〉，頁 136～137。

之。」告鄭以致死之由，且語且哭。鄭辦喪具至，見其臂古玉條脫，時值數十萬錢，鄭心利之，半夜月明，鄭發棺欲取玉條脫，女壓然而起曰：「此何處也？」顧見鄭，曰：「我何故在此？」女自幼亦識鄭面目，鄭乃畏其事彰而以言恐之曰：「汝父怒汝不肯嫁而張氏爲念，若辱其門戶，使我生埋汝於此，我實不忍，乃私發棺而汝果生。」女久之乃曰：「惟汝所聽。」鄭即匿之它處，以爲己妻，完其殯而徙居來州。

　　鄭有母，亦喜其子之有婦，……至崇寧元年，鄭差往永安，孫氏女出俶馬直詣張氏門，語其僕曰：「孫氏幾女欲見某人。」其僕往通之，……孫氏見張，認以爲鬼，驚避退走，而持之益急，乃擘其手，推去之，仆地而死。俶馬者，往報鄭家，推求得鄭母，曰：「我子婦也。」訴之有司，因追取鄭對獄具伏。已而園陵復土，鄭之發塚等罪止於流，以赦得原。而張實傷而殺之，雜死罪也〔註54〕。

　　這個故事中國唐代皇甫氏之《原化記》裏已見記載，也流傳於歐、亞、美洲各國，及北非、南非等地。國外所傳說法是：女人患流行病像死了一般，她的丈夫決定埋葬她，在棺材裏放入昂貴的手環或衣服，挖墳的人前去開棺偷陪葬品，於是女人甦醒，健康地回到家中，和丈夫生活了很長的時間〔註55〕。

二十八、〈不識鏡中人〉（1336B）

　　〈不識鏡中人〉故事大致敘述：妻子不曾看過鏡子，丈夫買了鏡子回來，她以爲鏡中的自己是丈夫娶的小老婆，婆婆則以爲鏡中的自己是親家母。

　　這故事在宋元時期可見於宋《北夢瑣言》〈不識鏡〉中，所載如下：

　　　　有民妻不識鏡，夫市之而歸。妻取照之，驚告其母曰：「某郎又索一婦歸也。」其母亦照曰：「又領親家母來也。」〔註56〕

　　這個故事在中國魏時邯鄲淳之《笑林》裏已見記載，亞洲各國也有流傳。茲錄日本說法如下：

〔註54〕 撮述（宋）廉布：《清尊錄》（台北：新興書局，民國52年12月1版《說郛》），頁224～225。

〔註55〕 Uther, Hans-Jörg. *The Types of International Folktales* (FFC 284-286) Helsinki, 2004.型號990。

〔註56〕 （宋）孫光憲《北夢瑣言》（台北：新興書局，1962年《太平廣記》），頁824。

　　某地住著一個孝子，他到城裡辦事，見到鏡子鋪，覺得很稀罕，就往鏡裡看，發現鏡子裡映出的形象和死去的父親一模一樣，以為父親在這裡面，於是買了一面鏡子帶回鄉下，供在牌位上，每天跪拜。

　　他的媳婦奇怪他總要去看一看牌位，於是也去偷看，發現鏡子裡照出一個女人的臉，很不高興，以為丈夫找了小老婆，把她藏到金框子裡。丈夫說，那是死去的父親，兩人鬧得不可開交。這時候，來了一個尼姑，她聽過事情原委後，就往鏡子裡瞧，她忙說：「那女人改邪歸正，削髮為尼了，你們就原諒她吧。」〔註57〕

二十九、〈妻妾鑷髮〉（1375E）

　　〈妻妾鑷髮〉故事大致敘述：某人長鬢白，命妻妾拔之，妻子一希望他看起來年輕，所以拔黑髮，妾希望他年輕，幫他拔白髮，結果鬢髮全被拔光。

　　這個故事在宋元時期可見於宋范正敏的《遯齋閑覽》中，所載內容如下：

　　　　有一郎官年老置婢妾數人，鬢白，令妻妾鑷之。妻忌其少，為群婢所悅，乃去其黑者：妾欲其少，乃去白者：未幾，頤領遂空。又進士李居仁盡摘白髮，其友驚曰：「昔日皤然一翁，今則公然一婆矣。」〔註58〕

　　這個故事中國南朝梁僧旻等所編之《經律異相》中已見記載，海外也流傳於印度、敘利亞、希臘。茲錄敘利亞所傳說法如下：

　　　　一個男人娶了兩個妻子，一個很年輕，另一個卻很老了，但他們都很愛他。當這個男人和年輕妻子在一起時，只要他一睡著，她就會把他頭上的白髮拔掉，使他顯得年輕一些。而當他和年老妻子在一起時，她就會趁他睡著時，拔掉他頭上的黑髮，希望他也能像她一樣白髮蒼蒼。所以沒過多久，這個男人就成了個光頭〔註59〕。

〔註57〕撮述〔日〕關敬吾：《日本民間故事選》（北京：中國民間文藝出版社，1982年出版），〈尼姑裁判〉，頁336。

〔註58〕（宋）范正敏：《遯齋閑覽》（台北：世界書局，民國50年《中國笑話書七十一種》），〈皤然一翁公然一婆〉，頁63。

〔註59〕〔美〕珍妮·約倫編，潘國慶等譯：《世界著名民間故事大觀》（上海：上海文藝出版，1991年出版），〈一個男人娶了兩個妻子〉（敘利亞），頁67。

三十、〈自信已經會隱形的傻瓜〉（1683A）

〈自信已經會隱形的傻瓜〉故事大致敘述：某人拿著柳葉告訴傻瓜，此葉可使別人看不見自己，傻瓜拿著葉子遮自己，騙他的人就對著他小便，他便相信自己隱形了。

這故事在宋元時期可見於元林坤的《誠齋雜記》中，所載如下：

> 顧愷之癡信小術，桓玄嘗以柳葉紿之曰：「此蟬翳葉也，以自蔽人不見己。」愷之引葉自蔽，玄就溺焉，愷之信其不見己，以珍重之〔註60〕。

此型故事在中國魏時邯鄲淳的《笑林》裏已有記載，也流傳於鄰近中國的日本，其內容如下：

> 傻大想多得金錢，卻不願替人做工，他在書上看到一張「秘方」說，把螳螂捕蟬躲過的樹葉放在身邊，人家便看不到他。有一天，他找到了這樣的葉子，不小心跌入樹葉堆裏，他只好把所有的葉子都帶回家，一葉一葉拿著，問妻子看得見他嗎？妻子開始說看得見，後來被問煩了就說看不見。他聽了連忙帶了葉子去街上偷東西，給人家看見，把他送到法院。法官問他為什麼搶人家的東西，傻大便把找「秘方」的經過告訴法官，法官說他是呆子，便放了他〔註61〕。

三十一、〈漫天撒謊　比誰最老〉（1920J）

〈漫天撒謊　比誰最老〉故事大致敘述：幾個人比賽誰最老，誇大的說自己開天闢地時就已存在，或看過十數次海水變桑田，或所種的樹已長得與山等高。

這一型故事在宋元時期可見於宋蘇軾所著《東坡志林》及《仇池筆記》中，以《東坡志林》〈三老語〉為例，其內容如下：

> 嘗有三老人相遇，或問之年。一人曰：「吾年不可記，但憶少年時，與盤古有舊。」一人曰：「海水變桑田時，吾輒下一籌，邇來吾籌已滿十間屋。」一人曰：「吾所食蟠桃，棄其核於崑崙山下，今已與崑崙肩矣。」以予觀之，三子者，與蜉蝣、朝菌，何以異哉〔註62〕！

〔註60〕　（元）林坤：《誠齋雜記》（台北：新興書局，1963 年《說庫》），頁 833。
〔註61〕　《日本童話》（台中：義士出版社，民國 56 年出版），頁 111～113。
〔註62〕　（宋）蘇軾：《東坡志林》（鄭州：大象出版社，2003 年 10 月出版《全宋筆記》

這個故事先秦時的《韓非子》裏已有記載，海外則流傳於歐亞各國及西非、南非、中美等地。故事最早可見於印度的《佛本生故事》，內容敘述：猴子、大象說曾看過大榕樹還是幼樹，來強調自己年紀大，最後鷓鴣說，大榕樹是由牠的糞便傳遞而發芽，於是公推牠才是最年長〔註63〕。日本沖繩的說法則是：

> 唐國的猴子、沖繩的猴子和大和的猴子是朋友，有一天，它們一起拾到一個飯團。沖繩的猴子說：「咱們一起分著吃吧！」唐國的猴子說：「『美味敬長者』，應當給年歲最大的吃。」沖繩的猴子問它多大年紀，唐國的猴子說：「多大我記不清，我生下來時，天和地還黏在一起！」

> 又問大和的猴子，它回答說：「我也記不清了，生我的時候，海邊上還只有海貝呢！」沖繩的猴子說：「飯團該歸誰吃呢？」說著便哭了起來，那兩隻猴子催它說：「哭什麼？快說你年紀呀！」沖繩的猴子說：「我哭，是因為想起了我的孫子，它要是活到現在，跟你們年紀差不多！」於是它把飯團吃了〔註64〕。

三十二、〈大魚〉（1960B）

〈大魚〉故事大致敘述：大魚之大，肚中可吞一人，人以長梯方能登魚背，取了牠身上幾百擔肉，魚都不覺痛。魚擱淺港中，牠一動，旁邊的船都翻覆。魚肉十天才分完，魚脊骨可拿來舂米。

這個故事在宋元時期可見於《夷堅志》〈海大魚〉裏，所載內容如下：

> 漳州漳浦縣敦照鹽場在海旁，將官陳敏至其處，從漁師買沙魚作線。得一魚，長二丈餘，重數千斤。剖及腹，一人僵然橫其間，皮膚如生，蓋新為所吞也。又紹興十八，有海鯔乘潮入港，潮落，不能去，臥港中。水深丈五尺，人以長梯架巨舟登其背，猶有丈餘。時歲饑，鄉人爭來剖肉。是日所取，無慮數百擔，鯔元不動。次日，有剜其目者，方覺痛，轉側水中，旁舟皆覆，幸無所失亡。取約旬

第1編第9冊），卷2，頁56。

〔註63〕概述郭良鋆、黃寶生譯：《佛本生故事選》（北京：人民文學出版社，2001年8月出版），〈鷓鴣本生〉，頁62～65。

〔註64〕撮述王汝瀾譯：《白鳥姑娘——沖繩民間故事》（北京：中國民間文學出版社，1984年出版），〈比長壽〉，頁124。

日方盡，賴以濟者甚眾，其脊骨皆中米臼用。〔註65〕

這個故事在中國晉代的《南越志》裏已有記載，海外則流傳於歐美各國，及東亞、南亞、東南亞等地。外國所傳的說法有：（一）大魚是一座島的三倍，人們拉牠上岸，經過三天還不見牠的眼睛。（二）剖開大魚的肚子，發現裡面有十七隻羊的鈴。醃牠的肉用了三百斤的鹽，醃肉足以供一家醫院一年食用。（三）大魚單眼就重五磅，牠的魚鱗做了一間穀倉的屋頂，骨頭用於柵欄，魚頭骨做成了烤箱〔註66〕。

第二節　宋元初見國際類型故事的傳播

宋元初見而國外也有的成型故事，有十七則：

一、〈爪子卡在樹縫裡〉（38）

〈爪子卡在樹縫裡〉故事大致敘述：人依熊常坐門上的習性，設下木夾板陷阱，熊見了，怒拆夾板上木楔，因此中計被夾死。

這個故事見於宋代周去非的《嶺外代答》卷九，內容為：

> 廣西有獸名人熊，乃一長大人也，被髮裸體，手爪長銳，以爪劃欖木，取其脂液塗身，厚數寸，用以禦寒暑，敵搏噬。是獸也，力能搏虎，……人熊在山，能即船害人。……嘗有人熊日坐於猺人之門，猺人每投以飯，因起機心，以大木兩片緊合之，中楔一代，令兩木中開。次日人熊至，見代而怒，跨坐拔去代，而兩木合，正害其勢，乃死。猺人急去木，以米泔洗地，繼而雌至求雄，莫辨所殺之處，遂不為害。不然，雖猺人亦不可得而安居矣〔註67〕。

此型故事也流傳於歐、亞、美洲各國，及非洲北部、南部。國外一般說法是：人請熊或老虎幫他劈樹，當熊的爪子卡在樹幹，人趁機拔起楔子，讓木板彈回夾住牠，而捉住了熊〔註68〕。

〔註65〕　（宋）洪邁：《夷堅志》（北京：中華書局，2006 年出版），甲志，卷七，頁 62～63。

〔註66〕　Uther, Hans-Jörg. *The Types of International Folktales* (FFC 284-286) Helsinki, 2004.型號 1960B。

〔註67〕　（宋）周去非：《嶺外代答》（台北：新興書局，1962 年出版《筆記小說大觀》續編），頁 1650。

〔註68〕　Uther, Hans-Jörg. *The Types of International Folktales* (FFC 284-286) Helsinki,

二、〈水牛塗泥鬥猛虎〉（138）

〈水牛塗泥鬥猛虎〉故事大致在說：大象或水牛與猛獸決鬥，先在身上噴滿厚泥，猛獸如撞巨石而敗。

〈水牛塗泥鬥猛虎〉故事最早出現在唐代白居易作，宋代孔傳亦撰的《白孔六帖》、李昉等所編《太平御覽》中，《白孔六帖》內容如下：

> 賞從天竺欲向大秦，其間忽聞數千里外哮哮檻檻驚天怖地。項之但見百獸率走，蹐地足絕，既而四巨象俄焉而至。以鼻卷泥自厚塗數尺，數數噴鼻，偶立。有師子三頭崩石折木輒見於山，蹴之直搏四象以殪盤石，血若溢泉，巨樹草偃也〔註69〕。

這一型故事也見於亞洲、大洋洲、南歐等地。茲錄斯里蘭卡說法如下：

> 豹說要吃蜥蜴，蜥蜴說要與牠戰鬥到底，豹瞧不起牠，說只跟和自己差不多的對手打仗。蜥蜴說給牠三個月，就可以成為豹的對手。豹同意了，牠們決定三個月後，在同一時間、地點決鬥。
>
> 蜥蜴為戰鬥作準備，每天到稻田打滾，然後把臉和手洗乾淨，坐下曬太陽，直到身體越變越大。三個月後蜥蜴和豹開始戰鬥，豹跳上蜥蜴，每次只能抓下一塊泥，沒能損傷牠。蜥蜴跳上豹的背，在牠的身上亂咬，豹痛得受不了，最後拼命逃跑了〔註70〕。

三、〈家畜護主被誤殺〉（286A）

〈家畜護主被誤殺〉故事大致敘述：主人在睡覺時被野獸攻擊，家畜奮力保護，擊退野獸，主人醒來看見牠站在自己身體之上，不知這麼做是為了保護他，反而生氣的杖打牠，甚至殺了牠。

在中國這個故事最早見於宋代馬純的《陶朱新錄》卷三十八，內容如下：

> 黃定者于紹聖間有以牛目司馬溫公者，因作冤牛文：華州村民往歲有耕山者日晡疲甚，遂枕犁而臥。乳虎翳林間，怒髭搖尾張勢作威欲啖而食，屢前，牛輒以身立其人之體上，左右以角抵虎甚力，

2004.型號38。

〔註69〕　（唐）白居易撰、（宋）孔傳撰：《白孔六帖》（台北：新興書局，民國 56 年 10 月出版），卷九十七，頁 1373。

〔註70〕　殷康等編：《亞洲童話》（上海：上海文藝出版，1993 年出版），斯里蘭卡〈蜥蜴是怎麼打敗豹子的〉，頁 719～723。

虎不得食，垂涎至地而去，其人則熟寢未之知也。虎行已遠，牛且未離其體，人則覺而惡之，意以為妖，因杖牛，牛不能言而奔，輒自逐之，盡怒而得愈見怪焉。歸而殺之，解其體食其肉不悔。夫牛有功而見殺，盡力于不見知之地，死而不能以自明，向使其人早覺而悟虎之害己，則牛知免而獲德矣，惟牛出身捍虎于其人未覺之前，此所以功立而身斃，嗚呼！觀此可以見，夫天下之害甚于翳虎，忠臣之功力于一牛，嫌疑之猜過于伏體，不悟于心深于熟寢，苟人主莫或察焉，則忠義之恨何所自別哉？傳稱妾佯僵而棄酒，上存主父，下存主母，猶不免于笞，固有忠臣獲罪言猶諒夫，客有目牛之事，親過而吊焉，予聞其語感而書冤牛云又自跋曰：是牛也能捍虎于其人未寤之前，而不能全其功于虎行之後，其見殺宜哉〔註71〕。

這一型故事也流傳於歐、亞、美洲各國，及北非、東非、大洋洲、澳洲等地。茲錄英國說法如下：

很久以前一個領主養了一條忠心的狗，一天，領主的老婆上教堂，領主急著去追鹿，他要狗待在搖籃邊，看顧還是嬰兒的小主人。

不久，一隻狼朝搖籃跑去，想吃掉孩子，於是狗和狼扭打起來，牠們打得口角淌血，撞翻搖籃，但小主人始終靜靜睡著，最後狗咬斷狼的喉嚨。

過了一會兒，領主回來，狗跑去迎接，主人聞到牠滿嘴血腥，看到盡是血跡的地板，和倒扣的搖籃，以為狗吃了孩子，便一劍刺死牠，狗剛剛斷氣，領主聽到了孩子的哭聲，他查看後發現孩子平安，屋角有隻死狼，狗身上有撕裂傷，心中懊悔萬分，便叫行吟詩人把他的魯莽行編成故事流傳，把狗當英雄埋葬了〔註72〕。

四、〈人體器官爭功勞〉（293）

〈人體器官爭功勞〉大致在說：人體各器官爭論誰最重要，最後終於明白，每個器官各有功能，缺一不可。

〔註71〕 （宋）馬純：《陶朱新錄》（鄭州：大象出版社，2012年《全宋筆記》5編10冊），頁151～152。

〔註72〕 撮述〔英國〕詹·黎維編，周仁義等編：《藍頓蛇——世界民間故事大全·英國篇》（上海：少年兒童出版社，1991年出版），〈悔恨〉，頁159～161。

在中國這個故事最早的記錄見於王讜《唐語林》與羅燁的《醉翁談錄》裏，《醉翁談錄》〈嘲人不識羞〉敘述：

> 陳大卿云：「眉、眼、口、鼻四者皆有神也。一日，口謂鼻曰：
> 『爾有何能，而位居吾上？』鼻曰：『吾能別香臭，然後子方可食，
> 故吾位居汝上。』鼻謂眼曰：『子有何能，而位在我上也？』眼曰：
> 『吾能觀美惡，望東西，其功不小，宜居汝上也。』鼻又曰：『若然，
> 則眉有何能，亦居我上？』眉曰：『我也不解與諸君廝爭得，我若居
> 眼、鼻之下，不知你一個面皮安放哪裡？』」〔註73〕

這個故事也見於歐、亞、非洲各國及南美洲等地。外國的說法最早見於希臘，內容如下：

> 肚子和腿在爭論誰的力氣大。腿說它撐著肚子走路，力氣當然
> 很大。肚子回答說：「可是你要知道，如果我沒有把營養送給你，你
> 連動一下都有困難的。」〔註74〕

五、〈窮秀才年關救窮人〉（750B.2）

〈窮秀才年關救窮人〉故事大致描述：商人被算命師預言只能活到中秋節，他趕緊起程返家，途中遇到婦人要跳河自殺，原因是遺失丈夫做生意的本錢。他感歎自己已註定要死，不忍見婦人為錢尋短，便贈送婦人二倍的本錢。中秋節過後他意外自己沒死，原來所救婦女懷有身孕，他一次救了二條性命，後來算命師告訴他，因為這個原故他得以延壽不死。

這個故事最早見於中國元代陶宗儀的《南村輟耕錄》中，內容敘述：

> 昔真州一巨商，每歲販鬻至杭。時有挾姑布子之術曰鬼眼者，
> 設肆省前，言皆奇中，故門常如市。商方坐下，忽指之曰：「公，大
> 富人也，惜乎中秋前後三日內數不可逃。」商懼，即戒程，時八月
> 之初，舟次揚子江，見江濱一婦，仰天大號，商問焉，答曰：「妾之
> 夫作小經紀，止有本錢五十緡，每買鵝鴨過江貨賣，歸則計本於
> 妾，然後持贏息易柴米，餘資盡付酒家，率以為常。今妾偶遺失所
> 留本錢，非惟飲食之計無所措，亦必被箠死，寧自沉。」商聞之，

〔註73〕　（宋）羅燁：《新編醉翁談錄》（瀋陽：遼寧教育出版社，1998年12月出版），卷之二丁集，頁31。

〔註74〕　〔希臘〕伊索：《伊索寓言》〈肚子和腿〉（台北：志文出版社，1997年4月出版），頁194。

歎曰：「我今厄於命，設令鑄金可代，我無虞矣，彼乃自天其生，哀哉！」巫贈錢一百緡，婦感謝去，商至家，具以鬼眼之言告父母，且與親戚故舊敘永訣，閉門待盡父母親故，宛轉寬解，終弗自悟，踰期，無它故，復之杭，舟阻風，偶泊向時贈錢處，登岸散步，適此婦褓負嬰孩，遇諸道，迎拜，且告曰：「自蒙恩府持拔，數日後乃產，妾母子二人沒齒感再生之賜者，豈敢忘哉。」商至杭，便過鬼眼所，驚顧曰：「公中秋胡不死？」乃詳觀其形色而笑曰：「公陰德所致，必曾救一老陰少陽之命矣。」商異其術，捐錢若干以報之〔註75〕。

這個故事也流傳於鄰近中國的韓國，其說法如下：

金蓋祚……家貧而有老母，常窘菽水之供。一日，母曰：「吾聞汝家先世藏獲之散在湖南島中者甚多，汝可一往推刷乎。」因出奴婢券以給之，金持其券往羅州，一島中百餘戶村皆奴僕子孫也，願以數千金贖之，金許之，燒其券，馱其錢而還。

過錦江，有一翁二婦互相入水，旋相援引，因相扶而痛哭。金怪問之，翁曰：「有獨子爲吏役，今以逋在囚，明日是定限，而過限則當死矣，不忍見獨子之被刑，吾欲投水而死。……」金曰：「若有錢幾何則可以償逋也？」曰：「數千金可也。」金即以馱來錢數千盡與之，其三人曰：「吾家四人之命回死生，何以報恩，吾家不遠，願暫入少憩。」金曰：「家有老親倚閭久矣，不可遲也。」即馳去，可顧問其居住、姓名、亦不答焉。

金歸家，母問推收事如何？以錦江事對之。母拊其背曰：「是吾子也。」後母以天年終，……無可葬之地。金與地師一人步行求山，到一處地，師大讚之曰：「此地吉不可言矣。」見山下有一大家，問之，則富民家也。左右村落之櫛比者，皆其奴僕也，顧地師曰：「以吾之力何可生心乎？」然日暮第往留宿可也，入其家，有一少年迎接，待以夕飯，金與少年問答之際，忽有一婦入，開戶突入挾金哀而哭之，老翁、老軀又自內室而出，亦抱而哭之，始言其年條事實，果然矣，蓋少婦自錦江事以後，夜輒焚香祝天，曰：「願逢恩人以報

〔註75〕 （元）陶宗儀：《南村輟耕錄》（北京：中華書局，1959年2月第1版），卷十二〈陰德延壽〉，頁153～154。

其德。」其夫亦退於村治產，爲巨富，遂占得此地而居。少婦每問客來必竊覘而察之，以其能有心見人也。然今能不失於幾年之後者，亦其至誠之所感也〔註76〕。

六、〈拾金者的故事〉（926B.1）

〈拾金者的故事〉大致說：菜販拾獲鈔票，經其母教誨後將錢還給失主。失主爲避免付酬謝，反誣失銀數目有短少，他不用再給謝銀，於是爭論而告官。縣令釐清眞相後故意將錯就錯，判決失銀數目既不相符，此非失主所失之銀，若無人認領則送賢母養老。

這個故事中文資料最早見於元代楊瑀著《山居新話》，及元末明初陶宗儀所撰《南村輟耕錄》中，《山居新話》所述如下：

> 聶以道，江西人，爲□□縣尹。有一賣菜人，早往市中買菜，半路忽拾鈔一束。時天尚未明，遂藏身僻處，待曙檢視之，計一十五定，內有五貫者。乃取一張，買肉二貫、米三貫，實之擔中，不復買菜而歸。其母見無菜，乃叩之。對曰：「早於半途拾得此物，遂買米肉而回。」母怒曰：「是欺我也。縱有遺失者，不過一二張而已，豈有遺一束之理，得非盜乎？爾果拾得，可送還之。」訓誨再三，其子不從。母曰：「若不然，我訴之官。」子曰：「拾得之物，送還何人？」母曰：「爾於何處拾得，當往原處候之，伺有失主來尋，還之可也。」又曰：「吾家一世，未嘗有錢買許多米肉。一時驟獲，必有禍事。」其子遂攜往其處，果有尋物者至。
>
> 其賣菜者，本村夫，竟不詰其鈔數，止云失錢在此，付還與之。傍觀者皆令分賞，失主靳之，乃曰：「我失去三十定，今尚欠其半，如何可賞！」既稱鈔數相懸，爭鬧不已，遂聞之官。聶尹覆問拾得者，其詞頗實，因暗喚其母，復審之亦同。乃令二人各具結罪文狀：「失者實失去三十定，賣菜者實拾得十五定。」聶尹乃曰：「如此則所拾之者，非是所失之鈔。此十五定乃天賜賢母養老。」給付母子令去。喻失者曰：「爾所失三十定，當在別處，可自尋之。」因叱出，聞者莫不稱善。〔註77〕

〔註76〕〔韓・朝鮮王朝〕李源命：《東野彙輯》（韓・首爾：太學社，1987年6月《韓國文獻說話全集》），卷五〈救四命占山發福〉，頁20～23。
〔註77〕（元）楊瑀：《山居新話》（台北：台灣商務印書館，1983年《四庫全書・子

此型故事在海外流傳於歐洲及西亞等地。中外說法較大的不同在於遺失的貨幣，中國元代的說法貨幣是紙鈔，國外則為金幣。依照金榮華先生的論述，故事中遺失的金額當為鉅款，若是金幣則相當沈重，而元朝流通鈔票，在用絲織品印製的，柔軟輕滑，不小心跌落地面而不自覺的可能性較金幣大，同時或更早之前外國並不流通紙鈔，故事應是自中國傳出〔註78〕。

七、〈偽毀贋品騙真賊〉（929D）

〈偽毀贋品騙真賊〉故事大致敘述：當舖收到假貨，發現時已付錢，典當的人走了。於是店主放消息說收到假貨，並當眾毀掉。當假貨的人以為店主還不出來，立刻回來贖。但店主還給他原來那個假貨，賺了利息，原來毀掉的是假貨的仿製品。或者把他捉了送官。

這個故事最早可見於五代和凝、宋和㠓父子所著《疑獄集》〈慕容執假銀〉中，其內容如下：

> 漢慕容彥超善捕盜，為鄆帥日，有州息庫遣吏主之，有人以白金二錠質錢十萬，與之既去而驗之，乃假銀也。彥超知其事召主庫吏，密令出榜，虛稱被盜竊所質白銀等財物，今備賞錢一萬，召知情收捉元賊。不數日間，果有人來贖銀者，執之，伏罪，人服其知〔註79〕。

有人拿假銀二錠來州息庫質錢十萬，離開後主事吏才發現，已無從捉人。長官得知，故意放假消息說，所質白銀被偷要捕盜，以假銀質錢者以為可贖得真銀，前來贖銀，於是被官府逮捕。

同型故事也流傳於韓國。韓國的說法則是：

> 從前有個財主有萬貫家產，在鄉里間很有名，一個陌生人來向他借三千兩銀子，以一塊金子做抵押。有一天，財主開金礦的姪子幫他檢驗這塊金子，斷定是假貨。財主把金子重新收好，囑咐姪子不要聲張。
>
> 一次酒宴裡來了許多各地名人，財主酒後大哭說，幾天前有個

部・小說家類一》），卷一第七則，頁346～347。

〔註78〕 金榮華：〈〈拾金者的故事〉試探〉，收錄於《禪宗公案與民間故事——民間文學論集》（臺北：中國口傳文學學會，民國96年再版），頁39～57。

〔註79〕 （五代）和凝、（宋）和㠓同撰：《疑獄集》（台北：台灣商務印書館，民國72年《四庫全書》），卷三〈慕容執假銀〉，頁814。

陌生人留下一塊金子，借走三千兩銀子，但金子被偷了，他的全部
家產也抵不過那塊金子。

　　陌生人聽到這個消息，以爲可以得到財主全部財產，於是拿出
三千兩銀子和利息來財主家，要求還他金子，財主接過錢，立即取
出金子還他，那人嚇呆了，慌忙逃走〔註80〕。

　　財主知道收到假金子，故意放消息說金子被偷，誇張金子的價值等於財
主的家產，誘惑抵押假金子的人趕緊回來贖。當騙子發現財主拿出原來的假
金子，嚇壞了。

八、〈對自己命運負責的公主〉（943）

　　〈對自己命運負責的公主〉故事大要是說：家道中落的富人，爲躲債而
休妻離鄉。旅店婆婆招他爲婿。某次後妻上山採野菜，在白兔的引領下拾得
奇石，她拿回家詢問丈夫，才知是銀礦，其家因而冶銀致富，重返故里還債，
迎回前妻。

　　這故事中國境內最早見到的記錄在南宋，記載於施德操所撰《北窗炙輠
錄》卷下，其內容爲：

　　　　平江有富人謂之姜八郎，後家事大落，索逋者雁行立門外，勢
　　大窘，乃謂其妻曰：「無他策，惟有逃耳。」……將逃，乃心念曰：
　　「委債而逃，吾負人多矣，使吾事倘諧，他日還鄉，即負錢千緡當
　　償二千緡，多寡倍之。」遂行，信州道中有逆旅，嫗夜夢有群羊甚
　　富，有人欲驅之，有一人呵之曰：「此姜八郎羊也，毋得馳逐。」恍
　　然而覺。明日姜適至其所問津，嫗問其姓，曰：「姜」，問其第幾，
　　曰：「八」，嫗大驚，遂延入其家，所以館遇之甚厚。久之，乃謂姜
　　曰：「嫗有兒不幸早死，有婦憐嫗老，義不嫁，留以待嫗。嫗甚憐
　　之，欲擇一贅壻，久未獲，觀子狀貌非終寒薄者，願欲以婦奉箕帚
　　可乎？」姜辭以自有妻，不可，嫗請之堅，姜亦以道途大困，不得
　　已從之。

　　　　其妻一日出擷菜，顧有白兔，……追之一山上，兔乃入一石穴
　　中，妻探其穴，失兔所在，乃得一石，爛然照人，持歸以語夫。姜

<hr>

〔註80〕撮述林鄉編譯：《虎哥哥——朝鮮民間故事》（北京：中國民間文藝出版社，
　　　　1984 年出版），〈一著更比一著高〉，頁 83～84。

視之曰：「此殆銀礦也。」冶之，果得銀。……其後竟以坑冶致大富。
姜於是攜其妻與嫗復歸平江，迎其故妻以歸，召昔所凡負錢者，倍
利償之。

此亦怪矣，今思其後妻憐其姑之老，義不嫁，此天下高節，而
姜臨逃亦有倍償所負之誓，亦足以見其人矣，因緣會合，夫婦相際，
天其以是報善人〔註81〕。

後世所述此型故事則多男女主角互易，識寶者為妻子。國外流傳於亞洲
諸國。茲錄越南說法如下：

富商見妻子施捨檳榔給窮漢，懷疑她不貞，不聽妻子辯解，便
給她金銀各一錠，把她趕出門。妻子孤單走著，又遇上了窮漢，向
他訴說自己不幸的遭遇，請求與他相依為命，窮漢答應了。

有一天，窮漢拿起妻子的金錠丟擲雞群，妻子責怪他，告訴他
那是黃金，世上最珍貴的東西。丈夫回說他捕魚時常撿到，但不知
有用都扔了。妻子聽後催促丈夫快去尋找，果然尋回不少金錠。原
來富商把妻子趕走後，生意虧損，商船還遇風浪沉入大海，船上的
金銀沖到這一帶。窮漢有了錢，後來還當上船稅官，富商的船來繳
稅時，看到是前妻和窮漢，慚愧不已〔註82〕。

九、〈水泡為證報冤仇〉（960）

〈水泡為證報冤仇〉故事大致敘述：商人在旅途謀害同伴，同伴死前指
水泡、太陽或其它物品，說能為他作證。多年後商人看見當日景況重現，不
禁向妻子說出當時殺人真相。妻子因此告發了他，或將消息散播出去，導致
他被捕。

這個故事最早可見於北宋徐積的《節孝集》〈淮陰義婦詩并序〉中，徐積
之後，莊綽所著的《雞肋編》也見記載，其內容如下：

予家故書有呂縉卿文集載淮陰節婦傳云：婦年少美色，事姑甚
謹。夫為商與里人共財出販，深相親好至通家往來，其里人悅婦之
美。因同江行會，傍無人即排其夫水中，夫指水泡曰：「他日此當為

〔註81〕　（宋）施德操：《北窗炙輠錄》（台北：新興書局，民國78年《筆記小說大觀》
　　　　　6編），卷下，第2則，頁1730。

〔註82〕　攝述〔越南〕《越南神話民間故事選》（越南：河內世界出版社，1997年第一
　　　　　版），〈萬歷錢的故事〉，頁111～115。

證。」既溺，里人大呼求救，得其屍已死，即號慟爲之制服如兄弟厚，爲棺斂送終之禮甚備，錄其行橐一毫不私，至所販貨得利亦均分，著籍即歸盡舉以付其母，爲擇地卜葬，日至其家奉其母如己親，若是者累年，婦以姑老亦不忍去，皆感里人之恩亦喜其義也。姑以婦尚少，里人未娶視之猶子，故以婦嫁之，夫婦尤歡睦，後有兒女數人。

　　一日大雨，里人者獨坐簷下視庭中積水竊笑，婦問其故，不肯告，愈疑之，叩之不已，里人以婦相歡，又有數子，待己必厚，故以誠語之曰：「吾以愛汝之故，害汝前夫，其死時指水泡爲證，今見水泡竟何能爲此，其所以笑也。」婦亦笑而已。後伺里人之出，即訴於官，鞠實其罪而行法焉。婦慟哭曰：「以吾之色而殺二夫，亦何以生。」遂赴淮而死。此書呂氏既無，而予家者亦散於兵火，姓氏皆不能記，姑述其大略而已〔註83〕。

　　商人妻貌美，與其夫合夥的鄰居覬覦其美色，故推商人入江溺斃，謊稱是意外。商人死前指水泡說希望能以此爲證。鄰居回鄉後，爲其喪事出力，待其母如至親，於是商人母將其妻嫁之。多年後鄰居見水泡憶起商人臨終之言，不禁竊笑，妻問原故，他想夫妻恩愛又有子女，告之無妨，故說出害其前夫及指水泡爲證事，妻子暗暗悲痛而報官。

　　二者所錄皆說是記淮陰義婦傳說，但情節略異，《節孝集》中尚無死者臨終指水泡爲證事，只是死時入水冒出水泡，引起兇手回憶謀害當時情況。《雞肋編》則有水泡作證之言，而兇手不信水泡能爲證，後果然因水泡使他伏法。情節巧妙，前後緊扣更爲精彩。

　　此外，宋元時期還另有三則異說記錄〔註84〕，同型故事也見於歐、亞、美洲各國及北非、南非等地。

　　林彥如在〈「水泡爲證報冤仇」故事試探〉中比較此型故事的中外說法，中國、韓國流傳的說法中，殺人的動機是爲了奪死者之妻，尼泊爾及歐洲各國的說法則是爲了謀財。死者臨終請託爲兇案作證的，中國、尼泊爾是水泡，歐洲各國則有陽光、植物、上帝、月亮、風等。而破案的原因，中韓所傳是

〔註83〕　（宋）莊綽：《雞肋編》（台北：新興書局，民國52年《說郛》），頁128。

〔註84〕　分別見於宋高文虎著《蓼花洲閒錄》、宋洪邁著《夷堅志補》、元不著撰人《朱砂擔滴水浮漚記》雜劇，參見顧希佳：《中國古代民間故事長編》（浙江：浙江大學出版社，2012年出版），頁168～169。

妻子爲義而告發丈夫，宋明所錄更加深妻子節義的形象，融入理學思想。尼泊爾及歐洲各國則是在貶抑女人多嘴，洩露丈夫殺人的秘密〔註85〕。

十、〈得寶互謀俱喪命〉（969）

〈得寶互謀俱喪命〉故事大致敘述：三道人偷得陪葬的財物，一人前去買酒時，留守二人便計畫殺死他，以多得錢財，買酒的那個也想獨得財寶，故先在酒裏下毒，他回來時被砍死，另二個則吃了酒荣後也中毒而死。

這個故事最早可見於宋張知甫所著《可書》中，其內容如下：

> 天寶山有三道人採藥，忽得瘗錢，而日已晚。三人者議先取一二千沽酒市脯，待旦而發。遂令一道人往，二人潛謀，俟沽酒歸殺之，庶只作兩分。沽酒者又有心置毒酒食中，誅二道人而獨取之。既攜酒食示二人次，二人忽舉斧殺之，投於絕澗。二人喜，而酌酒以食，遂中毒藥而俱死〔註86〕。

這個故事在海外也流傳於東南亞、南亞、西亞、西歐等地。中世紀英國流傳說法如下：

> 三個無賴在樹林裏發現大量金幣，一人去給大家買麵包和酒，另兩人守候金幣。守候的兩人決定，等買酒的回來要乘機把他刺死，金幣就由他們倆平分。買酒的則先買了毒藥放在酒裏，要毒死同伴，盤算著獨自搬走黃金。留守的兩人殺死夥伴後，坐下喝酒慶祝，結果兩個惡棍喝了下毒的酒也死了〔註87〕。

十一、〈財富生煩惱〉（989A）

〈財富生煩惱〉故事大意在說：貧窮僧人以乞錢維生，每日遊走各廟宇，爲神佛清掃拂拭，某天有富人送他一件新衲袍，他感謝取去，數日後卻又仍舊一身破衣。因爲他總爲新袍掛心，擔心被偷，又加門鎖，整日煩躁，直到把新衲袍送人，他才又恢復自在的生活。

這個故事最早的中文記錄可見於宋代，有四則異說（參見附錄五），其中

〔註85〕 林彥如：〈「水泡爲證報冤仇」故事試探〉，《2011 年海峽兩岸民俗暨民間文學學術研討會論文選》（臺北：中國口傳文學學會，2012 年出版），頁 205〜216。

〔註86〕 （宋）張知甫：《可書》（北京：中華書局，2004 年出版）〈三道人欲獨得瘗錢施毒謀俱死〉，頁 423。

〔註87〕 撮述〔英〕傑弗瑞‧喬叟（Geoffrey Chaucer）：《坎特伯雷故事》（台北：貓頭鷹出版社，2001 年 1 月初版），〈賣贖罪券教士的故事〉，頁 482〜570。

郭彖所撰《睽車志》記載如下：

> 劉先生者，河朔人。年六十餘，居衡嶽紫蓋峰下，間出衡山縣市。從人丐得錢，則市鹽酪徑歸，盡則更出，日攜一竹籃，中貯大小筆棕帚麻拂數事，遍遊諸市廟，拂拭神佛塑像，……率以爲常，環百里人皆熟識之。

> 縣市一富人，嘗贈一衲袍，劉欣謝而去，越數日見之，則故褐如初。問之，云：「吾幾爲子所累。吾常日出庵，有門不掩，既歸就寢，門依不扃。自得袍之後，不衣而出，則心繫念。因市一鎖，出則鎖之。或衣以出，夜歸則牢關以備盜，數日營營，不能自決。今日偶衣至市，忽自悟以一袍故，使方寸如此，是大可笑。適遇一人過前，即脫袍與之，吾心方坦然，無復繫念。嘻！吾幾爲子所累矣。」〔註88〕

此型故事也流傳於歐亞等地，現代葡萄牙所流傳說法如下：

> 在門口設攤修鞋的鞋匠家境貧窮，兒女穿著破舊，但他經常高高興興哼著小調，抱著六弦琴彈曲。他家對面的富翁出於憐憫，差人送去一袋錢幣，鞋匠感到驚訝，但還是收下錢。

> 他們數錢被孩子打斷，便氣的狠狠揍小孩，屋子響起從未有過的哭聲。夫妻擔心錢被偷，煩惱著要藏哪裏，又想到要把錢拿去放利息，或者蓋鞋鋪，又或者應該拿來買地。因爲難以決定，夫婦起了爭執，甚至喊打，鬧了一整夜。

> 鞋匠告訴妻子，金錢奪走他們原有的歡樂，於是決定把錢還回去，之後他重新像往日一樣，哼著小曲，幹鞋匠的活〔註89〕。

十二、〈守財奴命在須臾猶議價〉（1305D.2）

〈守財奴命在須臾猶議價〉故事大意是說：吝嗇的人落水，其子雇求水手救命，他還囑咐兒子議價不可超過某金額。

這個故事最早可見於《笑苑千金》〈溺水不救〉，其內容如下：

〔註88〕 （宋）郭彖：《睽車志》（台北：新興書局，民國77年出版《筆記小說大觀》28編），卷六，第十則，頁295。

〔註89〕 概述〔葡萄牙〕瑪・阿爾加維亞等編，邵恒章等譯：《獅子和蟋蟀——世界民間故事大全・葡萄牙篇》（上海：少年兒童出版社，1991年出版），〈窮鞋匠〉，頁56～58。

汴京孟良家巨富，一毫不拔。父病不肯求醫。父曰：「病體淹延，何日可瘥？欲往醴泉觀，禱祝求安。我不能行，你可頂戴同往。」翌早，良戴父而行。過汴橋，值舟繩所挽，拋父入水。時有水手在傍，謂良曰：「倘賜一兩錢雇，躍波而救父。」良酬以三錢，而不允。良再添四錢，又不允。父於水中呼兒曰：「孩兒，只是五錢已上，一錢也不得添。」〔註90〕

同型故事也見於中國周圍鄰近國家越南、韓國。茲錄越南說法如下：

從前有一個很富有但很吝嗇的人，他好不容易下定決心出門遊玩。在路上，他口渴要買水，聽說一杯要五毛錢，覺得太貴，就到湖裡喝不要錢的湖水，低頭喝水時他跌下湖裡，掙扎求生時，有一個人走過來，說：「給兩塊錢，救你上來。」他答：「兩塊錢太貴了！」邊說邊往湖底沉下去淹死了〔註91〕。

十三、〈冒認親人騙商家〉（1526）

〈冒認親人騙商家〉故事大致是說：路邊算命的盲婦，被人認作富戶母親，請入轎中迎回，半途停在布店前，隨從說是為她買布，接著回府取錢，卻一直沒回來，奴僕們陸續回去催促，實則全部遁逃，留下盲婦。

這則故事中文資料始見於南宋陳世崇所著《隨隱漫錄》，元代的《湖海新聞夷堅續志》也有記載，《隨隱漫錄》所記故事如下：

如淨慈寺前瞽嫗，揣骨聽聲知貴賤。忽有虞候一人，荷轎八人，訪嫗問：「某府娘子，令請登轎。」至清河坊張家匹帛鋪前少駐，虞候謂鋪中人曰：「娘子親買匹帛數十端。」虞候隨一卒歸取鏹，七卒列坐鋪前。候久不至，二卒促之；又不至，二卒繼之；少焉，棄轎皆遁矣〔註92〕。

這一型故事也流傳於中歐、西亞。伊朗所傳說法如下：

一個雞販子進城做買賣，被人騙走所有的雞和衣服，一個姑娘

〔註90〕 婁子匡編校：《宋人笑話（《笑海叢珠》、《笑苑千金》）》（台北：東方文化，民國 57 年出版），頁 41。

〔註91〕 過偉主編：《越南傳說故事與民俗風情》（南寧：廣西人民出版社，1998 年出版），〈兩塊錢太貴了〉，頁 206〜207。

〔註92〕 （宋）陳世崇：《隨隱漫錄》（台北：台灣商務印書館，民國 72 年出版《四庫全書》第 1040 冊），卷五，「錢塘游手」條，頁 194〜195。

問他怎麼光著身子，他把被騙的事全告訴姑娘，她聽完說：「真可憐！你跟我走，不管到哪裡，我問你什麼，你只要回答好或是，我會為你弄一套華貴的衣服穿。」雞販子感激的答應了，姑娘便拿一套華麗的衣服給他穿上。

他們一起走進首飾店，店老板見他們衣著講究，猜想是闊佬。姑娘挑選昂貴的戒指首飾，戴在身上，問雞販子說：「先生，就要這個吧，你看怎麼樣？」雞販子隨聲應「好」。該付錢時，姑娘對老板說，錢包忘在家裡，先生待在這裡，她回家去取錢，老板答應她，姑娘便帶上所選的金銀首飾走出了首飾店。

兩小時過去，老板不見女人返回，就問雞販子，太太是不是回家取錢，他說「是」。又過了許久，老板幾次催問，雞販子回答不是「是」，就是「好」，他才明白是中了女人的圈套，便把雞販子送進衙門〔註93〕。

十四、〈三思而後言〉（1684A）

〈三思而後言〉故事大致敘述：有一個人見朋友裙尾著火，心中猶豫，怕說了，對方著急，不說又怕他受傷。朋友問是何事，他才說出來。朋友怒怪他不早說，他說朋友果然性急。

這個故事最早可見於宋代不著撰人的《籍川笑林》中，其內容如下：

> 有人性寬緩，冬日共人圍爐，見人裳尾為火所燒，乃曰：「有一事，見之已久，欲言之，恐君性急，不言，恐君傷太多，然則言之是耶？不言之是耶？」人問何事，曰：「火燒君裳。」遂收衣火滅，大怒曰：「見之久，何不早道？」其人曰：「我言君性急，果是。」

〔註94〕

同型故事也流傳於歐、亞、美洲各國。歐洲流傳的這則笑話，著火的是穀倉，早期記述見於公元第14世紀〔註95〕。

〔註93〕 攝述元文琪譯編：《三王子與大鵬鳥——伊朗民間故事選》（北京：中國民間文藝出版社，1984年出版），〈賣小公雞的人〉，頁290～294。

〔註94〕 （宋）不著撰人：《籍川笑林》（台北：世界書局，1961年《中國笑話書七十一種》），頁77。

〔註95〕 Uther, Hans-Jörg. *The Types of International Folktales* (FFC 284-286) Helsinki, 2004.型號1562。

十五、〈魚吞人和船〉（1889G）

〈魚吞人和船〉故事大致在說：大魚之大，吞下船不覺船在腹內，船上的人則不知船在魚肚裏。

這個故事最早見於宋代魏泰所著《東軒筆錄》中，內容所記如下：

> 胡旦作長鯨吞舟賦，其狀鯨之大曰：「魚不知舟在腹中，其樂也融融，人不知舟在腹內，其樂也洩洩。」又曰：雙鬚竿直，兩目星溢，楊孜覽而笑曰：「許大魚，眼何小也。」〔註96〕

此型故事也流傳於歐、非洲各國及北美、中亞等地。外國所傳說法為：巨大的魚在海中推翻船隻，吞了船員，後來被捕獲，打開牠的胃，人們都還坐在裏面而獲救〔註97〕。

十六、〈大家來吹牛（順著你的謊話說）〉（1920A）

〈大家來吹牛（順著你的謊話說）〉故事大意是說：一人說天上大鵬鳥之大可飛九萬里，另一人則順著他的話說，某地有二個孩童，在渤海上嬉戲，海水只到他們小腿，他說的大鵬鳥則群集飛翔在水上，一個孩童捉了鵬鳥，拿另一個身上的汗巾包起鵬鳥，於是打起來，還丟擲太行山……聽完後，說大鵬鳥的那個人服輸。

這個故事最早可見於宋元時期蘇軾所著《艾子雜說》中，其內容如下：

> 公孫龍見趙文王以夸事眩之，因為王陳大鵬九萬里釣連鰲之說，文王曰：「南海之鰲吾所未見也，獨以吾趙地所有之事報子。寡人之鎮陽有二小兒，曰東里，曰左伯。共戲於渤海之上，須臾有所謂鵬者群翔於水上。東里遽入海以捕之，一攫而得，渤海之深才及東里之脛，顧何以貯也，於是挽左伯之巾以囊焉。左伯怒，相與鬪之，久不已，東里之母乃拽東里回，左伯舉太行山擲之，誤中東里之母，一目眛焉，母以爪剔出，向西北彈之，故太行中斷，而所彈之石，今為恒山也，子亦見之乎。」公孫龍逡巡喪氣揖而退，弟子曰：「嘻！先生持大說以夸眩人，宜其困也。」〔註98〕

〔註96〕（宋）魏泰：《東軒筆錄》（台北：新興書局，1962年《筆記小說大觀續編》），頁1797。

〔註97〕Uther, Hans-Jörg. *The Types of International Folktales* (FFC 284-286) Helsinki, 2004.型號1889G。

〔註98〕（宋）蘇軾：《艾子雜說》（台北：新興書局，民國77年《筆記小說大觀》3

此型故事在國際間也見於歐、亞、美洲各國及澳洲、南非等地。日本流傳的說法如下：

有一次，肥後、薩摩、美濃三個地方的領主去參拜伊勢神社。在旅店，為了誰坐上座而相持不下。三人決定比賽吹牛，誰吹的最大誰坐上座。

薩摩領主先說：「在薩摩有一棵大楠木，樹中間有個洞，洞裏可以鋪一百張席子。」第二個輪到美濃領主，他說：「在美濃有一頭大牛，能一口把琵琶湖的水喝乾。」肥後的領主說：「肥後國有兩棵杉樹，樹幹長了二、三年就穿透雲彩。」另二位領主問：「為什麼長這麼高？」他答：「因為這兩棵杉樹要做成鼓槌，去敲打那用薩摩國的楠木做鼓身、用美濃國的牛皮做鼓面的大鼓。」因此肥後的領主坐了上席〔註99〕。

十七、〈如果不信我的謊　那麼就罰錢〉（1920C.1）

〈如果不信我的謊　那麼就罰錢〉故事大致敘述：兄弟三人約定要相和順，說話不能相拗，否則罰錢。大哥、二哥故意說不可能發生之事，像是街頭井被人偷走，三哥說井不可能被偷，哥哥們便以他出言相拗罰他錢。弟媳知道了，要丈夫去床上臥，她代他去還錢。給錢時她故意說，丈夫正在坐月子，便由她送錢來。大哥回說：「亂講！男人怎麼會生孩子？」弟媳便以大哥也拗為由，把錢收回。

這個故事最早可見於宋代陳元靚所著《事林廣記》〈兄弟相拗〉中，其內容如下：

昔有人家兄弟三人，不相和順，動輒有言，即便相拗。一日兄弟相聚云：「我兄弟只有三人，自今後，要相和順，不得相拗，如有拗者，罰鈔三貫文作和順會，以今日為始。」須臾，大哥云：「昨夜街頭井被街尾人偷去。」二哥云：「怪得半夜後街上水漕漕，人閧閧。」三哥云：「你是亂道，井如何可偷？」大哥云：「你又拗了，罰錢三貫。」三哥歸去取錢，其妻問取錢作何使？三哥以實告，其妻云：「你去床上臥，我為你將錢去還大哥。」其妻將錢去與大哥：

編），第16則，頁1294。

〔註99〕　撮述〔日〕關敬吾：《日本民間故事選》（北京：中國民間文藝出版社，1982年出版），〈吹牛比賽〉，頁490～493。

「伯伯，你小弟夜來歸腹痛，五更頭生下一男子，在月中，不敢來，教媳婦把錢還伯伯作和順會。」大哥云：「你也是亂道，丈夫如何會生子？」其妻云：「大伯，你也拗，此鈔我且將歸去。」﹝註100﹞（辛集卷下）

同型故事在海外也流傳於東亞、東南亞、北歐等地。茲錄韓國說法如下：

　　　財主貼出公布，說誰能用三句謊言叫他說出那是在扯謊，他將分給那人一半的家產，為了能白聽故事，不管聽到多荒唐的故事，他也不說這是撒謊。

　　　但有個崔先達說了三件事：他父親在地上打洞，放鼠肉作餌，黃鼠狼鑽進洞後出不來，一個冬天用鐮刀可收割一山的黃鼠狼尾巴。一條豬用鉛絲織成緊身的網子套上，每次割下一塊從網眼擠出的肉塊，割過肉的傷口得上藥，養一頭豬就可以天天吃肉。他的爺爺在稻田播完種後蓋上蘆席，待稻子發芽占完席子縫，草就鑽不出來，不用除草，稻子成熟，一抬席子，稻穗就脫了粒，又省了打場。這讓財主連說了三次「你胡說！」而付出昂貴的代價﹝註101﹞。

﹝註100﹞（宋）陳元靚：《事林廣記》（北京：中華書局，1999年出版）辛集卷下，頁207。

﹝註101﹞撮述林鄉編譯：《虎哥哥——朝鮮民間故事》（北京：中國民間文藝出版社，1984年出版），〈代價昂貴的故事〉，頁72～75。

第五章　宋元傳統性類型故事的性質和特色

第一節　宋元傳統性故事的性質

宋元流傳的傳統性類型故事共有十九則，分析其情節內容，大致有神怪、寫實、判案、感化、趣味等性質：

一、神怪

（一）〈蠶王〉（714）

〈蠶王〉故事描述，弟弟向哥哥求來的蠶種，嫂嫂以火烘乾破壞，本應死盡，卻長出一隻巨大的蠶王，嫂嫂想打死蠶王，反而使牠吐出驚人數量的絲：

> 諒嘗乞蠶種於兄，秦以火焙而遺之。諒妻如常法煖浴以俟其出，過期亦但得其一。已而漸大，幾重百斤。秦氏疑妬焉，……直入蠶房，見蠶臥牖畔，喘息如牛，食葉如風雨聲，秦鞭以巨梃，每一擊，輒吐絲數斤。……得絲百斤 [註1]。

這些幻想怪異的情節，具有神奇變化性質，屬於神怪故事。

（二）〈井水變成酒　還嫌無酒糟〉（750D.1）

〈井水變成酒　還嫌無酒糟〉故事主角樂善好施，於是一位道人將水化

〔註1〕　（宋）洪邁：《夷堅志》（台北：中華書局，2006 年 10 月出版），支甲卷八，〈符離王氏蠶〉，頁 771～772。

酒,讓她從賣茶改賣酒而大發利市,但她後來卻說,可惜沒有酒糟得以養豬,
道人覺得她太貪心,又化酒爲水:

> 崔婆者,賣茶爲活,遇有僧道過往,必施與之。……道人深感
> 之,……以杖拄地,清水迸出,爲崔婆言:「此可爲酒。」崔婆取之
> 以歸,味如酒,濃而香,買者如市。若他人汲之歸,則常品水也。
> 崔婆大享其利。道人重來,崔婆再三謝之,但云:「只恨無糟養豬。」
> 道人怒其貪心不足,再以杖拄泉,則復成水,無復酒味矣〔註2〕。

主角因善行得到神仙的獎賞,後來產生了貪念則遭到懲罰,內容性質屬
於神怪故事。

(三)〈漁夫義勇救替身〉(776A)

〈漁夫義勇救替身〉情節描述,夜裡書生偷聽落水鬼說,將在某處討得
替身。第二天書生見到水鬼所說的替身前來,他及時阻止他們下水。當晚水
鬼又說,替身被狀元救走,他投胎遙遙無期:

> 延平黃狀元裳,……一夕月明,聞水涯人偶語,俯而聽之,曰:
> 「吾在此十紀,來日當去,惟候淮南二急腳來替。」……翌日亭午,
> 果有二黃衣至水涯就浴,黃乃急止之。……是夕中夜,鬼又語曰:
> 「我本當替,爲黃狀元令過去,未有來期。」〔註3〕

故事的主軸在於人阻撓落水鬼討替身,救人一命。這個故事最早見於宋
元,在這則說法裡,書生因此得知自己將來能高中狀元,後世流傳的其它說
法,救替身的常是水鬼的朋友漁夫,他勸動水鬼不再害人,水鬼雖失去投胎
機會,卻被晉升爲城隍。水鬼爲投胎轉世,得害人命爲替身的情節,或者水
鬼當上城隍,皆具有鬼怪、宗教性質,屬於神怪故事。

(四)〈天雷獎善懲惡媳〉(779D)

〈天雷獎善懲惡媳〉情節敘述,婆婆眼盲誤拿溺器捫飯,孝媳不言明,
默默取乾淨的給婆婆吃,自己吃髒污的部份,天雷將她攝去,送她一個能滋
生白米的布囊,以獎賞她的孝行:

> 常州一村媼老而盲,家惟一子一婦。婦一日方炊未熟,而其子

〔註2〕 (元)不著撰人:《湖海新聞夷堅續志》(台北:新興書局,1986年《筆記小
　　　　說大觀》42編),後集〈神仙門・遇仙〉,頁245。

〔註3〕 (宋)委心子:《分門古今類事》(台北:新興書局,民國73年《筆記小說大
　　　　觀》19編),卷四〈黃裳狀元〉,頁1043～1044。

呼之田所，婦囑姑爲畢其炊，媼盲無所覩，飯成，捫器貯之，誤得溺器。婦歸不敢言，先取其當中潔者食姑，次以饋夫，其親器臭惡者，乃以自食。良久，天忽晝暝，覿面不相覩，其婦暗中若爲人攝去。俄頃開明，身乃在近舍林中，懷抱間得小布囊，貯米三四升，適足給朝晡，明旦視囊，米復如故，寶之至今〔註4〕。

此型故事初見於宋元，後世流傳的說法裡，另有不孝媳婦的情節對照，她爲了得到上天的賜予，模仿孝媳的做法，故意弄髒食物，天雷則將她劈死。其內容性質爲上天對人獎善罰惡，屬於神怪故事。

（五）〈惡媳變烏龜〉（779D.2）

〈惡媳變烏龜〉的主要情節敘述，媳婦經常欺負婆婆，又對來化緣的和尚不敬，當她披上強取來的袈裟時，立刻變形爲動物：

謝七妻不孝於姑，每飯……不得飽，……游僧過門，從姑乞食，……終不敢與。俄而婦來……咄曰：「脫爾身上袈裟來，乃可換。」僧即脫衣授之，婦……戲披於身，僧忽不見，袈裟變爲牛皮，牢不可脫。胸間先生毛一片，漸遍四體，頭面成牛〔註5〕。

她因不孝與狂妄行徑而變化爲牛，內容具有天神懲罰惡人的性質，屬於神怪故事。

（六）〈有求必應（各人祈求的天氣不同，女神盡皆賜與）〉（829）

〈有求必應（各人祈求的天氣不同，女神盡皆賜與）〉故事敘述，不同行業的人到廟裡乞求天氣，希望神明能遂其心願。同一日，他們要求或晴或雨，或吹南風或吹北風：

昔有一廟，在海邊極靈，晴雨皆應。一日煮鹽者祈晴，作田者乞雨。海船入湖廣者，祈便風過南。欲之浙東者，祈便風過北。卜於神，皆許之。大王曰：「我有以處之。南風送北客，北風過南洋，雨去田中落，日出曬鹽場。則皆從其欲矣。」夫人笑曰：「此卻是轉智大王。」〔註6〕

〔註4〕 （宋）郭彖：《暌車志》（台北：新興書局，民國77年出版《筆記小說大觀》28編），卷三，頁257～258。

〔註5〕 （宋）洪邁：《夷堅志》（台北：中華書局，2006年10月出版），丙志卷八〈謝七嫂〉，頁430～431。

〔註6〕 婁子匡編校：《宋人笑話（《笑海叢珠》、《笑苑千金》）》（台北：東方文化，民

　　儘管這些願望彼此衝突，神明仍然作了皆大歡喜的安排，故事性質爲神對人的祈願做巧妙安排，屬於神怪故事。

二、寫實

（一）〈姑娘詩歌笑眾人〉（876B）

　　〈姑娘詩歌笑眾人〉故事敘述，男子見青衣女子帶二子行走，以詩句「青羊將二羔」嘲弄之，此時男子正當與人共食，女子則以「兩豬同一槽」詩句取笑回來：

> 道眞又嘗素盤共人食，有姬青衣將二子行，道眞嘲曰：「青羊將
> 二羔。」姬應聲曰：「兩豬同一槽。」〔註7〕

故事性質表現了女子的聰慧敏捷，屬於寫實故事。

三、判案

（一）〈誰偷了驢馬〉（926G）

　　〈誰偷了驢馬〉情節描述，縣官遇到偷驢馬或牛的案子，像是兩人皆稱是牛的主人，縣官就解開韁繩看牠往誰家，便知牠是哪一家的牛：

> 乃令解牛，任其所去牛之牛主所居，盜者伏罪〔註8〕。

　　或者被偷的驢被放回來了，鞍未歸還，縣官故意叫主人先不餵驢，看牠往誰家覓食，再搜索鞍以確定那人就是小偷：

> 乃夜放驢出而藏其鞍。……遂令不秣飼驢，去轡放之，驢尋向
> 昨夜餵處，乃搜索其家，於積草下得之，人服其智〔註9〕。

　　縣官利用牲畜的習性破案，其性質爲縣官巧智捕獲盜賊，屬於判案故事。

（二）〈一句話破案〉（926H）

　　〈一句話破案〉內容描述，甲乙相約，過了約定時間，甲來乙家喊問乙妻，乙怎麼沒來赴約，但乙其實早已出門。當乙妻找到丈夫屍體時，發現他

　　　　國57年出版），頁49。

〔註7〕　參見（宋）周文玘：《開顏錄》（台北：世界書局，民國50年《中國笑話書七
　　　　十一種》），卷七〈迹盜〉，頁71。

〔註8〕　（五代）和凝、（宋）和㠓同撰：《疑獄集》（台北：台灣商務印書館，民國72
　　　　年《四庫全書》），卷三，頁816。

〔註9〕　（宋）鄭克：《折獄龜鑑》（北京：中華書局，1985年出版），頁112。

隨身的財物皆不翼而飛，便認定是甲謀害了乙，因而告官，但一直苦無證據，直到某位官吏發現了供詞的矛盾之處：

> 妻號慟謂甲曰：「汝殺吾夫也。」遂以甲訴于官獄，久不成，有一吏問曰乙：「與汝期，乙不至，汝過乙家只合呼乙，汝舍乙不呼，乃呼其妻，是汝殺其夫也。」其人遂無語一言之閒，獄遂成〔註10〕。

判官依甲約乙而不喊乙，卻喊問乙妻，判定甲已先知乙不在他家，而令他無所辯解。內容性質為判官從盜賊口供中發現犯案證據，屬於判案故事。

（三）〈試抱西瓜斥誣告〉（926L.2）

〈試抱西瓜斥誣告〉當中描述，瓜田主人指控婦人抱著孩子，拿著包袱，在沒有使用籮筐下還能偷他三十顆瓜，縣官便要主人試著做一次他所說的，他無法做到，便承認是誣告對方：

> 大定唐公為冠氏縣令，縣界有種者，一婦人因過圍摘一枚與其子，主執之詣官，其主意謂一不能致罪，又自摘三十枚以誣告其婦。令曰：「婦人盜挈何筐籬？」主曰：「並無。」令即叱主抱子並使盡拾，其至十餘枚已不能抱也，遂伏誣告之罪〔註11〕。

縣令聽出供詞的不合理之處，令誣告者去還原不合理的指控，讓他明白所言矛盾而認罪，所述內容性質屬於判案故事。

（四）〈解釋怪遺囑〉（926M.1）

〈解釋怪遺囑〉主要敘述，富翁留下遺囑表示，女婿可分得七成遺產，幼子僅得三成。幼子長成分產時訴請裁決，太守重新解釋遺囑：

> 張詠鎮杭州，……詠嗟賞之謂曰：「爾父大能，微彼券則為爾患在乳臭中矣。」遽命反其券而歸其資〔註12〕。

認為富翁立遺書的用意在保護幼子，故而分產比例不合情理，說服爭產雙方接受其判決。故事性質為縣官巧析遺囑內容，解決分產糾紛，屬於判案故事。

〔註10〕　（宋）施德操：《北窗炙輠錄》（台北：新興書局，民國78年《筆記小說大觀》6編），卷下，第34則，頁1735～1736。

〔註11〕　（五代）和凝、（宋）和㠸同撰：《疑獄集》（台北：台灣商務印書館，民國72年《四庫全書》），卷四〈唐公問筐籬〉，頁819～820。

〔註12〕　（宋）王君玉：《國老談苑》（台北：新興書局，民國77年《筆記小說大觀》8編），卷2，第30則，頁270～271。

（五）〈財物不是我的〉（926P）

〈財物不是我的〉故事描述，某人把牛隻託親戚保管，想要取回時，牛已生數十頭小牛，對方卻謊稱數頭已死，未全數歸還。此人告官，縣令假稱他是盜牛者，而訊問其親戚：

> 唐裴子雲爲新鄉令，部民王恭戍邊，留牸牛六頭於舅李璡家，……恭訴之，子雲送恭於獄，令進盜牛者李璡。璡至，子雲叱之曰：「賊引汝盜牛三十頭在汝莊上。」喚賊共對，乃以布衫籠恭頭立南牆下，命璡急吐款，乃云：「三十頭牛總是外甥牸牛所生，實非盜得。」子雲去恭布衫，令盡還牛，卻以五頭酬璡辛苦〔註13〕。

故意說被侵吞的牛隻是贓物，令侵吞者畏懼，承認那是親戚所有，自己只是代管。內容性質爲縣官以巧計套出嫌犯侵吞意圖，屬於判案故事。

四、感化

（一）〈寬大使賊改邪歸正〉（958A1*）

〈寬大使賊改邪歸正〉故事主要說，被偷的善人不僅原諒小偷，還同情他因貧困而犯罪，所以資助他，小偷受其感化而改過向善：

> 曹州于令儀者，……晚年家頗豐富。一夕盜入其家，諸子擒之，乃鄰子也。令儀曰：「汝素寡悔，何苦而爲盜邪？」曰：「迫於貧耳。」問其所欲。曰：「得十千足以衣食。」如其欲與之。
>
> 既去，呼之，盜大恐，謂曰：「汝貧，乘夜負十千以歸，恐爲人所詰。」留之至明使去。盜大感愧，卒爲良民。鄉里稱君爲善士〔註14〕。

富人理解小偷的處境後，不責怪他的侵犯，還設身處地爲其著想，對小偷傳達眞切的善念，其內容性質是以同情心感化罪犯，屬於感化故事。

（二）〈富家子終於知艱辛〉（998）

〈富家子終於知艱辛〉故事描述：

> 王黼宅與一寺爲鄰，有一僧，每日在黼宅溝中流出雪色飯顆，

〔註13〕 （宋）桂萬榮：《棠陰比事原編》（石家莊：河北教育出版社，1994年4月《歷代筆記小說集成・宋代筆記小說》），頁338。

〔註14〕 （宋）王闢之：《澠水燕談錄》（台北：新興書局，1986年《筆記小說大觀》28編），卷三〈奇節〉，頁964。

　　漉出洗淨曬乾，不知幾年，積成一囷。靖康城破，蘺宅骨肉絕糧，
　　此僧即用所囷之米，復用水浸蒸蒸熟，送入蘺宅，老幼賴之無飢。
　　嗚呼，暴殄天物！聖人有戒。宣和年間，士大夫不以天物加意，雖
　　溝渠汙穢中，棄散五穀，及其飢餒之時，非僧積累之久，一家皆絕
　　食而死，可以爲士大夫暴殄天物者戒〔註15〕！

　　和尙在戰亂絕糧時煮了飯救濟鄰居，這些飯是過去從鄰居家水溝中流出
來的，此型故事內容性質爲強調珍惜糧食的可貴，感化人勿奢侈浪費，屬感
化故事。

五、趣味

（一）〈父母為子女擇偶〉（1362C）

　　〈父母爲子女擇偶〉主要描述兩人比歲數，發現相差一歲，年紀較輕的
說，明年就能和對方同年：

　　　　艾子行出邯鄲道上，見二嫗相與讓路。一曰：「嫗幾歲？」曰：
　　「七十。」問者曰：「我今六十九，然則明年當與爾同歲矣。」
　　〔註16〕

　　這個故事初見於宋元，後世流傳的說法裡，多爲父母爲幼年子女訂親，
女方一歲，男方二歲。本來女方家長擔憂男方歲數是女兒的一倍，女兒二十
歲時男方已經四十。後來想想，明年女兒二歲就與對方同年，也就放心了。
內容性質爲傻瓜自作聰明的笑話，屬於趣味故事。

（二）〈鞋值多少錢〉（1551A）

　　〈鞋值多少錢〉情節敘述，急性子問慢郎中鞋價，他先報一腳，急性子
發覺是自己新鞋一半的價錢，罵了買鞋的人，這時慢郎中才又再報另一腳鞋
價：

　　　　馮相道、和相凝同在中書，一日，和問馮曰：「公靴新買，其值
　　幾何？」馮舉左足示和曰：「九百。」和性褊急，遽回顧小吏云：「吾
　　靴何得用一千八百？」因詬責，久之，馮舉其右足曰：「此亦九百。」

〔註15〕　（宋）張端義：《貴耳集》（台北：新興書局，民國 78 年《筆記小說大觀》4
　　　　　編），卷一，頁 2426～2427。
〔註16〕　（宋）蘇軾：《艾子雜說》（台北：新興書局，民國 77 年《筆記小說大觀》3
　　　　　編），第 6 則，頁 1292。

於是哄堂大笑〔註17〕。

故事性質是主角因性格差異造成誤會，因而產生趣味，屬於趣味故事。

（三）〈蜻蜓與釘子〉（1703A）

〈蜻蜓與釘子〉情節敘述，近視眼因看錯而打門上釘，受傷了還以為被蜂叮，形成連續誤會，產生趣味，性質屬於趣味故事：

> 昔有人眼不能遠視，見門上有小釘子，意謂是蠅，以手拂之，被釘子掛破手皮。大懊恨曰：「我道是蠅子，不知它卻是黃蜂兒。」
>
> 〔註18〕

（四）〈帽子和烏鴉〉（1703F）

〈帽子和烏鴉〉故事敘述，近視眼接連看錯，把石頭當人，烏鴉當頭巾，還與之對話，產生趣味，性質屬於趣味故事：

> 昔有人近覷迷路，見路傍古墓邊有石人，前去問之。先是有烏鴉立于石人頭上，見人來飛去。其人問路於石人，石人不聲。其人曰：「我問你路，不說與我，你落了頭巾，我亦不說與你。」〔註19〕

（五）〈高手畫像〉（1863）

〈高手畫像〉情節描述，畫工將獨眼將軍的肖像圖畫成拉弓英姿，以滿足顧客要求又不失真：

> 畫工到，……武皇謂所親曰：「且吾素眇一目，試召之使寫，觀其所為如何。」及至，武皇按膝屬聲曰：「淮南使汝來寫吾真，必畫工之尤也，寫吾不及十分，即階下便是死汝之所矣。」畫工再拜下筆，……畫其臂弓撚箭之狀，仍微合一目以觀箭之曲直。武皇大喜，因厚賂金帛遣之〔註20〕。

畫工在寫真人像時，未迴避此人的殘缺，而是將之轉化，融入威武的姿態中，內容性質為畫工作畫時，巧妙化解難題，形成趣味，屬於趣味故事。

〔註17〕 （宋）歐陽修：《歸田錄》（台北：新興書局，民國76年《筆記小說大觀》21編），卷一，頁1635。

〔註18〕 婁子匡編校：《宋人笑話（《笑海叢珠》、《笑苑千金》)》（台北：東方文化，民國57年出版），頁23。

〔註19〕 同註13。

〔註20〕 （宋）陶岳：《五代史補》（台北：新文豐，民國78年出版），卷二〈淮南寫太祖真〉，頁73。

第二節　宋元傳統性故事的特色

宋元傳統性類型故事所具特色如下：

一、物種有地域性

故事情節主要敘述的物種有其地域性，將使故事傳播受限，不易流傳，〈蠶王〉型故事中提到的蠶種即是一例。

〈蠶王〉故事情節推展由弟弟向哥哥要蠶種開始，接著嫂嫂破壞，反使弟弟養得巨蠶，得到更多的絲。（參見本章第一節一、（一））養蠶取絲是這個故事形成的主軸，蠶是其中的主要物種。

相傳育蠶取絲是由黃帝之妃螺祖所發明，據 1958 年浙江吳興錢山漾新時器時代遺址考古報告，中國生產絲織品的歷史可上溯至公元前 2800 年。古希臘遺跡中，已有絲發現，當時中國已輸出絲帛。

古代歐洲人相當喜愛絲綢，但在公元六世紀之前，中國是世界上唯一養蠶織造絲帛的國家，他們爲購買絲綢付出昂貴代價，直到公元 552 年，印度僧人（一說波斯人）從中國偷運蠶種至東羅馬帝國，歐洲人方養蠶製絲成功，不再依賴進口〔註21〕。

養蠶技術西傳還有另一種說法，英國人斯坦因在考察絲路時發現，蠶絲是經由西域于闐傳入西方，他還採得蠶種傳入于闐的故事：

> 昔于闐國不知蠶桑術，欲至東方（指中國地）訪求蠶桑種；東國王不許。于闐王乃用計向東國王女求婚，並遣使告王女，謂于闐無桑蠶，不能以衣服餽送。王女知國法禁攜桑蠶出境，乃私藏桑蠶種於帽中，帶至于闐，于闐始有蠶絲〔註22〕。

在法令嚴禁下，早期蠶種爲中國獨有，是王女偷藏於帽中才把養蠶的技術西傳。

國外養蠶技術明顯晚於中國，而且養蠶有其地方性，使得這個故事對外傳播不易。因此〈蠶王〉故事雖早在七世紀已出現〔註23〕，國際間卻一直未

〔註21〕　朱學勤、王麗娜：《中國與歐洲文化交流志》（上海：人民出版社，1998 年 10月《中華文化通志・中外文化交流典》），頁 11～13。

〔註22〕　方豪：《中西交通史》（台北：中華文化出版事業社，民國 63 年出版），頁 79。

〔註23〕　〈蠶王〉故事最早見於唐段成式的《酉陽雜俎》〈支諾皋上〉，是〈不忠的兄弟和百呼百應的寶貝〉這個故事可以獨立的一部份。參見（唐）段成式：《酉陽雜俎》（上海：上海古籍出版，2000 年《歷代筆記小說大觀・唐五代筆記小

見流傳，就連在中國，這一型故事也大多於養蠶地區傳播，集中在江浙一帶〔註24〕。

二、特殊的社會制度

（一）兄弟同居與分家

〈蠶王〉故事描述兩兄弟分家後，嫂嫂十分妒恨小叔，接續的陷害他。故事未言明妒恨的原因，但陷害開始於分家後弟弟向哥哥討了蠶種之時，嫂嫂故意將蠶種烘乾想要使它們無法育成。（參見本章第一節一、（一））

從分家這個故事背景來看，原來兄弟是同居。中國傳統式家庭制度以大家庭結構為主，家長地位由父親傳給長子，所以，男子留在家裡，女子要嫁到別家去，這種情形西方人卻不會認為是理所當然〔註25〕。年長父親在世時，即使兒子成年結婚也未必分家，兄弟同居的情形很普遍，甚至以「五代同堂」能和諧共處為驕傲。

中國很早已沒有長子繼承制，一旦分家，若是兄弟年齡差距大，長子身為家長，早年照顧年幼的弟弟，長久以來提供家中經濟來源，或者已經營家中事業多年，如今卻要分析一份家產給弟弟，此時便可能心生不甘。若是不分家，兄弟在經濟上的貢獻有差異，卻共享家中資源，長久下來仍可能產生紛爭。這樣的背景在西方也是沒有的，像是日本與英國的長子繼承制，父親過世後，長子是家產唯一繼承者，弟弟們沒有分產的資格，得離家另謀出路〔註26〕。

故事中嫂嫂的妒恨應是來自大家庭兄弟同居、分家所造成的心結，故而進行惡意的破壞，但她的惡行反使弟弟獲利，推動了故事情節的發展。兄弟同居、分家這個中國特有的背景也使得這個故事不易外傳，僅見於國內。

（二）婆媳同住、獎孝懲惡媳

〈天雷獎善懲惡媳〉、〈惡媳變烏龜〉故事敘述婆媳同住，孝順的媳婦得到天雷獎賞，不孝順的媳婦受到嚴懲。（參見本章第一節一、（四）（五））

說大觀》），續集卷一，頁85。
〔註24〕 金榮華：《民間故事類型索引》（增訂本）（新北市：中國口傳文學學會，2014年出版），參見型號714書目。
〔註25〕 〔美〕費正清：《費正清論中國》（台北：正中書局，民國83年出版），頁17。
〔註26〕 同註25。

這兩型故事的主要人物關係是婆媳，背景是婆媳同住，這也是中國傳統大家庭產生的現象，成家的兒子並未獨立出去，而是與父母同居，照顧父母終老。傳統男主外女主內的生活模式，往往操持家務的媳婦才是直接照顧婆婆的人，甚至丈夫外出媳婦獨自照顧婆婆。故而這兩個故事都是藉著吃飯這種尋常事來發端，以判定媳婦是否孝順婆婆。

嫁入的媳婦與公婆沒有血緣的維繫，若是之後沒有情感的交流，長久同住又得付出照顧容易產生矛盾。如元代所傳〈惡媳變烏龜〉說法：

> 昔有婦人阿李，有子出外經商，累年不歸，止有兒婦七嫂在家。婦每飯則兩炊，姑飯以麥，婦自白飯。李稍與婦忤，必受辱罵，至於麥飯亦不進食，李忍辱而不敢言。
>
> 一日，婦往鄰家，留姑守舍，有僧持鉢至門乞飯，李曰：「我自不能飽，安有捨施！」僧指廚中白飯，李曰：「此我兒婦七嫂自吃底，我不敢以施人，恐婦必辱罵我。我但有早食麥飯，尚有一合留備午餉，如用即取去。」僧未答，聞七嫂外歸，婦見僧乞飯，大怒曰：「汝要我白飯，可脫袈裟換。」僧即脫下。婦才披之，僧忽不見，袈裟著身變爲牛皮，牢不可脫，胸間先生牛毛一片，漸變身體頭面。急執其父母至，則全身化爲牛矣〔註27〕！

丈夫經商，長年不在家，媳婦背著丈夫虐待婆婆，終於招致懲罰。而〈天雷獎善懲惡媳〉裡的媳婦，則是真誠孝敬婆婆，暗自吃下婆婆弄髒的飯，不忍告訴她，因而得到上天的獎賞。

婆媳問題在中國社會是普遍存在的現象，早在東漢敘事詩〈焦仲卿妻〉裡即有「三日斷五疋，大人故嫌遲，非爲織作遲，君家婦難爲」的描述。而如前文所述大家庭結構是中國特有的家庭制度，這樣的故事因國內有其社會背景而得以流傳，故事講述者與閱聽者能夠接受婆媳同住、婆媳矛盾的情節，故事容易傳播，但外國則未必有此現象，所以不容易外傳。

（三）子婿分產

〈解釋怪遺囑〉故事敘述富翁留下遺囑給幼子、女婿，待兒子成年分家爲憑。兒子成年欲分家，認爲遺囑不合理，怎麼會女婿所得遺產多於自己，於是請求縣官爲之裁決。縣官解釋，富翁是擔憂兒子年幼，女婿要是貪圖財

〔註27〕 （元）不著撰者人：《湖海新聞夷堅續志》（台北：新興書局，1986年，《筆記小說大觀》42編），前集〈人倫門・孝行〉，頁45～47。

產將之謀害，他無力自保，給女婿較多的財產，他便不會有謀害幼子的念頭。富翁有智慧，寫下不合理的遺囑才保護幼子平安長大。所以裁決應倒過來分配，讓兒子繼承大部份的財產。（參見本章第一節三、（四））

此型故事也是傳統大家庭所衍生的問題，因為兒子年幼，所以富翁招贅女婿同住，他臨終承諾大部份的遺產給女婿，少部份給兒子，無非希望過世之後女婿能養育幼子成年。兒子會認為遺囑不合理，是因為中國傳統大家庭裡視結婚的女兒為外人，雖是贅婿同住，但富翁向有兒子，女婿外人身分應分得少許家產，甚至得不到分毫。這正是何以縣官點明父親用意時，女婿沒有異議，接受了判決。

宋元流傳的各個異說裡，有聽完縣官判決「皆泣謝而去」的〔註28〕。照縣官分析，富翁考量了女婿的立場，他可能照顧弟弟成年卻分不到遺產，得失之間將引起他為爭產而謀害至親，這份遺囑避免了一場悲劇，眾人當然泣謝。有的說法裡，縣官甚至要求弟弟應感謝姊夫：

> 有一富人亦有一子方孩，無母。乃有一壻，將死，屬其壻曰：「吾以子累君，幸君善撫之，他日吾子長，當使家資中分之。」乃出手澤託付其壻，及其長，不肯如父約，其壻乃以手澤訴于縣。明道乃密謂其子曰：「汝父智人也，不如是，汝之死久矣，惟其壻有半貲之望，故汝保全得至今，雖如是，某人亦賢也，不然，方汝幼時豈不能殺汝，取全貲耶？今豈當較其半也。」其子悟，遂中分之〔註29〕。

《北窗炙輠錄》收錄的這則說法，縣官反倒要兒子想想，若女婿早年害之，則可得全部財產，今日他豈能在此與之計較家產，於是兒子答應半分財產給他。

〈解釋怪遺囑〉所描述的姊夫養育弟弟成人，發生了子婿爭產的情形，亦是發生於中國傳統大家庭裡的問題，其他國家未有這種現象，因此此型故事難以外傳。

〔註28〕 參見（五代）和凝、（宋）和㠓同撰：《疑獄集》（台北：台灣商務印書館，民國72年《四庫全書》），卷四〈遺書婦翁智〉，頁818。及（宋）田況：《儒林公議》（鄭州：大象出版社，2003年《全宋筆記》1編5冊），卷上〈子七婿三〉，頁100。

〔註29〕 （宋）施德操：《北窗炙輠錄》（台北：新興書局，民國78年《筆記小說大觀》6編），卷下，第6則，頁1731。

（四）佃農、自耕農

〈試抱西瓜斥誣告〉故事中種瓜田主人不滿路過婦人摘了一顆瓜給她的孩子，要告她，怕損失太小告不成，便誣告婦人偷了三十顆瓜。這個故事未見西傳，宋元產生後只見於中國傳播，可能與中西農耕制度不同有關。（參見本章第一節三、（三））

金榮華先生的〈《分莊稼》故事試探〉中，比較了中西農耕制度的不同。中國的佃農向大地主承租土地耕作，以農作物作為農田的租金，自耕農則是以農產實物向政府繳稅。歐洲中世紀（公元 5～15 世紀）土地制度主要是莊園制度，所謂的莊園制度，是國王將土地分封給提供騎士作戰的領主，領主再將土地分封給騎士，讓他們有自己的莊園。莊園主分租土地給農民耕作，不是收取農作物當作租金，而是每年必須有多少天為他提供服務，包括替他的土地耕作〔註30〕。

〈試抱西瓜斥誣告〉描述耕種的瓜田主人見婦人摘一顆瓜給孩子，心有不甘而誣陷婦人。以農耕背景來看，因為農作物是他用來繳稅的物品，他的不甘心是合於情理。若故事背景是歐洲莊園，耕種的農民他為主人提供的是勞力服務，為其耕作即可，就算看見婦人摘一顆瓜，並非他的損失，無需為了計較而誣告對方。主要情節不符合西方的背景，故而這一型故事不易外傳。

三、語文的隔閡

〈姑娘詩歌笑眾人〉故事大致在說，女子在路上遇見男子，男子以詩句「青羊將二羔」嘲弄女子帶著兩個小孩，女子聞言也以對句「兩豬同一槽」取笑男子與另一人共食，故事藉由語文能力展現女子的機智。（參見本章第一節二、（一））

讚賞女子才智的故事各國皆有流傳，此型故事的巧女之智表現在詩歌創作上，牽涉到語文的因素，她與男子的對句有著漢語對仗的巧妙，語言不同未必能表現，所以此型故事的流傳受到語言的局限，不易傳播，目前外國未見記錄。

〔註30〕 金榮華：〈《分莊稼》故事試探〉，《民間文化論壇》第 220 期（2013 年），頁 7。

四・因應時代背景而產生

（一）〈高手畫像〉（1863）

〈高手畫像〉故事描述畫工爲人寫眞，但所畫人物是獨眼將軍，他面有殘缺，又是將領，畫肖像必須寫實，若如實畫出他僅存一目將折損其威嚴，便陷入了兩難。最後畫工畫出將軍拉弓預備射箭之狀，正微合一眼觀看箭之曲直，既寫實又展現他的氣勢，讓將軍十分滿意。（參見本章第一節五、（五））

此型故事因畫工的巧思而展現趣味。畫工這個職業原只是工匠的一種，但到了宋代繪畫藝術受到重視，畫工的地位因朝廷設立畫院而提昇。宋初畫院的設置是繼承唐末五代而來，擴大其規模，並使制度完善，明確屬宦官總機構內侍省管轄〔註 31〕。當時具有官員身分的文人也投入這項藝術的行列，像是蘇軾、黃庭堅等，他們在繪畫上不著重於描摹準確，而重視表現氣韻、精神〔註 32〕。到了北宋末年徽宗成立畫學，仿科舉法錄取畫家入畫院培訓：

> 徽宗政和中，建設畫學，用太學法補四方畫工，以古人詩句命題，不知掄選幾許人也。

> 嘗試竹鎖橋邊賣酒家，皆可以形容無不向酒家上著工夫，惟一善畫，但於橋頭竹外掛一酒帘書酒字而已，便見得酒家在竹內也。

> 又試踏花歸去馬蹄香不可得而形容，何以見得親切，有一名盡克盡其妙，但掃數蝴蝶飛逐馬後而已，便表得馬蹄香，果皆中魁〔註 33〕。

> 所試之題，如野水無人渡，孤舟盡日橫，自第二人以下多繫空舟岸側，或拳鷺於舷間，或棲鴉於篷背。獨魁則不然，畫舟人臥於舟尾，橫一孤笛，其意以爲非無舟人，止無行人耳，且以見舟子之甚閑也〔註 34〕。

他以詩爲題，畫家們通過他嚴格的考核，展現具有文人內涵的修養。

〔註 31〕 令狐彪：《宋代畫院研究》（北京：人民藝術出版社，2011 年出版），頁 5～6。

〔註 32〕 鄧喬彬：《宋代繪畫研究》（開封：河南大學出版社，2006 年出版），頁 41。

〔註 33〕 （宋）俞成：《螢雪叢說》（台北：新興出版社，民國 58 年《百川學海》三），〈試畫工形容詩題〉，頁 1332。

〔註 34〕 （宋）鄧椿：《畫繼》（長沙：湖南美術出版社，2000 年出版），頁 269～270。

宋代延續五代對畫工的重視，繪畫藝術蓬勃發展，使得社會對畫家的期許更高，不僅僅是技術性，也要能展現形式之外的意趣，繪畫藝術也因此逐步提昇。〈高手畫像〉裡畫工克服的難題，正是兼顧寫實及寫意，他的形象便是符合當時人們心中畫家的期許，此型故事的產生因應當時的文化背景。

（二）〈漁夫義勇救替身〉（776A）

〈漁夫義勇救替身〉故事大意是說，漁夫、書生或其他行業的人在夜裡活動，因而與落水鬼往來，或偶然聽到水鬼說，第二天將在某處討替身。聽到的人，次日前往阻撓，救了替身。有的水鬼默默忍下，有的則被水鬼責怪、打殺，也有的水鬼受其感化而放棄再尋替身的念頭，反而因此晉升爲城隍。

南宋委心子所編《分門古今類事》記錄了一則與〈漁夫義勇救替身〉結構相同的故事，救替身的是後來成爲狀元的書生黃裳：

> 延平黃狀元裳，少苦學，好夜讀書。忽一夕，月明，聞水涯人偶語，俯而聽之，曰：「吾在此十紀，來日當去，惟候淮南二急腳來替。」黃甚怪之，翌日亭午，果有二黃衣至水涯就浴，黃乃急止之，仍令他日無復過此。是夕中夜，鬼又語曰：「我本當替，爲黃狀元令過去，未有來期。」黃自是知其必冠多士〔註35〕。

故事中水鬼在知道被人所阻止後甚是無奈，只說了本來有機會替代超生，但被黃狀元令過去，未有來期。似不敢怒，敬畏狀元郎。還未登第的黃裳也因此預知自己將中狀元。

金元好問撰《續夷堅志》亦載有此故事，內容如下：

> 澤州有針工。一日人定後，方閱針次，聞人沿濠上來，喜笑曰：「明日得替矣！」人問替者爲誰？曰：「一走卒，自眞定肩傘插書夾來濠中浴，我得替矣。」針工出門望，無所見，知其爲鬼。明日立門首待之。早食後，一疾卒留傘與書夾針工家，云欲往濠中浴。針工問之，則從眞定來。因爲卒言，城中有浴室，請以揩背錢相助。卒問其故，工具以昨所聞告，辭謝再三而去。其夕二更後，有擲瓦礫於門，大罵曰：「我辛苦得替，卻爲此賊壞卻，我誓拽汝水中！」

〔註35〕　（宋）委心子：《分門古今類事》（台北：新興書局，民國73年《筆記小說大觀》19編），卷四〈黃裳狀元〉，頁1043～1044。

明旦，見瓦礫堆。數夕不罷。此人遷居避之〔註36〕。

金代所錄故事，救人的針工，夜裏即被水鬼怒罵丟擲瓦礫於門，還發誓要拽他入水中！接著連續數夜水鬼不罷休，針工只好遷居避禍。皆是救人一命，二者差異頗大。

到了元代這個故事有了不同的結局，義勇救人者反犧牲了性命，故事見於元無名氏的《異聞總錄》，內容如下：

> 臨安種園人，滌菜於白龜池，聞水中人語言相應答。其一云：「明日沙河塘開綵帛鋪王家一掌事，當死於此，可以爲我代。」其一云：「汝去期不遠，奈何。」園人識掌事者，即走報。其人感謝，誓終日不出門。逮旦且晡，天府騶卒來，須鋪家供綵帛，不得已而往。過清湖橋，騶卒引從龜池路去，力爭不聽。兩旁居者但見此人獨行踽踽，自爲紛挐辨鬥之狀。亦有識之者，掖之以歸，以嘗騰不能語，口中皆青泥，灌以蘇合香丸，久之乃醒。所謂騶卒，蓋鬼也。又明日，園人復往滌菜，溺死焉〔註37〕。

宋元以後這個故事繼續發展，至今仍然流傳於各地漢族。現今陝西流傳的說法裏，救替身的是漁夫。因爲他是溺死鬼的朋友，在知道水鬼將尋替身前，兩人已有很深的友誼，所以即使二次仁心救替身，也沒激怒好友，反倒是他自己要投水當水鬼朋友的替身，卻被攔阻了〔註38〕。

比較這幾個不同時期流傳的〈漁夫義勇救替身〉說法，救人的幫了替身，卻阻擾水鬼得昇的機會，觸怒水鬼引來報復，但漁夫由於友情基礎得免，黃裳則因爲狀元身份還令水鬼生敬畏。宋代是科舉制度完備的時期，南宋時開始只有殿試第一的進士才稱狀元，此後狀元可說是科舉考裏地位最崇高者，在這個故事的情節裏，正反映當時對參與科舉考試的讀書人崇敬的心態。

（二）判案故事

宋元傳統性類型故事具有判案性質的有五則之多，僅次於神怪性質的六則。

〔註36〕 （金）元好問：《續夷堅志》（台北：新興書局，民國76年《筆記小說大觀》21編），卷二〈溺死鬼〉，頁3290～3291。

〔註37〕 （元）不著撰人：《異聞總錄》（台北：新興書局，民國73年《筆記小說大觀》22編），卷四，頁3290～3291。

〔註38〕 陳慶浩、王秋桂等編：《中國民間故事全集·陝西民間故事集》（台北：遠流，1989年初版），頁473～475。

〈誰偷了驢馬〉敘述有人偷驢或馬，畏懼縣令急切追捕，將驢馬放回，鞍仍藏著。但縣令叫主人勿餵驢馬糧草，放牠自由覓食，看是往哪家吃草，便搜索該家，因此找著驢鞍，捉到偷驢馬的賊。（參見本章第一節三、（一））

〈一句話破案〉述敘二人相約，其中一人殺害了另一人，謀害人的兇手，在犯案後並未逃亡，反而往被害者家中向家屬表示等不到人，感到很疑惑，試圖擺脫嫌疑，幸而供詞中的疑點被判官點破，才使之伏法。（參見本章第一節三、（二））

〈試抱西瓜斥誣告〉敘述路過瓜園的婦人，摘一顆瓜給兒子，瓜田主人要告婦人偷瓜，心想摘一顆罪名無法成立，故意摘三十顆誣陷她，而婦人尚且抱著孩子，不可能徒手摘那麼多瓜，縣官便要主人自己模擬一次，他做不到，證明了他的誣告。（參見本章第一節三、（三））

〈解釋怪遺囑〉描述富翁留下遺囑給子婿，兒子成年欲分家產，發現遺囑所記，七分給女婿，三分給兒子，並不合理，於是訴官裁決。（參見本章第一節三、（四））

〈財物不是我的〉故事敘述部民託舅家保管的牛隻，五年後要取回時，說是死了二頭，所產的小牛也隱匿不提，遭到侵占，他只好告官。（參見本章第一節三、（五））

這幾個故事描述的案件多樣化，有偷竊、謀殺、誣告、爭產、侵占等等，這些故事可能是來自真實案例，也可能是虛構。而虛構的故事得以流傳，也是因為傳播故事者有著相同的背景故而能接受。由此可見，宋元判案故事發達，正反映宋元時期商業活動頻繁，社會漸趨複雜，人與人之間利害爭端滋長的情形。

五、故事分化

〈蠶王〉故事是自〈不忠的兄弟和百呼百應的寶貝〉這一型故事獨立出來的。

〈不忠的兄弟和百呼百應的寶貝〉是說，兄弟分家後，弟弟向哥哥乞蠶種、穀物，得到的都是被嫂嫂破壞過，要使弟弟無法收穫，但弟弟卻意外收穫更多，又被鳥引到山中，取得精怪的寶物。哥哥見弟弟因為寶物而致富，也學他到山中偷寶物，但被精怪發現了，受到嚴懲[註39]。

〔註39〕參見（唐）段成式：《酉陽雜俎》（上海：上海古籍出版，2000年《歷代筆記

〈不忠的兄弟和百呼百應的寶貝〉中〈蠶王〉部份的敘述並非其必要情節，只是兄嫂爲難弟弟的事件之一，可以替換其它的爲難事件，或者省略這一段情節，該型故事並不是依此爲發展主軸，而〈蠶王〉故事本身又有其精采之處，所以發展至宋元，這個故事獨立了出來。

六、故事後評論

（一）〈天雷獎善懲惡媳〉（779D）

宋代流傳的〈天雷獎善懲惡媳〉故事，見於郭象《睽車志》中，是這個故事早期的說法，內容敘述盲婦有一孝媳，某次她誤將飯以溺器捫熟，媳婦不忍告訴她，又不捨丟棄米飯，便把乾淨的給家人吃，自己吃惡臭的飯，此時天雷將之攝去林中，贈送媳婦一布囊，此布囊可貯米，米食盡後，又再生出米來。郭象於故事後加諸評論：

> 予始聞此事，竊謂晝瞑得米，或孝感所致，如郭巨得金之類。
>
> 至謂囊米旦旦常盈，則頗近迂誕，然范德老爲人成慤，必不妄傳。
>
> 而村婦一節如此亦可尚也，顧錄以爲勸云〔註40〕。

他視故事爲眞實事件，但又懷疑當中的神奇情節，在評論中肯定婦人的孝行感動上天，強調記事之目的在勸善。

（二）〈財物不是我的〉（926P）

〈財物不是我的〉故事大致說，託親友保管的財物，索取時對方不承認，意圖侵吞，之後縣官同被害者騙侵吞者說，那些財物是贓物，他才承認財物不是他的。（參見本章第一節三、（五））

宋元時期流傳的此型故事共有六則異說，其中鄭克編著的《折獄龜鑑》所載說法後附了一段評論，敘述當時小說載侯臨侍郎事，侯臨判案也用了此計，稱此計爲「和鈎慝之術」：

> 此乃用和鈎慝之術者，雖巧捷不逮，而沈密過之，譬猶持重之
>
> 將，不苟出於奇，亦必依於正，以此用譎，則無敗事，尤可貴也
>
> 〔註41〕。

小說大觀・唐五代筆記小說大觀》），續集卷一，頁85。

〔註40〕 （宋）郭象：《睽車志》（台北：新興書局，民國77年出版《筆記小說大觀》28編），卷三，頁257～258。

〔註41〕 （宋）鄭克：《折獄龜鑑》（北京：中華書局，1985年出版），卷七，頁103。

作者以為判官為了破案，以維護正義，利用欺騙的方式去誘騙隱匿他人財物的嫌犯，能斷案成功，很難能可貴。

（三）〈富家子終於知艱辛〉（998）

宋代流傳的〈富家子終於知艱辛〉故事可見於《貴耳集》與《養痾漫筆》中，兩則異說說法幾乎相同，皆是述敘王黼家與佛寺為鄰，黼宅水溝常流出白米飯粒，寺中僧人收集這些飯粒乾燥保存，戰時黼宅絕糧，僧人即用所囤之米蒸熟救濟王黼家老幼，《貴耳集》所記說法後有一段評論：

> 王黼宅與一寺為鄰，有一僧，每日在黼宅溝中流出雪色飯顆，漉出洗淨曬乾，不知幾年，積成一囤。靖康城破，黼宅骨肉絕糧，此僧即用所囤之米，復用水浸蒸蒸熟，送入黼宅，老幼賴之無飢。嗚呼，暴殄天物！聖人有戒。宣和年間，士大夫不以天物加意，雖溝渠汙穢中，棄散五穀，及其飢餒之時，非僧積累之久，一家皆絕食而死，可以為士大夫暴殄天物者戒〔註42〕！

論者感歎士大夫浪費穀糧，譴責其不珍惜五穀，若非鄰僧積蓄其散棄的米飯，在絕糧之時供給，其全家將絕食而死。記此事以警戒暴殄天物者。

（四）〈鞋值多少錢〉（1551A）

宋代流傳的〈鞋值多少錢〉故事，大意是說宰相馮道、和凝的笑話，和凝性急，一日他問馮道靴值多少錢？馮舉左腳說值八百，和凝轉身罵小吏為何他的要一仟？罵了許久，馮道才舉起右腳說這也要九百〔註43〕。

這個故事最早記載於宋代歐陽修所著《歸田錄》中，文末評道：「時謂宰相如此，何以鎮百僚。」〔註44〕此事所記本是輕鬆的笑話，也未必是真，很可能是虛構而附會於宰相身上。然而時人卻評論，宰相如此有失莊重，無法帶領百官，傳達了希望士大夫應持重勿輕浮。歐陽修記錄此論，除反映時人對官員的期許，亦有宋代文人對自我的要求。

〔註42〕 （宋）張端義：《貴耳集》（台北：新興書局，民國78年《筆記小說大觀》4編），卷一，頁2426～2427。

〔註43〕 （宋）歐陽修：《歸田錄》（台北：新興書局，民國76年《筆記小說大觀》21編），卷一，頁1635。

〔註44〕 同註43。

第六章　宋元國際型故事的性質與轉化

第一節　宋元國際型故事的性質

宋元所傳國際型故事共有四十九則，依其情節內容分析，大致有動物、物品、神怪、愛情、命運、寫實、判案、感化、盜賊、趣味等性質：

一、動物

（一）〈爪子卡在樹縫裡〉（38）

〈爪子卡在樹縫裡〉故事描述，人先設陷阱再誘騙熊誤觸，將之捕殺：

> 人熊在山，能即船害人。……嘗有人熊日坐於獵人之門，獵人每投以飯，因起機心，以大木兩片緊合之，中楔一代，令兩木中開。次日人熊至，見代而怒，跨坐拔去代，而兩木合，正害其勢，乃死[註1]。

情節性質為猛獸落入人的圈套，屬動物故事。

（二）〈水牛塗泥鬥猛虎〉（138）

〈水牛塗泥鬥猛虎〉故事描述，猛獸輕敵，被家畜或較弱的動物打敗：

> 嘗從天竺欲向大秦，其間忽聞數千里外哮哮檻檻驚天怖地。項之但見百獸率走，蹌地足絕，既而四巨象俄焉而至。以鼻卷泥自厚

［註1］（宋）周去非：《嶺外代答》（台北：新興書局，1962 年出版《筆記小說大觀》續編），頁 1650。

涂數尺，數數噴鼻，偶立。有師子三頭崩石折木輒見於山，蹴之直
搏四象以殪盤石，血若溢泉，巨樹草僵也〔註2〕。

故事性質為野獸與家畜的爭鬥，屬動物故事。

（三）〈老虎求醫並報恩〉（156）

〈老虎求醫並報恩〉描述老虎請求人為其除刺，事後贈肉報答：

> 饒安縣有人野行，為虎所逐。既及，伸其左足示之，有大竹刺，
> 貫其臂。虎……請去之者。其人為拔之，虎……隨其人至家乃去。
> 是夜，投一鹿于庭。如此歲餘，投野豕麋鹿，月月不絕〔註3〕。

故事說法性質為野獸回報人的救助，屬於動物故事。

（四）〈虎求助產並報恩〉（156B）

〈虎求助產並報恩〉敘述老虎請婦人助產，順產後感謝回饋產婆：

> 至元甲申州城外有老娘姓吳，夜二更有荷轎者立於門首，敲門
> 曰：「請老娘收生。」老娘開門喜而入轎，但見輿夫二人行步甚速，
> 雖荊棘亦不顧也。到一所，……一女子坐蓐，老娘與之收生，得一
> 男子，洗畢而歸，到家已中矣，其家問之，老娘如夢，亦不知為何
> 人之家，忽見二虎咆哮于門，驚甚。次日開門，見籬之有豬肉一邊，
> 牛肉一腳，左右鄰里莫不怪之，蓋虎以此來謝老娘也，誰謂禽獸無
> 人心哉〔註4〕。

故事性質是野獸回報人的救助，屬於動物故事。

（五）〈家畜護主被誤殺〉（286A）

〈家畜護主被誤殺〉描述，家畜為主人擊退來襲的野獸，主人卻誤會牠
要攻擊自己，反將牠殺死：

> 華州村民往歲有耕山者日晡疲甚，遂枕犁而臥。乳虎翳林間，
> 怒髭搖尾張勢作威欲啖而食，屢前，牛輒以身立其人之體上，左右
> 以角抵虎甚力，虎不得食，垂涎至地而去，其人則熟寢未之知也。

〔註2〕 （唐）白居易作、（宋）孔傳撰：《白孔六帖》（台北：新興書局，民國56年
10月出版），卷九十七，頁1373。

〔註3〕 （宋）李昉等編：《太平廣記會校》（北京：北京燕山出版社，2011年出版），
卷431〈李大可〉，頁7649。

〔註4〕 （元）不著撰人：《湖海新聞夷堅續志》（台北：新興書局，1986年《筆記小
說大觀》42編），後集〈精怪門・狐虎〉，頁412。

虎行已遠，牛且未離其體，人則覺而惡之，意以爲妖，因杖牛，牛
不能言而奔，輒自逐之，盡怒而得愈見怪焉。歸而殺之，解其體食
其肉不悔〔註5〕。

故事性質爲人和家畜的誤會，屬動物故事。

二、物品

（一）〈人體器官爭功勞〉（293）

〈人體器官爭功勞〉故事敘述，人體各部位爭論比較其重要性：

> 陳大卿云：「眉、眼、口、鼻四者皆有神也。一日，口謂鼻曰：
> 『爾有何能，而位居吾上？』鼻曰：『吾能別香臭，然後子方可食，
> 故吾位居汝上。』鼻謂眼曰：『子有何能，而位在我上也？』眼曰：
> 『吾能觀美惡，望東西，其功不小，宜居汝上也。』鼻又曰：『若然，
> 則眉有何能，亦居我上？』眉曰：『我也不解與諸君廝爭得，我若居
> 眼、鼻之下，不知你一個面皮安放哪裡？』」〔註6〕

故事性質爲物品之間的紛爭，屬物品故事。

三、神怪

（一）〈鳥妻（仙侶失蹤）〉（400A）

〈鳥妻（仙侶失蹤）〉故事敘述，仙人下凡成爲凡人的妻子：

> 妻少玄爲仙人來降生，幼即手有文，書幾歲歸某，後果嫁之。
> 一日仙人來訪，妻告夫乃仙人遇謫，二十三年將返天界。……將歸
> 天，夫求其道，留詞，言某年，某先生能開釋其夫，後果之。言畢
> 而卒，葬時留衣蛻去，棺無屍〔註7〕。

故事性質爲神奇的妻子，屬神怪故事。

（二）〈鳥妻（仙侶失蹤）〉（400A）

〈畫中女〉故事敘述，畫中的仙女走出圖畫，與凡人結婚：

〔註5〕　（宋）馬純：《陶朱新錄》（鄭州：大象出版社，2012 年《全宋筆記》5 編 10
　　　　冊），頁 151～152。

〔註6〕　（宋）羅燁：《新編醉翁談錄》（瀋陽：遼寧教育出版社，1998 年 12 月出版），
　　　　卷之二丁集，頁 31。

〔註7〕　（宋）李昉等：《太平廣記會校》（北京：北京燕山出版社，2011 年出版），卷
　　　　67〈崔少玄〉，頁 779～780。

益州大聖慈寺，開元中興，創周迴廊廡，皆累朝名畫，……蕭有唐李洪度所畫其筆妙絕。時值中元日，士庶遊寺，有三少年俱善音律，因至此，指天女所合樂云：「是霓裳羽衣曲，第二疊頭第一拍也。」其中勾生者，即云：「某不愛樂，但娶得妻，如抱箏天女足矣。」遂將壁畫者，項上掐一片土吞之為戲，既而各退歸。勾生是夜夢在維摩堂內，見一女子，明麗絕代，光彩溢目，引生於牖下狎昵。因是每夜忽就生所止，或在寺宇中，繾綣迨月餘。生舅氏范處士者，見生神志癡散，似為妖氣所侵。或云服符藥設醮拜章除之，始得生父母領之。其夜天女對生歔欷不自勝，曰：「妾本是帝釋侍者，仰思慕不奪君願，託以神契，君今疑妾，妾不可住，君亦不必服諸符藥，妾亦不欲忘情。」於衣帶中解玉琴爪一對曰：「聊為思念之物，君宜保愛之。」自此永訣〔註8〕。

故事性質為神奇的妻子，屬神怪故事。

（三）〈田螺姑娘〉（400C）

〈田螺姑娘〉描述，螺化成女子為單身漢操持家務，做妻子的工作，或者與他結婚：

吳湛居臨荊溪，有一泉極清澈，眾人賴之，湛為竹籬遮護，不令穢入，一日吳於泉側得一白螺，歸置之甕中，每自外歸，則廚中飲食已辦，心大驚異。一日竊窺，乃一女子自螺中而出，手自操刀。吳急趨之，女子大窘，不容歸殼，實告吳曰：「吾乃泉神，以君敬護泉源，且知君鰥居，為君操饌。君食吾饌，當得道矣。」言訖不見〔註9〕。

故事性質為神奇的妻子，屬神怪故事。

（四）〈蜘蛛鳥雀掩逃亡（蛛網救人）〉（543）

〈蜘蛛鳥雀掩逃亡（蛛網救人）〉敘述，蜘蛛在人躲藏處結網，讓搜捕者以為該處沒人，助其逃過追捕：

太祖在周朝受命北討至陳橋為三軍推戴時，杜太后眷屬以下盡在定力院，有司將搜捕，主僧悉令登閣而固其扃鑰，俄而大搜索，

〔註8〕　（宋）黃休復：《茅亭客話》（台北：新興書局，1963 年《說庫》），頁 393。
〔註9〕　（元）不著撰人：《湖海新聞夷堅續志》（台北：新興書局，1986 年《筆記小說大觀》42 編），後集〈神明門·神靈〉，頁 364。

主僧紿云：「皆散走不知所之矣。」甲士入寺陞梯且發鑰，見蛛網絲布滿其上而塵埃凝積若累年不開者。乃相告曰：「是安得有人？」遂皆返去，有頃太祖已踐祚矣〔註10〕。

故事性質爲不尋常的動物幫忙，屬神怪故事。

（五）〈三片蛇葉〉（612）

〈三片蛇葉〉故事敘述，蛇能以葉子醫病：

> 有歙客經於潛山中，見一蛇其腹漲甚，蜿蜒草中，徐遇一草，便嚙破以腹就磨，頃之漲消如故。蛇去，客念此草必消漲毒之藥，取至篋中。夜宿旅邸，鄰房有過人方呻吟牀第間。客就訊之，云正爲腹漲所苦。即取藥就釜，煎一盃湯飲之。頃之，不復聞聲，意謂良已。至曉，但聞鄰房滴水聲，呼其人不復應，即起燭燈視之，則其人血肉俱化爲水，獨遺骸臥牀，急挈裝而逃〔註11〕。

故事性質爲神奇的草藥，屬神怪故事。

（六）〈黃粱夢（瞬息京華）〉（725A）

〈黃粱夢（瞬息京華）〉描述，道士有神奇枕頭，能讓書生睡夢中如願以償，夢中經歷使他明白世事無常，轉眼成空：

> 開元中，道者呂翁經邯鄲道上邸舍中，有邑少年盧生同止于邸。主人方蒸黃粱，共待其熟。盧不覺長歎，翁問之，具言生世困厄。翁取囊中枕以授盧，曰：「枕此當榮適所願。」生俛首，但記身入枕穴中，遂至其家。未幾，登高第，歷臺閣，出入將相五十年，子孫皆列顯仕，榮盛無比。上疏曰：「臣年逾八十，位列三台，空負深恩，永辭聖代。」其夕卒，盧生欠伸而寤，呂翁在旁，黃粱尚未熟。生謝曰：「此先生所以窒吾欲也。」再拜受教而去〔註12〕。

故事性質爲神奇的夢境，屬神怪故事。

（七）〈財各有主命中定（命中注定的財寶）〉（745A）

〈財各有主命中定（命中注定的財寶）〉故事描述，某人在神仙的指引下

〔註10〕 （宋）朱弁：《曲洧舊聞》（台北：新興書局，民國52年12月1版《說郛》），頁684。

〔註11〕 （宋）陸游：《避暑漫鈔》（台北：新興書局，1963年《說庫》），頁796。

〔註12〕 （元）不著撰人：《湖海新聞夷堅續志》（台北：新興書局，1986年《筆記小說大觀》42編），後集〈神仙門‧仙異〉，頁235〜236。

得到財寶，而且財寶上有主人的名字：

> 牛肅曾祖大父，皆葬河內，出家童二戶守之。開元二十八年，
> 家僮以男小安，質於裴氏。齒牙為疾，晝臥廄中。若有告之者曰：「小
> 安，汝何不起，但取仙人杖根煮湯含之，可以愈疾。何忍焉！」小
> 安驚顧，不見人而又寢。未久，告之如初。安曰：「此豈神告我乎？」
> 乃行求仙人杖，得大叢，掘其根。根轉壯大，入地三尺，忽得大磚，
> 有銘焉。揭磚已下，有銅缽剄，于其中盡黃金鋌，丹砂雜其中。安
> 不知書，既藏金，則以磚銘示村人楊之侃。留銘示人，而不告之。
> 銘曰：「磚下黃金五百兩，至開元二十八年五月十八日，有下賊胡人
> 年二十二姓史者得之；澤州城北二十五里白浮圖之南，亦二十五里，
> 有金五百兩，亦此人得之。」〔註13〕

故事性質為通過神奇經歷而獲得財寶，屬神怪故事。

（八）〈荒屋得寶（藐視鬼屋裡妖怪的勇士）〉（745B）

〈荒屋得寶（藐視鬼屋裡妖怪的勇士）〉描述，妖怪作怪的屋子裏藏有金子，勇士除妖後得到了金子：

> 魏郡張本富買宅與陳應，應舉家疾病，賣與何文，文先獨持大
> 刀暮入氏堂梁上。一更中有一人長丈餘，高冠　　呼曰：「細腰！」
> 細腰應喏。「何以有人氣？」答無。便去，文因呼曰：「細腰！」問
> 向赤衣冠　　，答曰：「金也，在西壁下。」問：「君是誰？」答云：
> 「我杵也，今在竈下。」文掘得金三百斤，燒去杵，由此大富，宅
> 遂清寧〔註14〕。

故事性質為通過神奇經歷而獲得財寶，屬神怪故事。

（九）〈窮秀才年關救窮人〉（750B.2）

〈窮秀才年關救窮人〉敘述，命運困窘的人，及時對他人伸出援手，救了數條人命，因此使他的運途轉好，或延長壽命：

> 昔真州一巨商，每歲販鬻至杭。時有挾姑布子之術曰鬼眼者，
> 設肆省前，言皆奇中，故門常如市。商方坐下，忽指之曰：「公，大

〔註13〕 （宋）李昉等編：《太平廣記會校》（北京：北京燕山出版社，2011 年出版），
卷 400，頁 6976～6977。

〔註14〕 （宋）謝維新：《古今合璧事類備要》（台北：新興書局，民國 60 年出版），
卷六十一，頁 2072。

富人也，惜乎中秋前後三日內數不可逃。」商懼，即戒程，時八月之初，舟次揚子江，見江濱一婦，仰天大號，商問焉，答曰：「妾之夫作小經紀，止有本錢五十緡，……今妾偶遺失所留本錢，非惟飲食之計無所措，亦必被箠死，寧自沉。」商聞之，……亟贈錢一百緡，婦感謝去，商至家，具以鬼眼之言告父母，且與親戚故舊敘永訣，……踰期，無它故，復之杭，舟阻風，偶泊向時贈錢處，登岸散步，適此婦襁負嬰孩，遇諸道，迎拜，且告曰：「自蒙恩府持拔，數日後乃產，妾母子二人沒齒感再生之賜者，豈敢忘哉。」商至杭，便過鬼眼所，驚顧曰：「公中秋胡不死？」乃詳觀其形色而笑曰：「公陰德所致，必曾救一老陰少陽之命矣。」〔註15〕

故事性質為原本註定惡運的人，不吝付出同情心，而得到神的獎賞，改變宿命，屬於神怪故事。

（十）〈惡地主變馬消罪孽〉（761）

〈惡地主變馬消罪孽〉敘述，某人欠錢故意不還，最後化身為牛來償還：

> 上虞縣有民章蘊者，因歲歉，於鄰人假糧數十斛，後鄰人闕食，就索之，抵負誓曰：「的不還，作犁牛塡。」章笑而許諾。暮月，章卒，其鄰家產一犢，當耕耨之次，謂弟兄曰：「章某欠我米，已云許作牛還，此犢莫是否？」偶以姓名呼之，隨聲而應，再答，既而胗淚屈膝，似拜許之狀。報其家屬來驗之，右肋上隱起字曰：「負人米，罰作此畜。」其家乃數倍價贖而養之〔註16〕。

故事性質為神對有惡行之人施予懲罰，屬神怪故事。

（十一）〈陸沉的故事〉（825A）

〈陸沉的故事〉敘述，預言說城門若染血，則城將陷落為湖泊，後來果然應驗：

> 秦時，長水縣有童謠曰：「城門當有血，則陷沒為湖。」有老嫗聞之，憂懼，但往窺焉。門衛欲縛之，嫗言其故。嫗去後，門衛殺

〔註15〕　（元）陶宗儀：《南村輟耕錄》（北京：中華書局，1959年2月第1版），卷十二〈陰德延壽〉，頁153～154。

〔註16〕　（宋）龍明子：《葆光錄》（台北：新興書局，民國63年《筆記小說大觀》3編），卷3，頁1391～1392。

犬，以血塗門。嫗又往，昇血走去，不敢顧。忽有大水，長欲沒縣。
主簿何幹入白令，令見幹曰：「何忽作魚？」幹曰：「明府亦作魚亦！」
遂淪陷爲谷。出《鬼神傳》〔註17〕。

故事性質爲神奇的預言，屬神怪故事。

(十二)〈仙境一日　人間千年〉(844A)

〈仙境一日　人間千年〉描述，村民在山中停留片刻，遇仙人，吃其所
贈食物，出山回家後才發現過了數日：

南劍州順昌縣石溪村民李甲，……入山稍深，倦憩一空屋外，
聞下棋聲，知是人居，望其中有兩士對奕，李趨進揖之，呼爲先生。
奕者笑而問曰：「汝以何爲業？」對曰：「賣炭爾。」又曰：「能服藥
乎？」應曰：「諾。」即顧侍童取瓢中者與之，童頗有吝色曰：「此
何爲者而輕付之？」咄曰：「非汝所知。」藥正紅而味微酸，服竟，
即遣出，約曰：「三十年後復會此山中。」出門反顧，茫無所覩，嗅
腰間所齎飯，臭不容口，傾之於水而行，迨還家，既歷三日矣，遂
連日大瀉，自是不復飲食，唯啖山果，鄉人稱之曰：李仙〔註18〕。

故事性質爲神奇的經歷後，時空轉移，屬神怪故事。

(十三)〈仙境遇豔不知年〉(844B)

〈仙境遇豔不知年〉故事敘述，入山後和仙女結婚，在仙境生活一年，
回家後發現已過了十幾個世代：

劉晨、阮肇入天台採藥，遠不得返，……欲下山，以杯取水，
見蕪菁葉流下，甚鮮妍。復有一杯流下，有胡麻飯焉。乃相謂曰：
「此近人矣。」遂渡山，出一大溪，溪邊有二女子，色甚美，見二
人持杯，便笑曰：「劉、阮二郎捉向杯來。」劉、阮驚，二女遂忻然
如舊相識，曰：「來何晚耶？」因邀還家。……各有數侍婢，使令具
饌，……食畢行酒，俄有群女持桃子，笑曰：「賀汝婿來。」酒酣作
樂。夜後各就一帳宿，婉態殊絕。至十日，求還，苦留半年，氣候
草木，常是春時，……歸思甚苦。女遂相送，指示還路。鄉邑零

〔註17〕　（宋）李昉等編：《太平廣記會校》（北京：北京燕山出版社，2011年出版），
卷468，頁8422。
〔註18〕　（宋）洪邁：《夷堅志》（台北：中華書局，2006年10月出版），支戊卷一，
頁1052。

落，已十世矣〔註19〕。

　　故事性質有神奇的妻子，以及奇異的經歷後，發現時空轉移，屬神怪故事。

四、愛情

（一）〈生雖不能聚　死後不分離〉（749A）

　　〈生雖不能聚　死後不分離〉故事描述，相愛的夫妻死後墳上長出合抱的樹：

> 海鹽陸東美，妻朱氏，有容止，夫妻相重，寸步不相離，時人
> 號爲比肩人，後死合葬，塚上生梓樹，同根，二身相抱，而合成一
> 樹，每有雙雁長宿於上，孫權封其里約比肩，墓曰雙梓，後子弘與
> 妻張氏亦相愛慕，吳人又呼爲小比肩〔註20〕。

故事性質爲愛情幻化成奇異的現象，屬神怪故事。

（二）〈死而復生續前緣〉（885A）

　　〈死而復生續前緣〉故事描述，女子丈夫遠征，長年不歸，家人逼她改嫁，因不願而病死，丈夫回來開棺悼念，女子竟復活：

> 梁國女子許嫁已受禮謝，尋而夫戍長安，經年不歸，女家更以
> 適人，女不願，父抑之，遂得病死，後夫還，問女所在，仍至墓所
> 發塚開棺，女遂活，因與歸，後婿訴官爭之，王導議曰：「此不得以
> 常理斷之，宜還前夫。」朝廷以爲人妖〔註21〕。

故事性質爲眞摯的愛情使人復活，屬愛情故事。

（三）〈貞節婦為夫復仇（孟姜女）〉（888C）

　　〈貞節婦爲夫復仇（孟姜女）〉故事描述，將領殺了貞婦的丈夫，逼她嫁他。她騙得將領禮葬他的丈夫後自盡：

> 台之臨海民婦王氏者，美姿容，被掠至師中。千夫長殺其舅姑
> 與夫，而欲私之，婦誓死不可。自念且被污，因陽曰：「能俾我爲舅

〔註19〕　（宋）李昉等：《太平廣記會校》（北京：北京燕山出版社，2011 年出版），卷67，頁 721～722。

〔註20〕　（元）林坤：《誠齋雜記》（台北：新興書局，1963 年《說庫》），頁 833。

〔註21〕　（唐）白居易作、（宋）孔傳撰：《白孔六帖》（台北：新興書局，民國 56 年10 月出版），卷九十，頁 1281。

姑與夫服期月，乃可事君。」千夫長見其不難於死，從所請，仍使俘婦雜守之。師還，挈行至嵊，過上清風嶺，……即投崖下以死〔註22〕。

故事性質是妻子為丈夫犧牲，表現堅貞的愛情，屬愛情故事。

（四）〈一時氣絕非真死〉（990）

〈一時氣絕非真死〉敘述，女子因為失去所愛，傷心而死，所愛之人送她的寶玉成為她的陪葬品，引來挖墓者盜墓，盜墓開棺之際她竟復活：

> 大桶張氏者……過其行錢孫助教家。孫氏未嫁女出勸酒，……張目之曰：「我欲娶為婦。」孫惶恐曰：「不可。」張曰：「願必得之。」……即取臂上所帶古玉條脫，俾與其女帶之，且曰：「擇日作書納幣也。」飲罷而去。其後張為人所誘，別議其親……而孫之女不肯嫁，父……曰：「汝適見其有妻，可以別嫁矣。」女語塞，去房內以被蒙頭，少刻遂死。父母哀慟，呼其鄰鄭三者告之，使治喪具。且曰：「小口死勿停喪，就今日穴壁出瘞之。」告鄭以致死之由，且語且哭。鄭辦喪具至，見其臂古玉條脫，時值數十萬錢，鄭心利之，半夜月明，鄭發棺欲取玉條脫，女壓然而起曰：「此何處也？」顧見鄭，曰：「我何故在此？」女自幼亦識鄭面目，鄭乃畏其事彰而以言恐之曰：「汝父怒汝不肯嫁而張氏為念，若辱其門戶，使我生埋汝於此，我實不忍，乃私發棺而汝果生。」女久之乃曰：「惟汝所聽。」鄭即匿之它處，以為己妻，完其殯而徙居萊州〔註23〕。

情節由女子為愛而死引發，內容性質屬愛情故事。

五、命運

（一）〈所得警言皆應驗（買來的或者別人提供的警言證明是正確的）〉（910）

〈所得警言皆應驗（買來的或者別人提供的警言證明是正確的）〉敘述，故事主角依照算命先生預示的警語去做，果然一一化解了劫難：

〔註22〕 （元）陶宗儀：《南村輟耕錄》（北京：中華書局，1997年出版），卷三〈貞烈〉，頁38。
〔註23〕 撮述（宋）廉布：《清尊錄》（台北：新興書局，民國52年12月1版《說郛》），頁224～225。

西山費孝先，善軌格，世皆知名，有客人王旻因售貨至成都，求爲卦，孝先曰：「教住莫住，教洗莫洗，一石穀，搗得三斗米，遇明即活，遇暗即死。」再三戒之，令誦此數言足矣，旻受乃行，途中遇大雨，憩於屋下，路人盈塞，乃思曰：「教住莫住，得非此耶？」遂冒雨行，未幾，屋顛覆，獨得免焉。

旻之妻已私謁鄰比，欲講終身之好，候旋歸，將攻毒謀，旻既至，妻約其私人曰：「今夕但新浴者，乃夫也。」日欲晡，果呼旻洗沐，重易巾櫛。旻悟曰：「教洗莫洗，得非此邪？」堅不從，婦怒不肯，乃自沐，夜半反被害。旻驚睍罔測，遂獨囚繫。官府栲訊就獄，不能自辨，郡守錄伏牘，旻悲泣言曰：「死只死矣，但孝先所言，終無驗耳。」左右以是語上達，翌日，郡守命未得行法，呼旻問曰：「汝鄰比何人？」曰：「康七。」遂遣人捕之。「殺汝妻者，必是人也。」已而果然，因謂察佐曰：「一石穀搗得三斗米，非康七乎？」旻既辨雪，誠遇明即活之效歟〔註24〕。

故事性質爲預示的警語化解了惡運，屬命運故事。

（二）〈命中注定的妻子〉（930A）

〈命中注定的妻子〉故事描述，男子被預言未來將娶出身低下的陋女，他因而殺害她。娶妻後他發現，妻子臉上有舊疤，原來那是他造成的傷害，妻子竟是當年的陋女：

韋固少孤思早娶，遇老父向月檢書，言幽冥之書，主天下婚姻，告之其妻適三歲，十七方嫁。老人囊中赤繩繫夫婦之足，雖邈天涯，終不可逭。老人指菜市眇一目之嫗所挽陋女乃其妻，固怒，命奴殺之，奴中其眉間，後固求婚終不遂，又十四年以陰恭相州軍，刺史王泰喜之，以女妻之。固妻眉間常飾花鈿，雖寢沐未嘗去，逼問之，方云，乃郡守猶子，父亡尚在襁褓，幼時隨乳母鬻蔬於市，遭狂賊所刺，刀痕尚在，故覆花鈿。七八年前方得在叔左右，以爲女嫁君耳。固問乳母眇乎？妻問何以知之，固言乃其所刺耳，夫妻驚涕〔註25〕。

〔註24〕 （宋）章炳文：《搜神秘覽》（北京：中華書局，1985年出版），頁1。
〔註25〕 撮述（宋）委心子：《分門古今類事》（台北：新興書局，民國73年《筆記小說大觀》19編），卷四〈黃裳狀元〉，頁1043～1044。

故事性質為無法改變的命運，屬命運故事。

(三)〈對自己命運負責的公主〉（943）

〈對自己命運負責的公主〉故事敘述，妻子把山中拾得的奇石給丈夫看，丈夫曾是富人，識得是銀礦，夫妻因而冶銀致富：

> 平江有富人謂之姜八郎，後家事大落，索逋者雁行立門外，勢大窘，乃謂其妻曰：「無他策，惟有逃耳。」……將逃，乃心念曰：「委債而逃，吾負人多矣，使吾事倘諧，他日還鄉，即負錢千緡當償二千緡，多寡倍之。」遂行，信州道中有逆旅，嫗夜夢有群羊甚富，有人欲驅之，有一人呵之曰：「此姜八郎羊也，毋得馳逐。」恍然而覺。明日姜適至其所問津，嫗問其姓，曰：「姜」，問其第幾，曰：「八」，嫗大驚，遂延入其家，所以館遇之甚厚。久之，乃謂姜曰：「嫗有兒不幸早死，有婦憐嫗老，義不嫁，留以待嫗。嫗甚憐之，欲擇一贅婿，久未獲，觀子狀貌非終寒薄者，顧欲以婦奉箕帚可乎？」姜辭以自有妻，不可，嫗請之堅，姜亦以道途大困，不得已從之。

> 其妻一日出擷菜，顧有白兔，……追之一山上，兔乃入一石穴中，妻探其穴，失兔所在，乃得一石，爛然照人，持歸以語夫。姜視之曰：「此殆銀礦也。」冶之，果得銀。……其後竟以坑冶致大富。姜於是攜其妻與嫗復歸平江，迎其故妻以歸，召昔所凡負錢者，倍利償之〔註26〕。

情節描述故事主角，一度家道中落，因緣際會又再度致富，性質為命運故事。

六、寫實

(一)〈弄巧成拙　劣子遵遺言〉（982C）

〈弄巧成拙　劣子遵遺言〉故事描述，總是違逆父親的兒子，遵從了父親的遺言幫他水葬，其實父親是以為他會違逆自己的意思，故意說反話：

> 有一狼子，生平多逆父旨。父臨死囑曰：「必葬我水中。」意其逆命，得葬土中。至是，狼子曰：「生平逆父命，死不敢違旨也。」

〔註26〕　（宋）施德操：《北窗炙輠錄》（台北：新興書局，民國78年《筆記小說大觀》6編），卷下，第2則，頁1730。

破家築沙潭水心以葬〔註27〕。

所述內容為不孝兒子悔悟的太晚，性質是寫實故事。

（二）〈財富生煩惱〉（989A）

〈財富生煩惱〉故事敘述，窮人獲贈一件新衣或一筆巨款，時時擔心會遺失，而失去了快樂，直到還回去之後，他才恢復快樂。

> 劉先生者，河朔人。年六十餘，……從人丐得錢，則市鹽酪徑歸，盡則更出，……遍遊諸市廟，拂拭神佛塑像，……率以為常，環百里人皆熟識之。
>
> 縣市一富人，嘗贈一衲袍，劉欣謝而去，越數日見之，則故褐如初。問之，云：「吾幾為子所累。吾常日出庵，有門不掩，既歸就寢，門依不扃。自得袍之後，不衣而出，則心繫念。因市一鎖，出則鎖之。或衣以出，夜歸則牢關以備盜，數日營營，不能自決。今日偶衣至市，忽自悟以一袍故，使方寸如此，是大可笑。適遇一人過前，即脫袍與之，吾心方坦然，無復繫念。嘻！吾幾為子所累矣。」〔註28〕

情節所述為窮人因富有而煩惱，性質為寫實故事。

七、判案

（一）〈孩子到底是誰的（灰闌記）（所羅門式的判決）〉（926）

〈孩子到底是誰的（灰闌記）（所羅門式的判決）〉情節敘述，兩個女人都說是孩子的母親，法官無法判決，就故意叫她們拉這個孩子，以觀察誰不忍心讓孩子受傷，誰就是孩子真正的母親：

> 前漢時潁川有富室兄弟同居，弟婦懷妊，其長姒亦懷妊，胎傷匿之，弟婦生男，奪取以為己子，論爭三年，郡守黃霸使人抱兒於庭中，乃使婦姒競取之，既而俱至，姒持之甚猛，弟婦恐有所傷而情甚悽愴，霸乃叱長姒曰：「汝貪家財欲得兒，寧慮頓有所傷乎？此事審矣。」姒伏罪〔註29〕。

〔註27〕　（宋）李石：《續博物志》（鄭州：大象出版社，2008 年《全宋筆記》4 編 4 冊），頁 214。

〔註28〕　（宋）郭彖：《睽車志》（台北：新興書局，民國 77 年出版《筆記小說大觀》28 編），卷六，第十則，頁 295。

〔註29〕　（五代）和凝、（宋）和㠓同撰：《疑獄集》（台北：台灣商務印書館，民國 72

此故事性質為判官善用巧計，以判別誠實和說謊的人，屬判案故事。

（二）〈到底誰是物主〉（926A.1）

〈到底誰是物主〉故事敘述，兩人爭一塊布，太守裁斷布分給兩人，以觀察誰委屈，誰稱謝，來判斷布的真正主人：

> 漢時有人持縑入市，遇雨以縑披覆，後一人至求庇蔭，陰雨一頭雨霽當別，輒互爭縑，太守薛宣令斷縑，各與一半，使騎吏聽之，一云，太守之恩，一稱冤不已，追問乃服〔註30〕。

這個故事的性質也是判官善用巧計，以判別誠實和說謊的人，屬判案故事。

（三）〈拾金者的故事〉（926B.1）

〈拾金者的故事〉故事敘述，拾金者送還失主鈔票時，失主謊稱錢數有短少。縣官察明案情後，故意判說既然錢數不符，此失銀就非該失主所有，要等待真的失主來領，若無人認領就送給拾金者：

> 聶以道，江西人，為□□縣尹。有一賣菜人，早往市中買菜，半路忽拾鈔一束。時天尚未明，遂藏身僻處，待曙檢視之，計一十五定，內有五貫者。乃取一張，買肉二貫、米三貫，實之擔中，不復買菜而歸。其母見無菜，乃叩之。對曰：「早於半途拾得此物，遂買米肉而回。」母怒曰：「是欺我也。縱有遺失者，不過一二張而已，豈有遺一束之理，得非盜乎？爾果拾得，可送還之。」訓誨再三，其子不從。母曰：「若不然，我訴之官。」子曰：「拾得之物，送還何人？」母曰：「爾於何處拾得，當往原處候之，伺有失主來尋，還之可也。」又曰：「吾家一世，未嘗有錢買許多米肉。一時驟獲，必有禍事。」其子遂攜往其處，果有尋物者至。
>
> 其賣菜者，本村夫，竟不詰其鈔數，止云失錢在此，付還與之。傍觀者皆令分賞，失主靳之，乃曰：「我失去三十定，今尚欠其半，如何可賞！」既稱鈔數相懸，爭鬧不已，遂聞之官。聶尹覆問拾得者，其詞頗實，因暗喚其母，復審之亦同。乃令二人各具結罪文狀：「失者實失去三十定，賣菜者實拾得十五定。」聶尹乃曰：「如此則

年《四庫全書》），卷一〈黃霸察姦情〉，頁800～801。

〔註30〕 （宋）桂萬榮：《棠陰比事原編》（石家莊：河北教育出版社，1994年4月《歷代筆記小說集成‧宋代筆記小說》），頁338。

所拾之者，非是所失之鈔。此十五定乃天賜賢母養老。」給付母子令去。喻失者曰：「爾所失三十定，當在別處，可自尋之。」因叱出，聞者莫不稱善。〔註31〕

故事性質爲縣官將錯就錯以懲誣告者，屬判案故事。

（四）〈審畚箕（誰是物主）〉（926F）

〈審畚箕（誰是物主）〉故事敘述，兩個小販爭一團絲，縣官鞭打絲，看掉出來的東西是哪家的商品，以證明誰是物主：

> 傅季珪爲山陰令，有賣糖賣針者爭一絲團，訴於縣。乃令掛絲
> 於檐，鞭之，有少針出。乃罰賣糖者〔註32〕。

故事性質爲縣官利用巧計找出證據，屬判案故事。

（五）〈誰偷了雞或蛋〉（926G.1）

〈誰偷了雞或蛋〉故事描述，二人爭一隻雞，縣官依雞肚子裏的食物判別誰是主人：

> 齊二野父爭雞，傳　字季珪爲山陰令，問雞何食，一云豆，乃
> 殺，破雞得粟乃罪言豆者，一縣稱其神也〔註33〕。

內容性質爲縣官細心找出證據，屬判案故事。

（六）〈假證人難畫真實物〉（926L）

〈假證人難畫眞實物〉故事描述，縣官要求證人塑出失竊金子的模樣，他們做不成模，承認是誣告：

> 李衛公鎮浙西，甘露僧知主事者訴，交代常住什物爲前主僧隱
> 沒金若干兩，引證前數年，皆遞相交割傳領，文籍分明。且初上之
> 時，交領分兩既明，交割之日不見其金。
>
> 引慮之際，公疑其未盡，微江意揣之。僧乃曰：「居寺者樂於知
> 事前後主之者，積年以來，空交分兩文書，其實無金矣。群僧以某
> 孤立，不雜葷流，欲由此擠之。」因流涕言其冤狀。

〔註31〕　（元）楊瑀：《山居新話》（台北：台灣商務印書館，1983年《四庫全書・子
　　　　部・小說家類一》），卷一，第七則，頁346～347。
〔註32〕　（宋）桂萬榮：《棠陰比事原編》（石家莊：河北教育出版社，1994年4月《歷
　　　　代筆記小說集成・宋代筆記小說》），頁337。
〔註33〕　（唐）白居易作、（宋）孔傳撰：《白孔六帖》（台北：新興書局，民國56年
　　　　10月出版），卷九十四，頁1333。

公曰：「此非難也。」俛仰之間曰：「吾得之矣。」乃立召兜子
數乘，命關連僧入對事。咸遣坐簷子下帘，指揮門下不令相對。

命取黃泥，各令模交付下次金樣，以憑證據。僧既不知形狀，
竟模不成，數輩等皆伏罪〔註34〕。

情節所述爲判官以巧計證明證人說謊，內容性質是判案故事。

八、感化

（一）〈團結力量大〉（910F）

〈團結力量大〉故事描述，母親以一隻箭易折，數隻箭折不斷爲例告誡
失和的兄弟：

他母親阿闌・豁阿煮著臘羊，將五個兒子喚來跟前，列坐著，
每人與一隻箭簳，教折斷，各人都折斷了。再將五隻箭簳束在一處，
教折斷，五人輪著都折不斷。……阿闌・豁阿就教訓著說：「您五個
兒子都是我一個肚皮裏生的，如恰才五隻箭簳一般，各自一隻，任
誰容易折斷。您兄弟但同心呵，便如這五隻箭簳束在一處，他人如
何容易折得斷。」〔註35〕

內容性質是教導團結的重要，化解猜忌，屬感化故事。

九、盜賊

（一）〈偽毀贋品騙真賊〉（929D）

〈偽毀贋品騙真賊〉故事敘述，爲了找回質當假銀的人，收到假銀的人
故意放消息說白銀被盜，當假銀者果然回來贖銀而被逮捕：

漢慕容彥超善捕盜，爲鄆帥日，有州息庫遣吏主之，有人以白
金二錠質錢十萬，與之既去而驗之，乃假銀也。彥超知其事召主庫
吏，密令出榜，虛稱被盜竊所質白銀等財物，今備賞錢一萬，召知
情收捉元賊。不數日間，果有人來贖銀者，執之，伏罪，人服其知
〔註36〕。

〔註34〕 （宋）王讜：《唐語林》（上海：古典文學出版社，1957 年 4 月出版），卷一〈政
事上〉，頁 27～28。

〔註35〕 （元）不著撰人：《蒙古秘史》（石家莊：河北教育出版社，1994 年 4 月《歷
代筆記小說集成・宋代筆記小說》），頁 10～11。

〔註36〕 （五代）和凝、（宋）和㠓同撰：《疑獄集》（台北：台灣商務印書館，民國 72

故事性質爲巧計令騙子上當,屬盜賊故事。

(二)〈水泡為證報冤仇〉(960)

〈水泡爲證報冤仇〉故事描述,曾殺害同伴的商人見水泡而竊笑,妻子問他,他說,因爲憶起當年所殺之人竟以爲水泡可以作證,而不禁竊笑,妻子聞言後報官:

> 予家故書有呂繕卿文集載淮陰節婦傳云:婦年少美色,事姑甚謹。夫爲商與里人共財出販,深相親好至通家往來,其里人悅婦之美。因同江行會,傍無人即排其夫水中,夫指水泡曰:「他日此當爲證。」既溺,里人大呼求救,得其屍已死,即號慟爲之制服如兄弟厚,爲棺斂送終之禮甚備,錄其行橐一毫不私,至所販貨得利亦均分,著籍即歸盡舉以付其母,爲擇地卜葬,日至其家奉其母如己親,若是者累年,婦以姑老亦不忍去,皆感里人之恩亦喜其義也。姑以婦尚少,里人未娶視之猶子,故以婦嫁之,夫婦尤歡睦,後有兒女數人。

> 一日大雨,里人者獨坐簷下視庭中積水竊笑,婦問其故,不肯告,愈疑之,叩之不已,里人以婦相歡,又有數子,待己必厚,故以誠語之曰:「吾以愛汝之故,害汝前夫,其死時指水泡爲證,今見水泡竟何能爲此,其所以笑也。」婦亦笑而已。後伺里人之出,即訴於官,鞫實其罪而行法焉。婦慟哭曰:「以吾之色而殺二夫,亦何以生。」遂赴淮而死。此書呂氏既無,而予家者亦散於兵火,姓氏皆不能記,姑述其大略而已[註37]。

故事性質爲盜賊謀害,屬盜賊故事。

(三)〈得寶互謀俱喪命〉(969)

〈得寶互謀俱喪命〉故事敘述,三人偷得財物,二人留守,一人買食,爲了貪財,留守的想謀殺買食的同伴,買食也想毒要害他們,三人互相殘殺而死:

> 天寶山有三道人採藥,忽得瘞錢,而日已晚。三人者議先取一二千沽酒市脯,待旦而發。遂令一道人往,二人潛謀,俟沽酒歸殺

　　　　年《四庫全書》),卷三〈慕容執假銀〉,頁 814。

[註37]　(宋)莊綽:《雞肋編》(台北:新興書局,民國 52 年《說郛》),頁 128。

之，庶只作兩分。沽酒者又有心置毒酒食中，誅二道人而獨取之。
既攜酒食示二人次，二人忽舉斧殺之，投於絕澗。二人喜，而酌酒
以食，遂中毒藥而俱死。此得之張道人〔註38〕。

故事性質為盜賊謀害，屬盜賊故事。

（四）〈冒認親人騙商家〉（1526）

〈冒認親人騙商家〉故事描述，騙子帶著冒認來的盲婦去買布，拿著挑
好的布說要回家取錢，一群隨從也陸續離開，留下不知情的盲婦：

如淨慈寺前瞽嫗，揣骨聽聲知貴賤。忽有虞候一人，荷轎八人，
訪嫗問：「某府娘子，令請登轎。」至清河坊張家匹帛鋪前少駐，虞
候謂鋪中人曰：「娘子親買匹帛數十端。」虞候隨一卒歸取鏹，七卒
列坐鋪前。候久不至，二卒促之；又不至，二卒繼之；少焉，棄轎
皆遁矣〔註39〕。

故事性質為盜賊詐騙，屬盜賊故事。

十、趣味

（一）〈守財奴命在須臾猶議價〉（1305D.2）

〈守財奴命在須臾猶議價〉故事說道，性格吝嗇的人連落水求救，都要
向救命的人討價還價，太貴還寧可不救：

汴京孟良家巨富，一毫不拔。父病不肯求醫。父曰：「病體淹延，
何日可瘳？欲往醴泉觀，禱祝求安。我不能行，你可頂戴同往。」
翌早，良戴父而行。過汴橋，值舟繩所挽，拋父入水。時有水手在
傍，謂良曰：「倘賜一兩錢雇，躍波而救父。」良酬以三錢，而不允。
良再添四錢，又不允。父於水中呼兒曰：「孩兒，只是五錢巳上，一
錢也不得添。」〔註40〕

內容性質為性格造成的笑話，屬趣味故事。

〔註38〕 （宋）張知甫：《可書》（北京：中華書局，2004 年），〈三道人欲獨得瘁錢施
毒謀俱死〉，頁 423。

〔註39〕 （宋）陳世崇：《隨隱漫錄》（台北：台灣商務印書館，民國 72 年出版《四庫
全書》第 1040 冊），卷五，「錢塘游手」條，頁 194～195。

〔註40〕 婁子匡編校：《宋人笑話（《笑海叢珠》、《笑苑千金》）》（台北：東方文化，民
國 57 年出版），頁 41。

（二）〈不識鏡中人〉（1336B）

〈不識鏡中人〉故事敘述，不曾見過鏡子的妻子以爲丈夫買回的鏡子是小妾，其實是因爲看到鏡中自己的影像：

> 有民妻不識鏡，夫市之而歸。妻取照之，驚告其母曰：「某郎又索一婦歸也。」其母亦照曰：「又領親家母來也。」〔註41〕

內容性質爲夫妻之間的笑話，屬趣味故事。

（三）〈妻妾鑷髮〉（1375E）

〈妻妾鑷髮〉故事敘述，妻子希望丈夫顯老，妾則希望他顯得年輕，所以她們一個拔他的黑髮，一個拔白髮，竟然把他頭髮拔光了：

> 有一郎官年老置婢妾數人，鬢白，令妻妾鑷之。妻忌其少，爲羣婢所悦，乃去其黑者；妾欲其少，乃去白者；未幾，頤領遂空。又進士李居仁盡摘白髮，其友驚曰：「昔日皤然一翁，今則公然一婆矣。」〔註42〕

性質爲夫妻之間的笑話，屬趣味故事。

（四）〈三思而後言〉（1684A）

〈三思而後言〉描述，考慮太多的人見朋友衣衫著火，仍在思慮到底要不要告訴對方：

> 有人性寬緩，冬日共人圍爐，見人裳尾爲火所燒，乃曰：「有一事，見之已久，欲言之，恐君性急，不言，恐君傷太多，然則言之是耶？不言之是耶？」人問何事，曰：「火燒君裳。」遂收衣火滅，大怒曰：「見之久，何不早道？」其人曰：「我言君性急，果是。」〔註43〕

故事性質爲性格造成的笑話，屬趣味故事。

（五）〈自信已經會隱形的傻瓜〉（1683A）

〈自信已經會隱形的傻瓜〉敘述了傻瓜以爲葉子能讓自己隱形，其實是別人藉此愚弄他，或者隨口騙他，他還堅信不移：

〔註41〕　（宋）孫光憲《北夢瑣言》（台北：新興書局，1962 年《太平廣記》），頁 824。

〔註42〕　（宋）范正敏：《遯齋閑覽》（台北：世界書局，民國 50 年《中國笑話書七十一種》），〈皤然一翁公然一婆〉，頁 63。

〔註43〕　（宋）不著撰人：《籍川笑林》（台北：世界書局，1961 年《中國笑話書七十一種》），頁 77。

> 顧愷之癡信小術，桓玄嘗以柳葉紿之曰：「此蟬翳葉也，以自蔽
> 人不見己。」愷之引葉自蔽，玄就溺焉，愷之信其不見己，以珍重
> 之〔註44〕。

故事性質爲笨人製造的笑話，屬趣味故事。

（六）〈魚吞人和船〉（1889G）

〈魚吞人和船〉描述，有魚相當巨大，大到吞下船沒感覺，船上的人也
不知自己已在魚肚裏：

> 胡旦作長鯨吞舟賦，其狀鯨之大曰：「魚不知舟在腹中，其樂也
> 融融，人不知舟在腹內，其樂也洩洩。」又曰：雙鬚竿直，兩目星
> 溢，楊孜覽而笑曰：「許大魚，眼何小也。」〔註45〕

內容性質是誇大事物以產生趣味，屬趣味故事。

（七）〈大家來吹牛（順著你的謊話說）〉（1920A）

〈大家來吹牛（順著你的謊話說）〉故事敘述，一個人說大鳥之大可一飛
九萬里，另一人順著他的大話說。有孩童捉了一隻這種鳥，拿起身上的汗巾
包起來，丟向山頭：

> 公孫龍見趙文王以夸事眩之，因爲王陳大鵬九萬里釣連鰲之
> 說，文王曰：「南海之鰲吾所未見也，獨以吾趙地所有之事報子。寡
> 人之鎮陽有二小兒，曰東里，曰左伯。共戲於渤海之上，須臾有所
> 謂鵬者羣翔於水上。東里遽入海以捕之，一攫而得，渤海之深才及
> 東里之脛，顧何以貯也，於是挽左伯之巾以囊焉。左伯怒，相與鬪
> 之，久不已，東里之母乃拽東里回，左伯舉太行山擲之，誤中東里
> 之母，一目眇焉，母以爪剔出，向西北彈之，故太行中斷，而所彈
> 之石，今爲恒山也，子亦見之乎。」公孫龍逡巡喪氣揖而退，弟子
> 曰：「嘻！先生持大說以夸鉉人，宜其困也。」〔註46〕

內容性質是說大話趣事，屬趣味故事。

〔註44〕　（元）林坤：《誠齋雜記》（台北：新興書局，1963年《說庫》），頁833。
〔註45〕　（宋）魏泰：《東軒筆錄》（台北：新興書局，1962年《筆記小說大觀續編》），
　　　　頁1797。
〔註46〕　（宋）蘇軾：《艾子雜說》（台北：新興書局，民國77年《筆記小說大觀》3
　　　　編），頁1294。

（八）〈如果不信我的謊　那麼就罰錢〉（1920C.1）

〈如果不信我的謊　那麼就罰錢〉故事敘述，哥哥說了井被偷的事，弟弟說不可能，違反彼此說話不相拗的約定，要被罰錢，弟媳則故意說丈夫在坐月子，引得哥哥說這不可能，而拿回了錢：

> 昔有人家兄弟三人，不相和順，動輒有言，即便相拗。一日兄弟相聚云：「我兄弟只有三人，自今後，要相和順，不得相拗，如有拗者，罰鈔三貫文作和順會，以今日為始。」須臾，大哥云：「昨夜街頭井被街尾人偷去。」二哥云：「怪得半夜後街上水漕漕，人鬧鬧。」三哥云：「你是亂道，井如何可偷？」大哥云：「你又拗了，罰錢三貫。」三哥歸去取錢，其妻問取錢作何使？三哥以實告，其妻云：「你去床上臥，我為你將錢去還大哥。」其妻將錢去與大哥：「伯伯，你小弟夜來歸腹痛，五更頭生下一男子，在月中，不敢來，教媳婦把錢還伯伯作和順會。」大哥云：「你也是亂道，丈夫如何會生子？」其妻云：「大伯，你也拗，此鈔我且將歸去。」〔註47〕

內容性質也是說大話趣事，屬趣味故事。

（九）〈如果不信我的謊　那麼就罰錢〉（1920C.1）

〈如果不信我的謊　那麼就罰錢〉故事敘述，幾個人在比年長，誇大的說自己年紀甚至與天地山海相同：

> 嘗有三老人相遇，或問之年。一人曰：「吾年不可記，但憶少年時，與盤古有舊。」一人曰：「海水變桑田時，吾輒下一籌，邇來吾籌已滿十間屋。」一人曰：「吾所食蟠桃，棄其核於崑崙山下，今已與崑崙肩矣。」以予觀之，三子者，與蜉蝣、朝菌，何以異哉〔註48〕！

內容性質也是說大話趣事，屬趣味故事。

（十）〈大魚〉（1960B）

〈大魚〉故事誇張形容捕到的大魚，像是人要以長梯才能登上魚背；魚肉得十天才分得完：

> 漳州漳浦縣敦照鹽場在海旁，將官陳敏至其處，從漁師買沙魚作線。得一魚，長二丈餘，重數千斤。剖及腹，一人僵然橫其間，

〔註47〕　（宋）陳元靚：《事林廣記》（北京：中華書局，1999 年出版），辛集卷下，頁 207。

〔註48〕　（宋）蘇軾：《東坡志林》（鄭州：大象出版社，2003 年 10 月出版《全宋筆記》第 1 編第 9 冊），卷 2，頁 56。

　　皮膚如牛，蓋新爲所吞也。又紹興十八，有海鰌乘潮入港，潮落，
　　不能去，臥港中。水深丈五尺，人以長梯架巨舟登其背，猶有丈餘。
　　時歲饑，鄉人爭來剖肉。是日所取，無慮數百擔，鰌元不動。次日，
　　有剜其目者，方覺痛，轉側水中，旁舟皆覆，幸無所失亡。取約旬
　　日方盡，賴以濟者甚眾，其脊骨皆中米臼用。〔註49〕

故事性質也是誇大事物以產生趣味，屬趣味故事。

第二節　宋元國際型故事的轉化

　　民間故事體現民間文化，故事形成之原型往往反映其時代、地區的背
景，在情節之中自然呈現。故事流傳於後世，或其他地區，講述者會因應聽
眾的背景而改變故事細節，使之能接受。宋元國際型故事有的自國外傳來，
有的自中國傳播海外，或者是各地自生的巧合，這些同型異說故事在中外流
傳，因應不同的時空背景，情節轉化而有不一樣的面貌，也反映了流傳地的
文化。

一、外來的本土化

　　外來國際型故事流傳至宋元，故事出現了中國宋元的背景特色，便是故
事「本土化」的現象。

（一）〈人體器官爭功勞〉（293）

1.故事外來

　　北宋王讜所著《唐語林》、南宋羅燁的《醉翁談錄》裡各記載了一則〈人
體器官爭功勞〉故事，是此型故事在中國較早的記錄，而世界各地最早的記
錄則出現在希臘的《伊索寓言》裡。

　　伊索的生卒年大約在西元前 620 至 560 之間，相傳他是古希臘擅長說故
事的一個奴隸，他的主人因爲佩服他的學問與機智釋放了他。伊索寓言以口
述的方式流傳了好幾世紀，直至西元前三百年左右才被蒐集成冊，記錄了下
來〔註50〕。王讜生於北宋，約十一世紀時人〔註51〕，故事記錄時間西方早於

〔註49〕　（宋）洪邁：《夷堅志》（北京：中華書局，2006 年出版），甲志卷七，頁 62
　　　　　～63。
〔註50〕　〔希臘〕伊索：《伊索寓言》（台北：志文出版社，1997 年 4 月出版），頁 1～26。
〔註51〕　何姿慧：《《唐語林》所見唐代社會生活史料考述》（台中：中興大學中文研究

中國。

　　希臘文明自西元前八世紀開始，到西元前 146 年爲羅馬帝國征服，其文明由羅馬所繼承。中國與羅馬的往來，漢代已有記錄，稱其爲黎軒〔註 52〕，至宋仍派使臣東來〔註 53〕，交流不輟。希臘的文化經此交流，也使得民間故事得以傳播。

　　依記錄時間早晚、中西交流看來，宋代〈人體器官爭功勞〉故事應是由國外傳來，然而這個故事是藉著身體器官特性發展情節，而身體器官是人體共有的性質，宋代說法也可能是據人體實際情況而取材說之，故宋代說法極可能受其啓發，自西方傳入，或爲異地共生的類型。

　　《伊索寓言》所記〈人體器官爭功勞〉故事內容如下：

　　　　肚子和腿在爭論誰的力氣大。腿說它撐著肚子走路，力氣當然很大。肚子回答說：「可是你要知道，如果我沒有把營養送給你，你連動一下都有困難的。」〔註 54〕

　　當腿誇耀肚子仰賴他才得以行動，肚子也讓他明白，有肚子供給養份，腿才得以行動，彼此是互相依存的關係，並非誰力氣大一些。

　　《唐語林》的說法如下：

　　　　顧況從辟，與府公相失揖。出幕，況曰：「某夢口與鼻爭高下，口曰：『我談今古是非，爾何能居我上？』鼻曰：『飲食非我不能辨。』眼謂鼻曰：『我近鑒豪端，遠察天際，惟我當先。』又謂眉曰：『爾有何功居我上？』眉曰：『我雖無用，亦如世有賓客，何容主人，無節不成之儀，若無眉，成何面目？』」府悟〔註 55〕。

　　口、鼻、眼、眉爭高低，口、鼻、眼皆言自己給「人」提供了重要的功能，比另一個有用，當居其上，最後眉卻說自己無用，但若沒有他，「人」則不成面目，即便無用，缺其不可。

　　南宋羅燁所著《醉翁談錄》記錄的說法，則以笑話說之，內容與《唐語

　　　　所碩士論文，民國 99 年），頁 3。

〔註 52〕　（漢）班固：《漢書》（台北：鼎文書局，民國 75 年出版），頁 3170。

〔註 53〕　（元）脫脫等：《宋史》（台北：鼎文書局，民國 72 年出版），頁 14124～14125。

〔註 54〕　〔希臘〕伊索：《伊索寓言》（台北：志文出版社，1997 年 4 月出版），〈肚子和腿〉，頁 194。

〔註 55〕　（宋）王讜：《唐語林》（外十一種）（上海：上海古籍，1991 年 12 月出版《四庫筆記小說叢書》），卷六，頁 147。

林》的幾乎相同，文字敘述方式有異，末了眉毛點明，位置的高低與能力無關，和諧才使容貌端正，具嘲諷意味。（參見本章第一節二、（一））

此型故事中西說法不同之處在於，希臘的說法，器官爭論只有一組，而宋代的說法則有三組，宋代的情節架構更形複雜，較似後起說法，在簡潔的情節上有所增添。故事原型通常簡潔而合理，希臘的說法裏，腿與肚子自豪的功勞不相上下，又互相依賴，情節推展合理且精簡，較可能是原型。由情節觀之，〈人體器官爭功勞〉應是外來故事。

2. 情節本土化

王讜《唐語林》所錄的〈人體器官爭功勞〉說法，附會於唐代詩人顧況身上。顧況曾任校書郎、著作郎等職，故事敘述，他某次受天子召見，與府公未拱手行禮，府公是指節度使、觀察使一類的官員，出來的時候他對府公說了五官爭功的故事，府公知道在說自己驕傲失禮，方醒悟過來。

〈人體器官爭功勞〉故事強調人體的每一個部份有其功能，彼此依存，每一個的存在都很重要的。《唐語林》的說法將臉的五官比作朝中各官員，每人各司其職，看似地位有其高低，但功用都是必備的，缺一不可。位置低的不服，要質問位置高的，各個爭辯著，說出自己對「人」這個主體的貢獻，眉毛最後被質疑，倒沒有誇耀功績，他說自己雖無用，在其合適的位置，卻能使臉面模樣協調。他強調的並非能力高低，反而是勸大家各司其職以維持和諧。這個故事說法寄託的寓意很明顯，是要同朝臣子無論位階高低，應尊重每個人所長，勿自尊大，以失和諧。流傳至南宋《醉翁談錄》，其主旨仍然是和諧的重要性。

《唐語林》作者王讜，字正甫，長安人，確切生卒年不詳，據學者推論，他在北宋熙寧二年曾為豐國令，大約死於崇寧、大觀年間，享年六、七十歲左右，曾與蘇軾交游往來〔註56〕。北宋朝廷有嚴重的黨爭問題。當時產生的新舊黨爭，是由於王安石變法所引發，從神宗熙寧二年開始，終於欽宗靖康元年，歷時五十年。神宗在位，王安石、呂惠卿、蔡確執政，欲行新法，退故老大臣，司馬光不以為然，力圖爭之，新舊黨爭由此發端。主張新法者為新黨，反之為舊黨。熙寧、元豐時新黨執政，舊黨則議新法之失，或被外放，或自請調任。此後，政局更替，天子若起用舊黨，則新黨遭排斥、貶逐，反

〔註56〕何姿慧：《《唐語林》所見唐代社會生活史料考述》（台中：中興大學中文研究所碩士論文，2010年出版），頁3～4。

之亦然〔註57〕。

對於這種現象士大夫也曾憂心向天子進言，元祐四年，根據熙寧、元豐間黨爭的情況，大臣范純仁上書哲宗：

> 朋黨之起，蓋因趣向異同，同我者謂之正人，異我者疑為邪黨。
>
> 既惡其異我，則逆耳之言難至；既喜其同我，則迎合之佞日親。以
>
> 至真偽莫知，賢愚倒置，國家之患，率由此也〔註58〕。

說明朋黨喜同惡異的鬥氣，真偽不分，造成政事滯礙難行，同朝官員不能齊心為國，反倒致力於排除立場相異之同僚，成為朝廷之禍患。王讜在黨爭劇烈之時曾任官職，又與曾身陷黨爭而下獄的蘇軾交往密切，記下這則故事，應是有感而發。

這個故事自國外傳入宋元，套上唐代人物，轉變主題，以規勸朝臣和諧為意旨，反映了當時政局的紛擾、士大夫的憂患，呈現故事本土化的現象。

（二）〈家畜護主被誤殺〉（286A）

1. 故事外來

〈家畜護主被誤殺〉故事在國外最早見於印度的《五卷書》，中國則最早見於宋代馬純的《陶朱新錄》。

《五卷書》是印度古代的故事集，確切產生的年代已不可考，藉著六世紀時譯成的帕荷里維語譯本，這本書傳到了歐洲和阿拉伯國家，今天所見到的中譯本是根據十二世紀的梵文本，這個本子曾經過校閱、增添，因此書中若有晚出的故事的話，至晚不會超過十二世紀〔註59〕，故而《五卷書》所收的〈家畜護主被誤殺〉故事流傳時間大約是六至十二世紀之間。《陶朱新錄》作者馬純其生卒年代不詳，約活動於南北宋之際，相當西元十二世紀。《五卷書》的說法很可能早於《陶朱新錄》所載，或者二者時間相近，〈家畜護主被誤殺〉很可能自印度傳來中國。

《陶朱新錄》記錄的此型故事如下：

> 黃定者于紹聖間有以牛目司馬溫公者，因作冤牛文：華州村民往

〔註57〕　蕭慶偉：《北宋新舊黨爭與文學》（北京：人民文學出版社，2001年出版），頁112～123。

〔註58〕　（元）脫脫等：《宋史》卷314（台北：鼎文書局，民國72年出版），頁10288。

〔註59〕　〔印度〕季羨林譯：《五卷書》（北京：人民文學出版社，2001年8月第2版），頁2～5。

歲有耕山者日晡疲甚，遂枕犂而臥。乳虎駭林間，怒鬣搖尾張勢作威欲啖而食，屢前，牛輒以身立其人之體上，左右以角抵虎甚力，虎不得食，垂涎至地而去，其人則熟寢未之知也。虎行已遠，牛且未離其體，人則覺而惡之，意以為妖，因杖牛，牛不能言而奔，輒自逐之，盡怒而得愈見怪焉。歸而殺之，解其體食其肉不悔〔註60〕。

農夫枕犂午睡，林間幼虎想趁機吃他，牛為保護主人，站立在主人的身體之上，以角奮力抵抗幼虎的攻擊，虎無法吃到人只好離去，主人因熟睡而不知道牛保護了他，當他醒來，發現牛站在他的身體之上，十分厭惡，認為牠是妖孽而打牠，牛憤怒奔跑，主人因此殺了牠。

《五卷書》的說法：

> 有個婆羅門，名字叫做提婆舍哩曼。他的老婆生了一個兒子和一隻埃及獴。由於母愛，她像對待自己的兒子一樣，也給這隻埃及獴奶吃，給它塗油、洗澡。但是，她卻想到：「這天生就是壞東西，說不定什麼時候它會傷害自己的兒子。」因此就不相信它。……有一天，她……對丈夫說道：「喂，老師呀！我去取水去了，你看著孩子，不要讓埃及獴傷了他！」她離開了以後，婆羅門也離開了自己的家，到什麼地方去行乞。

> 正在這時候，由於命運的捉弄，一條黑蛇從洞裏爬出來，向這小孩子的床爬去。埃及獴認出了自己的天生的敵人，害怕它會傷害自己的兄弟，在半路上向它撲去，同黑蛇戰鬥了一場，把它撕成碎片，拋到遠處去。做了這一件英勇的事情，自己很高興，就帶著滿臉的血，去迎母親，想向她報告自己的事蹟。母親看到它滿臉鮮血十分激動地跑來，心裏想：「我的小兒子一定被這個壞東西吃掉了。」不由得勃然大怒，絲毫也沒加考慮，就把水罐子對著它摔過去。給水罐子一打，埃及獴就死去了；她根本沒有再管它，就回家去了。小孩子照樣躺在那裏，在床前她看到一條粗大的黑蛇被撕成了碎片。沒有仔細考慮，就把那捨己為人的兒子殺掉，她心裏非常難過，她打自己的頭、胸膛等等地方〔註61〕。

〔註60〕 （宋）馬純，《陶朱新錄》（鄭州·大象出版社，2012年《全宋筆記》5編10冊），頁151～152。

〔註61〕 〔印度〕季羨林譯：《五卷書》（北京：人民文學出版社，2001年8月第2版），第五卷，頁352～353。

這個說法裡，被誤殺的動物是母親產下的埃及獴，在黑蛇來犯之際咬死蛇，適時保護了年幼的弟弟。

這個故事裡家畜或動物保護人卻反被殺害，原因在於牠的樣子可疑，又加上人未見到動物對抗野獸的過程。《陶朱新錄》所錄說法是因為主人正熟寢，《五卷書》的說法則是弟弟幼小無法為牠解釋。一般牛要擊退虎是不容易的，所以宋代的說法裡，牛擊退的是幼虎。然而主人一直在牛虎相爭的現場，他是因為熟睡而不知牛為自己奮戰。牛以角抵抗虎時，兩隻動物應該會發出吼叫，主人卻毫無聽聞，此處的情節發展勉強，不甚合理，是後起的說法。

印度的說法裡，威脅人的是蛇，埃及獴是蛇天生的敵人，牠同黑蛇戰鬥，把牠撕成碎片，弟弟還是個要人看顧的幼兒，故無法告訴母親哥哥保護他的經過，而母親向來懷疑著獸身哥哥，見牠滿嘴是血便即刻砸死了牠，情節合於故事的發展。就情節而言，印度說法合理，應是故事的源頭，〈家畜護主被誤殺〉是自外國傳來宋元的故事。

2. 情節本土化

宋元流傳的〈家畜護主被誤殺〉故事主旨是家畜忠心被誤解，還遭主人殺害。原來印度的說法，動物保護人是基於親情，牠是人所生，母親不喜歡牠身為獸，但基於母愛仍然照顧牠，卻誤解牠，終至失手殺了牠。中國的說法裏這種「人生野獸」的奇異情節改變，主角動物換成牛。

中國的農耕傳統一直仰賴著牛的輔助，直到農業技術現代化後才逐漸改變，農家養著牛是自然的現象。在中國古代農業社會，牛是農家可貴的資產，牠們幫忙犁田、拖車運輸等各種農務，代表著任勞任怨為農家極力貢獻的形象。

主角設定為「牛」，平時就具有任勞任怨、忠心奉獻的形象，結果還慘遭誤解屠殺，加劇此處情節的衝擊力，更顯得主人不明究理，對讀者或聽眾來說，故事這樣安排更令人印象深刻。

《陶朱新錄》在這個故事後加上了一段評論：

> 夫牛有功而見殺，盡力于不見知之地，死而不能以自明，向使其人早覺而悟虎之害己，則牛知免而獲德矣，惟牛出身捍虎于其人未覺之前，此所以功立而身斃，嗚呼！觀此可以見，夫天下之害甚于螫虎，忠臣之功力于一牛，嫌疑之猜過于伏體，不悟于心深于熟

寢，苟人主莫或察焉，則忠義之恨何所自別哉？傳稱妾佯僵而棄
酒，上存主父，下存主母，猶不免于笞，固有忠臣獲罪言猶諒夫，
客有目牛之事，親過而弔焉。予聞其語感而書冤牛云又自跋曰：是
牛也能捍虎于其人未寤之前，而不能全其功于虎行之後，其見殺宜
哉〔註62〕。

傳說司馬光墓地曾有人見其化為牛，黃定因此作冤牛文，以牛喻司馬光，
藉此故事喻忠臣不受君主所理解，功成而身死，卻不受人主所理解。忠臣功
勞如牛，天下的禍害如虎，忠臣遭猜忌因其伏體，君主不能明白其忠心如主
人熟寢。這個流傳中外的故事剛好用來為士大夫抱屈。馬純錄了下來，在黃
定的看法外，他加了另外的見解：若是牛可以在人未醒之前為其捍虎，在虎
行之後卻不能全其功，則遭殺也是可以的。

馬純的評論十分嚴厲，以牛比之士大夫的能力，忠臣能為主捍虎，就
應該有能力讓人主明瞭自己的功勞，在去除虎患之後，未能使其功圓滿，
讓人主對其誤解，是忠臣盡力不足，故「見殺宜哉」，宋時廣開科舉，重文
輕武，士大夫的地位提昇，故事及其後評論正反映了宋代對士大夫的高度
要求。

（三）〈得寶互謀俱喪命〉（969）

1. 故事外來

中國流傳的〈得寶互謀俱喪命〉故事，初見於宋張知甫所著《可書》中，
內容敘述三個道人偷得陪葬的錢財，他們先讓一人去買酒食，為了多分錢財，
留守的二人在買酒的回來時殺了他，買酒的則已先在酒裏下毒，另二個吃了，
也中毒而死。這是張道人所說故事。（參見本章第一節九、（三））

這個故事也流傳於亞洲及西歐等地，最早可見於公元前三世紀的佛本生
故事，佛教徒利用來宣揚教義。陳妙如教授的〈〈得寶互謀俱喪命〉故事試探〉
一文，據其流傳時代、故事基本結構分析，認為佛本生故事〈吠陀婆本生〉
即此型故事源頭〔註63〕。

〔註62〕 （宋）馬純：《陶朱新錄》（鄭州：大象出版社，2012 年《全宋筆記》5 編 10
　　　　 冊），頁 151～152。
〔註63〕 陳妙如：〈〈得寶互謀俱喪命〉故事試探〉，發表於「發皇華語・涵詠文學──
　　　　 中國文學暨華語文教學學術研討會」（台北：中國文化大學中國文學系、華語
　　　　 文教學研究所暨財團法人海華文教基金會，2009 年 3 月 20 日），頁 14～15。

2. 情節本土化

佛本生故事〈吠陀婆本生〉大意為：

　　婆羅門「吠陀婆」精通咒術，當天上的星宿羅列成某種樣子，
只要一唸咒語，天空就會落下七種財寶。菩薩向吠陀婆學這個本領。
有一天他們兩人遇上五百個強盜，扣留了吠陀婆，而要菩薩去取贖
款來放人。菩薩臨走前對師傅說，千萬不要忍不住痛苦而唸咒使財
寶下降，這樣你和強盜都會倒大楣。怎料他受不了被綑綁之苦，竟
唸咒使強盜得到許多財寶，因而被釋放。

　　不久，另五百名強盜來搶這五百名強盜的財寶，他們指點後來
的強盜去向吠陀婆索取，吠陀婆說再等上一年吧！就被憤怒的強盜
砍成兩段，後來的強盜又再次搶奪前面的強盜，殺死前面五百人後，
自己又分兩隊廝殺到剩下兩個人。

　　這兩人合力把財寶搬到灌木叢藏住，一個拿刀看守，一個到村
子裡找米做飯。找飯的人想獨吞，在飯裏下毒，看守者也想獨吞，
當找飯的人回來，看守者立刻將他殺死，而看守者吃了飯也一命歸
陰。

　　當菩薩帶錢回來，看到一千個人及師傅的屍體，唸了一首詩：
用不正當的手段發財，誰這樣想誰就會倒楣；強盜們殺死了吠陀婆，
結果也把自己毀〔註64〕。

　　故事中的菩薩是釋迦牟尼佛的前世之一，互殘謀奪財寶的二人，是從千
人強盜爭奪砍殺後而剩餘。從菩薩的勸說，到末了的詩歌總結，可以看出其
對佛教教義的宣揚。故事傳來中國，宋元的說法裡，造成爭端的是意外得寶
者的貪念，不牽涉到贈寶之人，更沒有佛教色彩。互謀爭財者，不是兇惡的
強盜而是道人。

　　道教發源自中國，宋元時期修道風氣盛行，道人求長生需戒除貪欲，
鍊丹成金不可為己斂財。而《可書》的說法裡，道人偶然得到他人陪葬的
財物，據為己有，已是犯了貪財戒律，更有甚者，為了不願與同伴均分，
還謀財害命。故事由道人所述當是自我警戒，亦是對當時修道者未能守戒的
感慨。

〔註64〕概述郭良鋆、黃寶生譯：《佛本生故事選》（北京：人民文學出版社，2001年
　　　　8月出版），〈吠陀婆本生〉，頁36～39。

二、外傳的變異

宋元時期由中國傳出海外的類型故事，隨著流傳地區背景的不同，故事中的情節也隨之改變，表現當地特色。

（一）〈拾金者的故事〉（926B.1）

1.故事外傳

〈拾金者的故事〉中文資料最早見於元代楊瑀（1285～1361）《山居新話》，及元末明初陶宗儀所撰《南村輟耕錄》〔註65〕〈賢母辭拾遺鈔〉中，分述如下，《山居新話》：

> 聶以道，江西人，爲□□縣尹。有一賣菜人，早往市中買菜，半路忽拾鈔一束。時天尚未明，遂藏身僻處，待曙檢視之，計一十五定，內有五貫者。乃取一張，買肉二貫、米三貫，實之擔中，不復買菜而歸。其母見無菜，乃叩之。對曰：「早於半途拾得此物，遂買米肉而回。」母怒曰：「是欺我也。縱有遺失者，不過一二張而已，豈有遺一束之理，得非盜乎？爾果拾得，可送還之。」訓誨再三，其子不從。母曰：「若不然，我訴之官。」子曰：「拾得之物，送還何人？」母曰：「爾於何處拾得，當往原處候之，伺有失主來尋，還之可也。」又曰：「吾家一世，未嘗有錢買許多米肉。一時驟獲，必有禍事。」其子遂攜往其處，果有尋物者至。
>
> 其賣菜者，本村夫，竟不詰其鈔數，止云失錢在此，付還與之。傍觀者皆令分賞，失主靳之，乃曰：「我失去三十定，今尚欠其半，如何可賞！」既稱鈔數相懸，爭鬧不已，遂聞之官。聶尹覆問拾得者，其詞頗實，因暗喚其母，復審之亦同。乃令二人各具結罪文狀：「失者實失去三十定，賣菜者實拾得十五定。」聶尹乃曰：「如此則所拾之者，非是所失之鈔。此十五定乃天賜賢母養老。」給付母子令去。喻失者曰：「爾所失三十定，當在別處，可自尋之。」因叱出，聞者莫不稱善。〔註66〕

〔註65〕 書前有至正丙午（1366）孫作序，述其成書經過，至正爲元惠帝年號。且書中稱明兵爲「集慶軍」或「江南游軍」，則書當成於入明以前。參見朱一玄、寧稼雨、陳桂聲：《中國古代小說總目提要》（北京：人民文學出版社，2005年第一版），頁231。

〔註66〕 （元）楊瑀：《山居新話》（台北：台灣商務印書館，1983年《四庫全書‧子

《南村輟耕錄》所記〈賢母辭拾遺鈔〉：

> 聶以道宰江右一邑。日有村人早出賣菜，拾得至元鈔十五定，歸以奉母。母怒曰：「得非盜來而欺我乎？縱有遺失，亦不過三兩張耳，寧有一束之理？況我家未嘗有此，立當禍至，可急速送還，毋累我爲也！」言之再，子弗從。母曰：「必如是，我須訴之官！」子曰：「拾得之物，送還何人？」母曰：「但於原拾處俟候，定有失主來矣。」

> 子遂依命攜往，頃間，果見尋鈔者。村人本樸質，竟不詰其數，便以付還。傍觀之人皆令分取爲賞，失主靳曰：「我原三十定，方才一半，安可賞之？」

> 爭鬧不已，相持至廳事下。聶推問村人，其詞實；又密喚其母審之，合。乃俾二人各具失者實三十定，得者實十五定。文狀在官後，卻謂失主曰：「此非汝鈔，必天賜賢母以養老者。若三十定，則汝鈔也，可自別尋去。」遂給付母子。聞者稱快〔註67〕。

兩則故事內容大致相同，文字敘述略有差異，皆在讚揚元朝名臣聶以道在江西任縣尹時，巧判失銀紛爭的傳說。敘述菜販拾獲鈔票，經賢母教誨後將錢還給失主。失主爲避免付酬謝，反誣失銀數目短少，菜販既已暗藏可不用再給，於是爭論而告官。縣令釐清眞相後故意將錯就錯，判決失銀數目不對，所以不是失主所遺失，無人認領則送賢母養老。

外國的這個故事流傳於歐洲各國，時間可上溯至第十到第十六世紀之間〔註68〕，而中國元代楊瑀與陶宗儀所記錄故事時間在十四世紀中葉〔註69〕，中外流傳的時間很接近。金榮華先生的〈〈拾金者的故事〉試探〉便依故事情節的合理性推論它可能的源頭。

歐洲各國的早期故事裡，失主遺失的是八百枚金幣〔註70〕，中國元朝的

部‧小說家類一》），卷一，第七則，頁346～347。

〔註67〕　（元）陶宗儀：《南村輟耕錄》（北京：中華書局，1959年2月第1版），卷十一，頁135～136。

〔註68〕　金榮華：〈〈拾金者的故事〉試探〉，收錄於《禪宗公案與民間故事——民間文學論集》（臺北：中國口傳文學學會，民國96年再版），頁39～57。

〔註69〕　楊瑀《山居新話》後序，所署時間是「至正庚子三月」，當西元1360年。〈南村輟耕錄敘〉所署時間爲「至正丙午夏」，爲西元1366年，其中言作者書三十卷已完成，時間略晚於《山居新話》。

〔註70〕　Thompson, Stith. *Motif-Index of Folk-Literature* (Bloomington, Ind., Indiana

說法則是鈔票十五定（一千五百貫），相當白銀七百五十兩，二者都是鉅款，以突顯拾金者之母淳誠敦厚，失主的貪鄙反誣令聽眾或讀者厭惡，使得法官的妙判大快人心。在金先生的考證裏，一枚歐洲中世紀通行的金幣，重量是3.5克；八百枚重兩千五百克，約是四斤十一兩，遺失這麼重的錢袋不可能渾然不覺，但元朝的鈔票在早期是用絲織品印製的，柔軟輕滑，不小心跌落地面而不自覺的可能性就更大了，故事原型的說法裏，遺失的貨幣應是紙鈔，較爲合理，故而推論元朝的說法是故事的源頭﹝註71﹞，這個故事是由元代傳出海外。

2. 情節變異

〈拾金者的故事〉流傳於歐洲及中東地區，早期歐洲所傳說法，失銀者掉了八百枚金幣以表現遺失的是鉅款，但遺失之時未發現，又使情節很難說過去。當故事流傳的社會中，通行的貨幣不是紙鈔，爲使情節更合理，就會有所變異。像是西班牙流傳的這個故事說法，內容大致如下：

> 一天，一個窮苦的樵夫到山上打柴，準備用打來的柴去換錢買麵包給他的幾個孩子充飢。在路上，他撿到了一只口袋。裡面有一百個金幣。樵夫一邊高興數著錢，一邊想像著富裕的前景。但接著他又想到那錢袋是有主人的，不禁對自己的想法感到羞愧。於是他把那袋錢藏了起來，繼續到山裡去打柴了。

> 那天，樵夫打的柴沒賣掉，他和他的全家只好挨餓。「那袋錢是多誘人啊！」可憐的樵夫說，「但這不是我的，我不應使用它。上帝啊！您保佑天下萬物，也保佑我和我的家人吧！」

> 第二天早上，按照那時風行的做法，錢袋失主的名字在大街上傳了開來。把錢袋交還給他的人能得到二十個金幣的酬謝。

> 失主是一個佛羅倫斯的商人，好心的樵夫把錢袋還給他以後，他爲了賴掉許諾的酬金，仔細地查看錢袋，數了數金幣，假裝生氣說：「我的好人，這錢袋是我的，但錢已缺少了。我的錢袋裡有一百三十個金幣，但現在只有一百個了。毫無疑問，那三十個是你偷去了。我要去控告，要求懲罰你這個小偷。」

University Press, 1975) Vol. 4, p.83. J1172.1.

﹝註71﹞ 金榮華：〈〈拾金者的故事〉試探〉，收錄於《禪宗公案與民間故事——民間文學論集》（臺北：中國口傳文學學會，民國96年再版），頁39～57。

　　兩人被帶到當地的一個法官那裡。「請你把事情經過向我簡述一下。」法官對樵夫說。

　　「老爺，我在去山裡的路上拾到這個錢袋，數了一下裡面的金幣，是只有一百個。」

　　「你有什麼說的？」法官問商人。

　　「老爺，這人說的全是謊言。我錢袋裡原先有一百三十個金幣，只有他會拿走那少掉的三十個。」

　　「你們雙方都沒有證據，但這場官司還是容易裁決的。」法官說，「你，可憐的樵夫，你講得是那麼自然，根本無法懷疑你所說的事。更何況你既然能拿走一小部分的錢，也完全能夠留下所有的錢。至於你呢，商人，你享有這麼高的地位和信譽，根本就不容我們懷疑你會行騙。你們兩個人說的都是實話。很明顯，這個樵夫拾到這只裝著一百塊金幣的錢袋不是你的那只有一百三十塊金幣的錢袋。拿著這只錢袋吧，好心的人。」法官對樵夫說，「你把它拿回家去吧！如果你能碰巧再拾到一只有一百三十塊金幣的錢袋，你就送還給這位誠實的商人，他會遵守諾言酬謝你二十個金幣的。」〔註72〕

　金幣的數量從八百枚變成了一百枚，錢的重量變輕，掉了較不易查覺，拾金者安排為一個極窮的人，使得一百枚金幣對他而言是很大的誘惑，等同鉅款。

（二）〈對自己命運負責的公主〉（943）

1. 故事外傳

　　〈對自己命運負責的公主〉故事目前可知最早的記錄在南宋，記載於施德操所撰《北窗炙輠錄》卷下，其內容為：

　　　　平江有富人謂之姜八郎，後家事大落，索逋者雁行立門外，勢大窘，乃謂其妻曰：「無他策，惟有逃耳。」願難相挈以行，乃偽作一休書遣之，曰：「吾今往投故人某于信州，汝無戚心，事幸諧，即返爾。」將逃，乃心念曰：「委債而逃，吾負人多矣，使吾事倘諧，他日還鄉，即負錢千緡當償二千緡，多寡倍之。」遂行，信州道中

〔註72〕撮述千里譯：〈誠實的樵夫〉，收入鍾寶良選編：《外國幼兒民間童話故事》（北京：北京少兒童出版社，1993年出版），頁217～219。

有逆旅，嫗夜夢有群羊甚富，有人欲驅之，有一人呵之曰：「此姜八郎羊也，毋得馳逐。」恍然而覺。明日姜適至其所問津，嫗問其姓，曰：「姜」，問其第幾，曰：「八」，嫗大驚，遂延入其家，所以館遇之甚厚。久之，乃謂姜曰：「嫗有兒不幸早死，有婦憐嫗老，義不嫁，留以待嫗。嫗甚憐之，欲擇一贅婿，久未獲，觀子狀貌非終寒薄者，顧欲以婦奉箕帚可乎？」姜辭以自有妻，不可，嫗請之堅，姜亦以道途大困，不得已從之。

其妻一日出擷菜，顧有白兔，逐不可得，欲返，兔即止，又逐之，又不可得，欲逐，兔又止。如是者屢逐，追之一山上，兔乃入一石穴中，妻探其穴，失兔所在，乃得一石，爛然照人，持歸以語夫。姜視之曰：「此殆銀礦也。」冶之，果得銀，姜遂攜其銀往尋其故人，竟無得而歸。因思曰：「吾聞信州多銀坑，向之穴非銀坑乎？」遂與其妻往攻之，果銀坑也。其後竟以坑冶致大富，姜於是攜其妻與嫗復歸平江，迎其故妻以歸，召昔所凡負錢者，倍利償之。

此亦怪矣，今思其後妻憐其姑之老，義不嫁，此天下高節，而姜臨逃亦有倍償所負之誓，亦足以見其人矣，因緣會合，夫婦相際，天其以是報善人。〔註73〕

落拓商人入贅旅店，妻子於山中偶得的石頭，被他看出是銀礦，因此致富重返故里。〈對自己命運負責的公主〉故事由二個部份組成，先是出身富貴的女子為了某個原因而嫁窮漢，接著她使丈夫明白原來自己置身金山卻不自知。後者為故事主要核心情節所在，前者則有推演出主要情節的作用。

這個故事一開始的推展，主角原是富貴的，因為婚姻關係而落入貧窮，才有後續的發展。「嫁」與「招贅」都是為了住進對方家，過貧窮生活。二者相比，「招贅」的可能性很低，因為願意被「招贅」的男子通常經濟條件比妻子差，所以在這個故事裏，主角是先窮了才被「招贅」，妻子只是不富有，還不致於貧困，於是後來的情節安排，她認不出來的財寶是「銀礦」，依其經濟狀況，若是銀子，她大概是見過的。從這些調整可以見得，這個說法應是後起的，不是原型說法。

此型故事較早的記錄，還有韓國高麗王朝時流傳的武王傳說，及雲南白

〔註73〕　（宋）施德操：《北窗炙輠錄》（台北：新興書局，民國78年《筆記小說大觀》6編），卷下，第2則，頁1730。

族的〈轆角莊〉故事。

　　武王傳說載於《三國遺事》書中，此書由僧人一然（1206～1289）所撰寫，故事說的是百濟武王的傳說。百濟是韓國三國時期的一個王國，武王在位的時期（600～640）約當中國隋末至唐初。

　　白族世居於雲南的洱海地區，是唐時南詔的主要民族之一，在五代時建國稱大理。洱海地區流傳的〈轆角莊〉故事，最早的文字記錄，有人說是在《白古通記》，《白古通記》是一部白族的古代史書，成書不早於元初，原書亡佚不傳，輯佚本亦未見這則傳說，目前可見這則故事較早記錄在明《大理府志》和《南詔野史》裡，二人皆是明嘉靖時昆明人，所記〈轆角莊〉內容大致相同〔註74〕。

　　金榮華先生所著〈韓國百濟武王傳說試探〉一文，比較這二則〈對自己命運負責的公主〉說法，推論它是自中國外傳韓國的故事〔註75〕。

　　《三國遺事》一書以漢文寫成，卷二所記〈武王〉條，內容如下：

> 　　武王名璋，母寡居，築室於京師南池邊，池龍交通而生，小名薯童，器量難測，常掘薯蕷，賣爲活業，國人因此以爲名。聞新羅眞平王第三公主善花美豔無雙〔註76〕，剃髮來京師，以薯蕷餉閭里群童。郡童親附之，乃作謠，誘群童而唱之云：「善花公主主隱　他密只嫁良置古　薯童房乙夜矣卯乙抱遺去如」〔註77〕。童謠滿京，達於宮禁，百官極諫，竄流公主於遠方。將行，王后以純金一斗贈行。
>
> 　　公主將至竄所，薯童出拜途中，將欲侍衛而行。公主雖不識所從來，偶而信悅，因此隨行，潛通焉。然後知薯童之名，乃信童謠之驗。同至百濟，出王后所贈金，將謀計活。薯童大笑曰：「此物何也？」主曰：「此是黃金，可致百年之富。」薯童曰：「吾自小掘薯之地，委積如泥土。」主聞大驚，曰：「此天下至寶，君今知金之所

〔註74〕　金榮華：〈韓國百濟武王傳說試探〉，收錄於《禪宗公案與民間故事——民間文學論集》（臺北：中國口傳文學學會，民國96年再版），頁233～248。

〔註75〕　同註69。

〔註76〕　朝鮮半島三國時期之三國爲新羅、高句麗、百濟。新羅眞平王於西元579～631年在位。

〔註77〕　此係以漢字字音記當時之韓語，大意謂善花公主夜間與薯童幽會也。參見《原譯‧鄉歌／麗謠》（漢城，瑞音出版社，1983年出版），頁14。

在，則此寶輸送父母宮殿何如？」薯童曰可。於是聚金，積如丘陵。……（龍華山知命法師）以神力一夜輸置新羅宮中。……薯童由此得人心，即王位。〔註78〕

百濟武王爲薯童時，愛慕新羅善花公主，誘使群童唱童謠，指公主與之幽會。新羅王因此放逐公主，薯童得以與之相識，進而令公主相信預言，願意追隨他。公主爲二人生計拿出了王后贈金，薯童見金，笑說掘薯蕷處堆積如土，公主方告訴他黃金貴重。二人將大量黃金送往新羅宮中，薯童也藉此而逐步登上王位。

這個說法裏有不合理之處，像是公主被流言指與薯童有私，王未察明反而將之流放，因而公主「嫁窮」，應是後出情節，不是原型。

《南詔野史》卷下記載爲：

> 輥角莊，大理府城南二十里。南詔蒙閣邏鳳有女，欲爲擇配。女曰：「擇配，非天婚也。我欲倒坐牛背，任牛所之，不問貧富貴賤，牛入之家，則嫁之。」鳳勉從其請。至一委巷，牛側其角而入。見一老嫗，問嫗有子否。曰：「有一子，往樵矣。」女即拜嫗爲姑，嫁其子，令報鳳。鳳大怒，絕女。
>
> 一日，婿問女曰：「首飾是何物所製？」女曰：「金也。」婿曰：「吾樵處是物甚多。」頃之，載歸，果金也。女遂懇請宴鳳，鳳使人難之，曰：「汝能作金橋銀路，吾當來汝。」女遂作以迎鳳。鳳嘆曰：「信天婚也！」遂名其地曰「輥角莊」，言牛入隘巷，角如輥輥轉也〔註79〕。

南詔王女要求擇偶要「天婚」，倒騎牛而找到窮漢爲夫，觸怒了國王，某日丈夫問其首飾是什麼製成，妻子說是金，丈夫說他砍材處很多，將之載回，果然是金子，夫妻從此富貴，王方相信女兒天婚之說。

從情節觀之，二者不同處在於，〈輥角莊〉的公主會嫁窮漢是希望透過「天婚」擇配，由倒騎牛而選，比之《三國遺事》公主嫁薯童合乎情理。雖然《三國遺事》百濟武王傳說的文字早於〈輥角莊〉，但後者在白族民間流傳已久，

〔註78〕 參見〔韓·高麗王朝〕一然：《三國遺事》（韓·首爾：民族文化推進會，1973年（影中宗壬申刊本）），頁158～160。

〔註79〕 （明）倪輅：《南詔野史》（台北：新文豐，民國78年台一版《叢書集成續編》〈史地類〉第236冊），頁493。編者楊慎於序說明，此書爲倪輅所集，楊爲之命名付梓。

情節又更合情理，故而推論〈轆角莊〉是較早的說法。

《北窗炙輠錄》作者施德操，是南宋（1127～1279）鹽官（今浙江海寧）人，其生卒年不詳，所記姜八郎事雖是〈對自己命運負責的公主〉最早的記錄，然情節有其不合情理處，不是原型說法。而白族流傳的〈轆角莊〉說法，雖然記載的時間在元明之際，但情節沒有不合情理之處，較接近於原型，它在民間流傳的時間應該更早，南宋時可見異說，且外傳至韓國。

2. 情節變異

越南流傳的一則〈對自己命運負責的公主〉故事：

> 富商見妻子施捨檳榔給窮漢，懷疑她不貞，不聽妻子辯解，便給她金銀各一錠，把她趕出門。妻子孤單走著，又遇上了窮漢，向他訴說自己不幸的遭遇，請求與他相依為命，窮漢答應了。

> 有一天，窮漢拿起妻子的金錠丟擲雞群，妻子責怪他，告訴他那是黃金，世上最珍貴的東西。丈夫回說他捕魚時常撿到，但不知有用都扔了。妻子聽後催促丈夫快去尋找，果然尋回不少金錠。原來富商把妻子趕走後，生意虧損，商船還遇風浪沉入大海，船上的金銀沖到這一帶。窮漢有了錢，後來還當上船稅官，富商的船來繳稅時，看到是前妻和窮漢，慚愧不已〔註80〕。

現代柬埔寨故事集也載錄了此型故事：

> 有一個財主的小女兒不願依父母安排嫁人，對賣螃蟹的孤兒卡列心生愛慕，要他每天賣一隻螃蟹給她。姊姊們把此事告訴了父母，父親氣她不願聽話嫁給富人，反而喜歡窮人，就叫她去找卡列，不准她再回家回村裏來，母親知道了很傷心，女兒臨走前給了她一些錢。

> 女兒告訴了卡列事情的經過，於是他們結為夫婦離開村子，婚後丈夫很勤勞地繼續挖螃蟹，妻子幫忙存了錢，妻子告訴丈夫已有足夠的積蓄，不必再挖螃蟹，但丈夫堅持不怠惰。

> 某日妻子跟蹤丈夫到螃蟹洞，又趁他不去的那天也去挖那個洞，挖得很深就回來了，也沒告訴丈夫這件事。第二天丈夫再去螃蟹洞，發現那裏被挖得亂七八糟，有一個大螃蟹殼，像是被放在

〔註80〕 撮述〔越南〕《越南神話民間故事選》（越南：河內世界出版社，1997年第一版），〈萬歷錢的故事〉，頁111～115。

那裏很久了，他傷心地把那只殼帶回家，放在高腳屋下面。夜裏，妻子不小心掉了一枚銀幣到房子下面，她第二天早上才去撿，她一看大吃一驚，不是一枚銀，而是滿滿一殼銀幣，她告訴丈夫這件奇異的事。此後他們夫婦在螃蟹殼裏一點值錢的東西，就會變出一大堆，於是他們累積了很多的財寶，多到家放不下，就埋在屋子附近。

父親知道小女兒埋了很多財寶後，便讓小女兒、女婿帶著金銀珠寶回來住，可是不久他就病死了。姐姐們也對妹妹另眼相待，但每回拿了妹妹給的錢去花費時，錢都會變成螃蟹殼。女婿仍每天挖著螃蟹，還把多的財寶拿出來分給窮人〔註81〕。

〈對自己命運負責的公主〉故事裡改變夫妻命運的要件，最早的說法是金子，〈轆角莊〉說法裡，因為妻子的首飾引起丈夫的注意，才明白了身邊有金子。韓國、越南的說法也類似，《北窗炙輠錄》則是銀礦，比起金子能識別銀礦的人更少，故事中姜八郎不只是富人出身，他還經商，有這樣的背景能識銀礦才具說服力。故事流傳到柬埔寨，這個主要物件變成了螃蟹殼，能夠複製財寶，而且產生的財寶給了壞心眼姊姊，馬上變成螃蟹殼，它能辨識善惡。此型故事外傳後故事中主要物件從實際真實的財寶，變成了神奇的寶物，且能賞善罰惡，演變出奇幻的情節，已不只是具生活寫實的性質，其異說的面貌更加多元。

這一型故事的中外數個異說，主旨不一，白族的說法是強調天命自有定數，婚姻冥冥之中已註定。南宋的故事後加上了評論，稱其夫妻二人能致富是「後妻憐其姑之老，義不嫁，此天下高節，而姜臨逃亦有倍償所負之誓，亦足以見其人矣，因緣會合，夫婦相際，天其以是報善人。」〔註82〕強調的是二位主角「守信」、「仁義」、「孝親」。韓國則在說武王的聰明謀略，越南的說法在警惕多疑的丈夫，柬埔寨強調勤勞好施的可貴。故事主題從富貴來自天命機緣，逐漸的變成是善惡有報的精神，財富的獲得與道德在故事裡有了關係。

〔註81〕 慨越專史譚、左毅校·《吳哥的傳說——柬埔寨民間故事》（重慶：新葦山版社，1985 年出版），頁 96～102。

〔註82〕 （宋）施德操：《北窗炙輠錄》卷下，第 2 則。收錄於《筆記小說大觀》（台北：新興書局，民國 78 年印本），頁 1730。

第七章 結 論

宋元筆記中載錄的故事數量豐富，依國際類型分類法爲之整理歸納，可以發現，這一時期有些故事僅流傳於中國境內，爲中國特有型，有些也流傳於海外，爲國際型。

中國特有型中持續流傳的傳統性故事，大多傳播至近世，且許多是跨民族的。傳統性故事與國際性故事相較，後者數量明顯高過前者。流通於中外的國際性類型故事，透過國際間的交通、貿易進行傳播，國際型故事數量豐富，正反映這一時期中外交流、貿易發達，帶動了文化傳播的現象。

第一節 傳統性故事傳播的文化影響

宋元傳統性類型故事並非只局限於一個時期，故事的流布承繼前代或自宋元開展，大多流傳至今。能長久傳播是因爲故事精采，廣爲民眾喜愛，所以接受故事者願意口耳相傳，或者融入文學作品，記錄下來，但這些故事的傳播卻僅限於中國地區。

故事傳播往往受到文化差異而有所區隔，像是故事中必要的物件有其地域性的話，傳播地區就會有所局限。例如〈蠶王〉類型故事裡的物種「蠶」，早期是中國地區獨有，目前故事也僅見於中國。故事核心情節裏的養蠶取絲產業也有環境的限制，〈蠶王〉故事在國內也多流傳於養蠶盛行的江浙一帶，亦可見其影響。

特殊的社會制度也限制了故事的流傳，像是中國特有的大家庭制度，產生兄弟分家、子婿分家、婆媳矛盾等問題，這些都是西方未必視爲當然的現象。這在〈蠶王〉、〈解釋怪遺囑〉、〈天雷獎善懲惡媳〉、〈惡媳變烏龜〉等故

事傳播的局限可以見得。這些類型的核心情節，以上述大家庭制度產生的問題為基礎，所以限制了它們的流傳，故事只在國傳播。

宋元傳統型故事流傳於不同時代，各流傳時期背景的不同，可以發現同型故事情節有所調整，例如宋初開始對畫工的要求提昇至畫家的層級，不僅要寫實的技術，更要有寫意的內涵，反映在〈高手畫像〉故事類型的產生。又如〈漁夫義勇救替身〉故事，在宋代的流傳裏，解救替身的狀元令水鬼生畏，即便阻擾了他的超生機會，也不敢有怒。金代、元代與現代流傳的說法裏，解救替身的人不是被水鬼報復，嚇的逃走，就是被水鬼所害，代替替身溺死。科舉場上最高成就的狀元，能有壓制鬼怪的能力，故事傳達了宋代對士大夫的崇敬。

而宋元時期比例相當高的判案故事，像是〈誰偷了驢馬〉〈一句話破案〉〈試抱西瓜斥誣告〉〈解釋怪遺囑〉〈財物不是我的〉，犯案種類還頗多，包括：偷竊、謀殺、誣告、爭產、侵占等等。故事主旨雖是肯定官員的明察，但人們會傳播這些故事，正因為有著相同背景之故。由此觀之，它們的流傳正反映當時因手工發達，城市興起，社會漸趨複雜的情況。

另外，〈天雷獎善懲惡媳〉、〈財物不是我的〉、〈富家子終於知艱辛〉、〈鞋值多少錢〉等幾個傳統型故事，在宋元流傳的異說裏，故事後加上了評論。所評內容大致是勸善教化，像是〈天雷獎善懲惡媳〉、〈富家子終於知艱辛〉勸人孝順、惜物。還有對官員的的評價，像是〈財物不是我的〉肯定判官以計謀誘騙嫌犯認罪，〈鞋值多少錢〉則批評宰相玩笑作樂，有失莊重，無法樹立威嚴。這是同型故事在其他時期的異說所未見的，這些故事大多記錄在文人筆記中，故事記錄者為文人，他們藉此說明記錄故事的用意，評論內容反映文人欲藉故事教化人心，及對士大夫的期望。

民間故事是口頭集體創作的文學，在它的內涵裏有著流傳地區、時代的文化表徵，藉著類型故事的比較，同樣結構的故事，卻有著同中有異的情節、主旨、人物，或物件，這其中的差異傳達著流布區域、時代的文化意涵。藉著了解類型故事傳播的情況，比較不同時空的異說，便能觀察故事所反映的文化意義。

第二節　國際型故事傳播的文化因素

宋元國際型故事有的自國外傳來，有的自中國傳播出去，故事的細節因

為不同文化圈而調整,精采的結構不變,而具有流傳地區的特色。有時故事中的主旨為中外認同的精神,使之得以流傳國際。故事流傳至不同國家,同樣結構的類型故事,由於流傳地社會背景的差異,故事說法便產生變異,基本架構相同,情節改異之處正反映文化的不同。

以〈人體器官爭功勞〉類型為例,以人體各器官互爭功勞的情節,寄寓合作的道理,是中外皆能認可的精神。而希臘的寓言流傳至宋代,故事中反映了當時朝廷的黨爭,則是宋元的文化特色。

又〈家畜護主被誤殺〉故事傳入中國,故事前後加諸說明,寄寓對士大夫的同情及要求。忠臣勞苦如牛,天下之禍害如虎,牛為驅趕虎而伏人體,反遭猜忌,君主就如人一般,寢寐中不察牛的勞苦。受此冤屈的忠臣,令人同情。但牛既可在人睡著時為他捍虎,在虎離開後卻不能讓人明白,為什麼自己伏在人體之上,這是牛的不足,所以遭殺並不委屈。記錄故事的文人,對照〈家畜護主被誤殺〉情節,將士大夫的冤屈,能力不足,前後辯論,傳達對官員既憐憫,又高度要求的及矛盾心情。

〈得寶互謀俱喪命〉則是得寶互謀者的身分轉變,出強盜改成道人,印度說法藉此故事宣教,強盜互謀殺害,對照菩薩的勸說,欲勸人除却貪念。傳入中國,互謀者是道人,沒有菩薩的勸說,他們的身分不同強盜,應非凶惡貪婪之人,但身為修道者,道人占據別人的陪葬品,更謀害同伴欲獨得。故事顯然反映當時道士形象不佳,藉此使之警惕反省。故事的功能也從宣傳佛教教義,轉化為警示道士守戒。

宋元流傳海外的〈拾金者的故事〉描述窮人拾金不昧,見證者皆認為失銀者當付出酬謝的概念,也是中外都認可的情形,雖不是必然,但有這樣背景的社會,故事也就能夠流傳,然而流傳時空不同,使用的的貨幣不一,元代是紙鈔,中古歐洲則是金幣,為使故事合理化,故事中的物件在不同社會環境下作了調整。

〈對自己命運負責的公主〉故事也有這樣的情形,故事中貧窮丈夫或妻子雖擁有財寶,卻不識財寶,靠著出身富貴的另一半為他辨識,因而致富。若是極度貧窮的丈夫或妻子,不識金子是理所當然,然而中國的說法裡,妻子家還經營旅店,應當識得金子,故而金子這個物件便轉化為銀礦,商人出身的丈夫才能為其辨識的情節也就合理了。

故事流傳至柬埔寨,此一物件由神奇螃蟹殼代替,非為千金小姐出身的

妻子為窮丈夫辨識，而是他身上的錢幣掉在螃蟹殼，長出更多的錢，他發現了，告訴丈夫，原來丈夫得到了一個聚寶螃蟹殼。故事在各地流傳，當流傳背景中未必有類似的物件可替換時，故事說法也可能有較大的調整，像這個故事在柬埔寨就出現了神奇的寶物，是其它地區異說所未見的。

引用文獻

古　籍

1. （漢）班固、（唐）顏師古注：《漢書》，臺北：鼎文書局，1986 年。
2. （晉）干寶：《搜神記》，上海：上海古籍出版社，1999 年。
3. （晉）裴啟：《裴子語林》，上海：上海古籍出版社，1999 年。
4. （唐）白居易撰、（宋）孔傳撰：《白孔六帖》，台北：新興書局，1967 年。
5. （唐）段成式：《酉陽雜俎》，上海：上海古籍出版社，2000 年。
6. （唐）張鷟：《朝野僉載》，上海：上海古籍出版社，1999 年。
7. （五代）和凝、（宋）和㠓：《疑獄集》，臺北：臺灣商務印書館，1983 年。
8. （宋）王君玉：《國老談苑》，台北：新興書局，1988 年。
9. （宋）王闢之：《澠水燕談錄》，台北：新興書局，1986 年。
10. （宋）王讜：《唐語林》（外十一種），上海：上海古籍，1991 年。
11. （宋）田況：《儒林公議》，鄭州：大象出版社，2003 年。
12. （宋）朱弁：《曲洧舊聞》，台北：新興書局，1963 年。
13. （宋）李昉等編：《太平廣記會校》，北京：北京燕山版社，2011 年。
14. （宋）李石：《續博物志》，鄭州：大象出版社，2008 年。
15. （宋）委心子編：《分門古今類事》，台北：新興書局，1989 年。
16. （宋）周去非：《嶺外代答》，台北：新興書局，1962 年。
17. （宋）周文玘：《開顏錄》，台北：世界書局，1961 年。
18. （宋）俞成：《螢雪叢說》，台北：新興書局，1969 年。
19. （宋）洪邁：《夷堅志》（全四冊），北京：中華書局，2006 年。

20. （宋）施德操：《北窗炙輠錄》，台北：新興書局，1989 年。

21. （宋）范正敏：《遯齋閒覽》，台北：世界書局，1961 年。

22. （宋）馬純：《陶朱新錄》，鄭州：大象出版社，2012 年。

23. （宋）桂萬榮：《棠陰比事原編》，石家莊：河北教育出版社，1994 年。

24. （宋）孫光憲：《北夢瑣言》，台北：新興書局，1962 年。

25. （宋）陶岳：《五代史補》，台北：新文豐出版社，1989 年。

26. （宋）陳世崇：《隨隱漫錄》，台北：台灣商務印書館，1983 年。

27. （宋）陳元靚：《事林廣記》，北京：中華書局，1999 年。

28. （宋）陸游：《避暑漫鈔》，台北：新興書局，1963 年。

29. （宋）郭彖：《睽車志》，台北：新興書局，1988 年。

30. （宋）章炳文：《搜神秘覽》，北京：中華書局，1985 年。

31. （宋）莊綽：《雞肋編》，台北：新興書局，1963 年。

32. （宋）張知甫：《可書》，北京：中華書局，2004 年。

33. （宋）張端義：《貴耳集》，台北：新興書局，1989 年。

34. （宋）黃休復：《茅亭客話》，台北：新興書局，1963 年。

35. （宋）廉布：《清尊錄》，台北：新興書局，1963 年。

36. （宋）鄧椿：《畫繼》，長沙：湖南美術出版社，2000 年。

37. （宋）鄭克：《折獄龜鑑》，北京：中華書局，1985 年。

38. （宋）歐陽修：《歸田錄》，台北：新興書局，1987 年。

39. （宋）龍明子：《葆光錄》，台北：新興書局，1974 年。

40. （宋）謝維新：《古今合璧事類備要》，台北：新興書局，1971 年。

41. （宋）魏泰：《東軒筆錄》，台北：新興書局，1962 年。

42. （宋）羅燁：《新編醉翁談錄》，瀋陽：遼寧教育出版社，1998 年。

43. （宋）蘇軾：《艾子雜說》，台北：新興書局，1988 年。

44. （宋）蘇軾：《東坡志林》，鄭州：大象出版社，2003 年。

45. （宋）不著撰人：《養痾漫筆》，成都：巴蜀出版社，1996 年。

46. （宋）不著撰人：《籍川笑林》，台北：世界書局，1961 年。

47. （宋）不著撰人：《宋人笑話（《笑海叢珠》、《笑苑千金》）》，台北：東方文化，1968 年。

48. （金）元好問：《續夷堅志》，台北：新興書局，1987 年。

49. （元）林坤：《誠齋雜記》，台北：新興書局，1963 年。

50. （元）脫脫等：《宋史》，臺北：鼎文書局，1983 年。

51. （元）陶宗儀：《南村輟耕錄》，北京：中華書局，1997 年。

52. （元）楊瑀：《山居新話》，台北：台灣商務印書館，1983 年。

53. （元）不著撰人：《蒙古秘史》，石家莊：河北教育出版社，1994 年。

54. （元）不著撰人：《湖海新聞夷堅續志》，台北：新興書局，1986 年。

55. （元）不著撰人：《異聞總錄》，台北：新興書局，1984 年。

56. （明）郎瑛：《七修類稿》，北京：中華書局，1959 年。

57. （明）倪輅：《南詔野史》，台北：新文豐出版社，1989 年。

近人著作

1. 中國民間文學集成編輯委員會：《中國民間故事集成》北京：中國 ISBN 中心，1992 年起陸續出版。

2. 中華民族故事大系編委會：《中華民族故事大系》，上海：上海文藝出版社，1995 年。

3. 王志瑞：《宋元經濟史》，台北：台灣商務印書館，1974 年。

4. 方豪：《中西交通史》，台北：中華文化出版事業社，1974 年。

5. 令狐彪：《宋代畫院研究》，北京：人民藝術出版社，2011 年。

6. 江帆：《民間口承敘事論》，哈爾濱：黑龍江人民出版社，2003 年。

7. 朱一玄、寧稼雨、陳桂聲編著：《中國文人小說提要》，北京：人民文學出版社，2005 年。

8. 朱學勤、王麗娜：《中國與歐洲交流志》，上海：上海人民出版社，1998 年。

9. 祁連休：《中國古代民間故事類型研究》，石家莊：河北教育出版社，2007 年。

10. 金榮華：《中國民間故事與故事分類》，台北：中國口傳文學學會，2007 年。

11. 金榮華：《民間故事類型索引》（增訂本），新北市：中國口傳文學學會，2014 年。

12. 婁子匡編《中山大學民俗叢書》（12），台北：東方文化，1970 年。

13. 陳慶浩、王秋桂主編：《中國民間故事全集》，台北：遠流出版社，1989 年。

14. 陳汝勤、劉鴻喜、曹永和撰：《錦繡系列中國全集⑤海洋中國》，台北：錦繡出版社，1982 年。

15. 萬建中：《20 世紀中國民間故事研究史》，北京：北京師範大學出版社，2011 年。

16. 寧稼雨：《中國文言小說總目提要》，濟南：齊魯書社，1996 年。

17. 鄧喬彬：《宋代繪畫研究》，開封：河南大學出版社，2006 年。

18. 劉守華著：《中國民間故事史》，武漢：湖北教育出版社，1999 年。

19. 劉守華著：《比較故事學論考》，哈爾濱：黑龍江人民出版社，2003 年。

20. 蕭慶偉：《北宋新舊黨爭與文學》，北京：人民文學出版社，2001 年。

21. 鍾敬文：《鍾敬文民間文學論集》，上海：上海文藝出版社，1985 年。

22. 顧希佳：《中國古代民間故事長編》，浙江：浙江大學出版社，2012 年。

外文及翻譯書籍

1. 王汝瀾譯：《白鳥姑娘──沖繩民間故事》，北京：中國民間文學出版社，1984 年。

2. 元文琪譯編：《三王子與大鵬鳥──伊朗民間故事選》，北京：中國民間文藝出版社，1984 年。

3. 《日本童話》，台中：義士出版社，1967 年。

4. 〔日〕柳田國男著，吳菲譯：《遠野物語・日本昔話》，上海：上海三聯書店，2012 年。

5. 〔日〕關敬吾：《日本民間故事選》，北京：中國民間文藝出版社，1982 年。

6. 《外國幼兒民間童話故事》，北京：北京少年兒童出版社，1993 年。

7. 《北歐民間故事》，台北：綠園出版社，1979 年。

8. 〔印度〕季羨林譯：《五卷書》，北京：人民文學出版社，2001 年。

9. 〔希臘〕伊索：《伊索寓言》，台北：志文出版社，1997 年。

10. 李艾譯、左毅校：《吳哥的傳說──柬埔寨民間故事》，重慶：新華出版社，1985 年。

11. 林鄉編譯：《虎哥哥──朝鮮民間故事》，北京：中國民間文藝出版社，1984 年。

12. 〔英〕傑弗瑞・喬叟（Geoffrey Chaucer）：《坎特伯雷故事》，台北：貓頭鷹出版社，2001 年。

13. 〔英國〕詹・黎維編，周仁義等編：《藍頓蛇──世界民間故事大全・英國篇》，上海：少年兒童出版社，1991 年。

14. 〔美〕丁乃通著；鄭建威等譯：《中國民間故事類型索引》，武漢：華中師範大學出版社，2008 年。

15. 〔美〕珍妮・約倫編，潘國慶等譯：《世界著名民間故事大觀》，上海：上海文藝出版，1991 年。

16. （美）費正清著：薛絢譯：《費正清論中國》，台北：正中書局，1998 年。

17. 〔埃及〕麥赫穆德・薩里姆作，王彤譯：《穆聖的故事》，北京：中國社會科學出版社，1993 年。

18. 殷康等編：《亞洲童話》，上海：上海文藝出版，1993 年。

19. 郭良鋆、黃寶生譯：《佛本生故事選》，北京：人民文學出版社，2001 年。

20. 陳徹譯：《帶刀的人──柬埔寨民間故事》，北京：中國民間文藝出版社，1981 年。

21. 〔越南〕《越南神話民間故事選》，越南：河內世界出版社，1997 年。

22. 過偉主編：《越南傳說故事與民俗風情》，南寧：廣西人民出版社，1998 年。

23. 董天琦等譯：《法國童話》，上海：上海文藝出版社，1991 年。

24. 〔葡萄牙〕瑪・阿爾加維亞等編，邵恒章等譯：《獅子與蟋蟀》，上海：少年兒童出版社，1991 年。

25. 〔意〕卜伽丘著，方平等譯：《十日談》（上海：上海譯文出版社，1989 年。

26. 〔意〕吉姆巴地斯達・巴西耳著，馬愛農等譯：《五日談》，長春：時代文藝出版社，1996 年。

27. 廣西師範學院編：《越南傳說故事與民俗風情》，南寧：廣西人民出版社，1998 年。

28. 劉安武選編：《印度民間故事集》第一輯（北京：中國民間文藝出版社，1984 年。

29. 〔德〕艾伯華：《中國民間故事類型》，北京：商務印書館，1999 年。

30. 〔德〕格林兄弟編著，魏以新譯：《格林童話全集》，北京：人民文學出版社，1994 年。

31. 〔韓・高麗王朝〕一然：《三國遺事》，韓・首爾：民族文化推進會，1973 年（影中宗壬申刊本）。

32. 〔韓・朝鮮王朝〕李源命：《東野彙輯》，韓・首爾：太學社，1987 年。

33. Uther, Hans-Jörg. *The Types of International Folktales* Helsinki, 2004.

34. Hasan, M. El-Shamy. *Types of the folktale in the Arab World Idiana* University press, 2004.

35. Jason, Heda. *Type of Indic Oral Tales* Helsinki, 1988.

36. Ikeda, Hiroko. *Motif Index of Japanese Folk-Literature* Helsinki, 1971.

37. Ting, Nai-Tung. *A Type Index of Chinese Folktales* Helsinki, 1978.

38. Ó Súilleabháin, Seán. and Christiansen, Reidar Th.. *The Types of The Irish Folktale* Helsinki, 1968.

39. Thompson, Stith. *Motif-Index of Folk-Literature* (Bloomington, Ind., Indiana niversity Press, 1975) Vol. 4

40. Thompson, Stith. *The Types of the Folklore* Helsinki, 1981.

41. Thompson, Stith.and Warren, Roberts E.. *Type of Indic Oral Tales* Helsinki, 1991.

學位論文

1. 何姿慧：《《唐語林》所見唐代社會生活史料考述》，中興大學中文研究所碩士論文，2010 年。

2. 陳美玲：《《夷堅志》之民間故事研究》，中國文化大學中文研究所碩士論文，2003 年。

3. 陸光瑞：《南宋志怪筆記小說研究》，中國文化大學中文研究所碩士論文，2011 年。

4. 劉淑爾：《元雜劇情節單元與故事類型研究》，中國文化大學中文研究所博士論文，1996 年。

5. 賴嘉麒：《《醉翁談錄》初探》，東吳大學中文研究所碩士論文，2002 年。

單篇論文

1. 丁乃通：〈民間故事類型第二次修訂版的介紹與評價〉，《清華學報》新 7 卷第 2 期，台北：清華學報社，1969 年 8 月。

2. 金榮華：〈〈拾金者的故事〉試探〉，《禪宗公案與民間故事——民間文學論集》，臺北：中國口傳文學學會，民國 96 年。

3. 金榮華：〈韓國百濟武王傳說試探〉，《禪宗公案與民間故事——民間文學論集》，臺北：中國口傳文學學會，民國 96 年。

4. 金榮華：〈〈分莊稼〉故事試探〉，《民間文化論壇》第 220 期（2013 年）。

5. 林彥如：〈「水泡為證報冤仇」故事試探〉，《2011 年海峽兩岸民俗暨民間文學學術研討會論文選》，台北：中國口傳文學學會，2012 年。

6. 陳妙如：〈宋代筆記小說的整理與運用〉，《中國文化大學中文學報》，2001 年第 6 期。

7. 陳妙如：〈再談宋代筆記小說之整理〉，《中國文化大學中文學報》，2002 年第 7 期。

8. 陳妙如：〈〈得寶互謀俱喪命〉故事試探〉，「發皇華語・涵詠文學——中國文學暨華語文教學學術研討會」，台北：中國文化大學中國文學系、華語文教學研究所暨財團法人海華文教基金會，2009 年 3 月 20 日。

9. 陳妙如：〈《陶朱新錄》故事析論〉，《中國文化大學中文學報》，2010 年 10 月。

附錄一：宋元筆記爲主著作載錄類型故事表

編號	書　　名	類　　　　型	卷　　　　次	總計
1	疑獄集	孩子到底是誰的（灰闌記）（所羅門式的判決）（926）	卷一〈黃霸察奴情〉	8
		審畚箕（誰是物主）（926F）	卷一〈李珪智鞭絲〉	
		誰偷了驢馬（926G）	卷三〈憲之知牛主〉	
		誰偷了雞或蛋（嘔食破案）（926G.1）	卷一〈破嗉辨雞食〉	
		試抱西瓜斥誣告（926L.2）	卷四〈唐公問筐筐〉	
		解釋怪遺囑（926M.1）	卷二〈何武斷遺劍〉	
		他嘴裏沒灰（926Q）	卷一〈張舉辨燒豬〉	
		偽毀贋品騙眞賊（929D）	卷三〈慕容執假銀〉	
2	嶺外代答	爪子卡在樹縫裡（38）	卷九〈人熊〉	1
3	釋常談	狐假虎威（47D.1）	卷一〈狐假虎威〉	2
		鷸蚌相爭（290）	卷一〈鷸蚌相爭〉	
4	侯鯖錄	老虎求醫並報恩（156）	卷六〈老嫗救虎〉	1
5	江南餘載	老虎求醫並報恩（156）	卷下第35則	2
		神力勇士（650A.1）	卷上第15則	
6	江鄰幾雜志	義犬衛主，爲主復仇（201F*）	第18則	1
7	夷堅志	老虎求醫並報恩（156）	支庚，卷四〈海門虎〉	16

		老虎求醫並報恩（156）	三補〈猿請醫生〉	
		虎求助產並報恩（156B）	志補，卷四〈趙乳醫〉	
		義犬衛主，爲主復仇（201F*）	支乙，卷三〈劉承節馬〉	
		義犬衛主，爲主復仇（201F*）	支乙，卷九〈全椒貓犬〉	
		術士鬥法（325A）	丁志，卷八〈鼎州汲婦〉	
		蠱王（714）	支甲，卷八〈符漓王氏蠱〉	
		財各有主命中定（命中注定的財寶）（745A）	甲志，卷十二〈林氏富證〉	
		惡地主變馬消罪孽（761）	甲志，卷十二〈陳大錄〉	
		惡地主變馬消罪孽（761）	甲志，卷十七〈人死爲牛〉	
		天雷獎善懲惡媳（779D）	丙志，卷十三〈長溪民〉	
		惡媳變烏龜（779D.2）	丙志，卷八〈謝七嫂變牛〉	
		仙境一日　人間千年（844A）	支戊，卷一〈石溪李仙〉	
		少女燭油擒群盜（956B.1）	丙志，卷十三〈藍姐〉	
		一時氣絕非眞死（990）	支庚，卷一〈鄂州南市女〉	
		大魚（1960B）	甲志，卷七〈海大魚〉	
8	陶朱新錄	老虎求醫並報恩（156）	第43則	5
		義犬衛主，爲主復仇（201F*）	第48則	
		家畜護主被誤殺（286A）	第14則	
		財各有主命中定（命中注定的財寶）（745A）	第58則	
		自認已死（1313）	第29則	
9	醉翁談錄	人體器官爭功勞（293）	丁集卷二〈嘲人不識羞〉	9
		仙境遇豔不知年（844B）	辛集卷一〈劉阮遇仙女于台山〉	
		仙境遇豔不知年（844B）	辛集卷一〈裴航遇雲英于藍橋〉	

		夫妻離散各執信物終得團圓（881A*）	癸集卷一〈樂昌公主破鏡重圓〉	
		忠心的妓女（889A）	辛集卷二〈王魁負心桂英死報〉	
		忠心的妓女（889A）	癸集卷一〈李亞仙不負鄭元和〉	
		忠心的妓女（889A）	壬集卷一〈紅綃密約張生負李氏娘〉	
		大官也怕老婆（我的葡萄架也要塌了）（1375D）	丁集卷二〈杜正倫譏任瓌怕妻〉	
		老不死的酒鬼（1886A）	丁集卷二〈嘲人請酒不醉〉	
10	茅亭客話	畫中女（400B）	卷四〈勾生〉	1
11	燈下閑談	荒屋得寶（藐視鬼屋裡妖怪的勇士）（745B）	卷下〈驛宿遇精〉	1
12	錦繡萬花谷	出螺姑娘（400C）	前集卷五〈螺女廟〉	1
13	避暑漫鈔	亡魂報恩護旅程（505）	第23則	2
		三片蛇葉（612）	第22則	
14	鬼董	亡魂報恩護旅程（505）	卷一第1則	1
15	北窗炙輠錄	一句話破案（926H）	卷下第34則	5
		解釋怪遺囑（926M.1）	卷下第6則	
		這些錢幣是什麼時候造成的（926N*）	卷下第4則	
		對自己命運負責的公主（943）	卷下第2則	
		財富生煩惱（989A）	卷下第39則	
16	睽車志	天雷獎善懲惡媳（779D）	卷三〈常熟孝媳〉	2
		財富生煩惱（989A）	卷六〈河朔劉先生〉	
17	太平寰宇記	陸沉的故事（825A）	卷二十二〈海州・朐山縣〉第2則	1
18	青瑣高議	黃梁夢（瞬息京華）（725A）	前集卷二〈慈雲記〉	2
		陸沉的故事（825A）	後集卷一〈大姆記〉	

19	開顏錄	姑娘詩歌笑眾人（876B）	第 2 則	2
		潑辣妻子被嚇壞而且改正過來了（901D*）	第 3 則	
20	綠窗新話	死而復生續前緣（885A）	卷上〈崔護覓水逢女子〉	2
		死而復生續前緣（885A）	卷上〈郭華買脂慕粉郎〉	
21	折獄龜鑑	孩子到底是誰的（灰闌記）（所羅門式的判決）（926）	卷六〈黃霸〉	11
		到底誰是物主（926A.1）	卷六〈薛宣〉	
		鐘上塗墨辨盜賊（926E）	卷七〈陳述古〉	
		審畜箕（誰是物主）（926F）	卷六〈李惠〉	
		審畜箕（誰是物主）（926F）	卷六〈李惠附錄傅炎〉	
		誰偷了驢馬（926G）	卷七〈張鷟〉	
		誰偷了雞或蛋（嘔食破案）（926G.1）	卷六〈傅炎〉	
		財物不是我的（926P）	卷七〈張元濟〉	
		財物不是我的（926P）	卷七〈趙和〉	
		財物不是我的（926P）	卷七〈趙和附錄侯臨〉	
		他嘴裏沒灰（926Q）	卷六〈張舉〉	
22	棠陰比事原編	到底誰是物主（926A.1）	〈薛絹互爭〉	5
		審畜箕（誰是物主）（926F）	〈傅令鞭絲〉	
		誰偷了驢馬（926G）	〈張鷟搜鞍〉	
		財物不是我的（926P）	〈裴命急吐〉	
		他嘴裏沒灰（926Q）	〈張舉豬灰〉	
23	夢溪筆談	鐘上塗墨辨盜賊（926E）	卷十三〈權智〉第 19 則	1
24	國老談苑	解釋怪遺囑（926M.1）	卷二〈反券析資〉	1
25	儒林公議	解釋怪遺囑（926M.1）	卷上第 46 則	1
26	自警編	解釋怪遺囑（926M.1）	卷八〈獄訟〉第 13 則	1
27	雞肋編	水泡為證報冤仇（960）	卷下第 44 則	1
28	齊東野語	兒子長大後才能報仇（960B1）	卷八第 15 則	1

29	曲洧舊聞	蜘蛛鳥雀掩逃亡（蛛網救人）（543）	卷一第 1 則	1
30	可書	得寶互謀俱喪命（969）	〈三道人欲獨得瘞錢施毒謀俱死〉	1
31	續博物志	弄巧成拙　劣子遵遺言（982C）	卷九第 25 則	1
32	投轄錄	一時氣絕非眞死（990）	〈玉條脫〉	1
33	貴耳集	富家子終於知艱辛（998）	卷一第 32 則	1
34	宋人笑話（笑海叢珠、笑苑千金）	守財奴命在須臾猶議價（1305D.2）	《笑苑千金》〈溺水不救〉	7
		想學怎樣不怕老婆的丈夫（1375C*）	《笑苑千金》〈水噀畫像〉	
		公公和兒媳（1441C*）	《笑苑千金》〈排字上壽〉	
		蜻蜓與釘子（1703A）	《笑海叢珠》〈釘子與黃蜂〉	
		帽子和烏鴉（1703F）	《笑海叢珠》〈問路石人〉	
		有求必應（各人祈求的天氣不同，女神盡皆賜與）（829）	《笑苑千金》〈大王順情〉	
		有求必應（各人祈求的天氣不同，女神盡皆賜與）（829）	《笑苑千金》〈轉智大王〉	
35	艾子雜說	父母爲子女擇偶（1362C）	第 6 則	3
		喝酒的理由（酒鬼的笑話）（1705A）	第 5 則	
		大家來吹牛（順著你的謊話說）（1920A）	第 16 則	
36	北夢瑣言	術士鬥法（325A）	逸文卷一第 7 則	2
		不識鏡中人（1336B）	逸文卷二第 16 則	
37	遯齋閑覽	妻妾鑷髮（1375E）	〈諧謔・妻妾鑷鬢〉	1
38	諧史	大盜留名（1525T）	第 8 則	1
39	歸田錄	鞋值多少錢（1551A）	卷一第 8 則	1
40	籍川笑林	三思而後言（1864A）	〈火燒裳尾〉	1

41	善謔集	老不死的酒鬼（1886A）	第 5 則	1
42	東軒筆錄	魚吞人和船（1889G）	卷 15 第 17 則	1
43	事林廣記	如果不信我的謊那麼就罰錢（1920C.1）	辛集卷下〈兄弟相拗〉	1
44	東坡志林	漫天撒謊　比誰最老（1920J）	卷二〈三老語〉	1
45	仇池筆記	漫天撒謊　比誰最老（1920J）	卷下〈三老人問年〉	1
46	稽神錄	惡地主變馬消罪孽（761）	卷二〈吳宗嗣〉	1
47	澠水燕談錄	寬大使賊改邪歸正（958A1*）	卷三〈奇節〉	1
48	中吳紀聞	財各有主命中定（命中注定的財寶）（745A）	卷一〈林大卿買宅〉	1
49	中國歷代寓言選集（註蘇東坡作未錄引自何書）	盲人和太陽（1317A）	〈日喻說〉	1
50	搜神秘覽	所得警言皆應驗（買來的或者別人提供的警言證明是正確的）（910）	卷上〈王旻〉	1
51	清尊錄	姑娘私奔弄錯人（856）	第 5 則	2
		一時氣絕非真死（990）	第 7 則	
52	太平廣記（引書書名或時代不明）	老虎求醫並報恩（156）	卷二五一〈劉禹錫〉	9
		老虎求醫並報恩（156）	卷四三一〈李大可〉	
		鳥妻（仙侶失蹤）（400A）	卷六十七〈崔少玄〉	
		蜘蛛鳥雀掩逃亡（蛛網救人）（543）	卷一三五〈漢高祖〉	
		黃粱夢（瞬息京華）（725A）	卷二八一〈櫻桃青衣〉	
		黃粱夢（瞬息京華）（725A）	卷四七五〈淳于棼〉	
		財各有主命中定（命中注定的財寶）（745A）	卷四〇〇〈牛氏僮〉	
		陸沉的故事（825A）	卷四六八〈長水縣〉	
		誰偷了驢馬（926G）	卷一七一〈張鷟〉	
53	唐語林	老虎求醫並報恩（156）	卷六第 75 則	3

		人體器官爭功勞（293）	卷六第 42 則	
		假證人難畫眞實物（926L）	卷一〈政事上〉第 27 則	
54	白孔六帖	水牛塗泥鬥猛虎（138）	卷九十七〈服狸擊象〉	11
		葬人者得好報（505B*）	卷二十七〈葬書生〉	
		葬人者得好報（505B*）	卷六十五〈葬書生〉	
		蜘蛛鳥雀掩逃亡（蛛網救人）（543）	卷九十〈放〉	
		死而復生續前緣（885A）	卷九十〈梁國女子〉	
		誰偷了雞或蛋（嘔食破案）（926G.1）	卷九十四〈爭〉	
		這些不是我的財富（926P）	卷九十六〈盜牛〉	
		命中注定的妻子（930A）	卷十七〈定婚店〉	
		塞翁失馬（944A）	卷九十六〈塞上翁〉	
		竇大使賊改邪歸正（958A1*）	卷二十七〈王烈誘人〉	
		財富生煩惱（989A）	卷十六〈不暇唱渭城〉	
55	分門古今類事	漁夫義勇救替身（776A）	卷 4〈黃裳狀元〉	2
		命中注定的妻子（930A）	卷 16〈韋固赤繩〉	
56	太平御覽	水牛塗泥鬥猛虎（138）	卷八八九〈獸部一・師子〉第 11 則	4
		孩子到底是誰的（灰闌記）（所羅門式的判決）（926）	卷二五七〈職官部良・刺史中〉第 1 則	
		孩子到底是誰的（灰闌記）（所羅門式的判決）（926）	卷六三九〈刑法部五・聽訟〉第 48 則	
		誰偷了雞或蛋（嘔食破案）（926G.1）	卷八四〇〈百穀部四・粟〉第 43 則	
57	冊府元龜	他嘴裏沒灰（926Q）	卷 705〈令長部 5・折獄〉第 5 則	1
58	古今合璧事類備要	葬人者得好報（505B*）	卷六十一〈啓墓出金〉	7
		荒屋得寶（藐視鬼屋裡妖怪的勇士）（745B）	卷六十一〈赤幘是誰〉	
		到底誰是物主（926A.1）	卷二十一〈令吏追聽〉	

		鐘卜塗黑辨盜賊（926F）	卷一十三〈鍾能辨盜〉	
		解釋怪遺囑（926M.1）	卷二十六〈子婿分財〉	
		這些錢幣是什麼時候造成的？（926N*）	卷二十六〈訴所藏錢〉	
		忘掉的房子、親戚等等（1687A*）	卷三十四〈惚恍多遺〉	
59	葆光錄	老虎求醫並報恩（156）	卷一第 25 則	1
60	隨隱漫錄	冒認親人騙商家（1526）	卷五第 13 則	1
61	新唐書	財物不是我的（926P）	卷一九七〈張允濟傳〉	1
62	舊五代史	誰偷了雞或蛋（嘔食破案）（926G.1）	卷一三〇〈周書・慕容超列傳〉	1
63	五代史補	高手畫像（1863）	卷二〈淮南寫太祖真〉	1
64	五代史闕文	高手畫像（1863）	〈後唐史・武皇〉	1
65	嘉泰吳興志	老虎求醫並報恩（156）	卷四〈山・安吉縣〉第 15 則	1
66	咸淳臨安志	老虎求醫並報恩（156）	卷二十四〈山川・由拳山〉	1
67	續夷堅志	義犬衛主，為主復仇（201F*）	卷一〈蕭卜異政〉	2
		漁夫義勇救替身（776A）	卷二〈溺死鬼〉	
68	湖海新聞夷堅續志	老虎求醫並報恩（156）	後集卷二〈精怪門・猨猴・猿請醫士〉	11
		老虎求醫並報恩（156）	後集卷二〈精怪門・猨猴・猴劫醫人〉	
		虎求助產並報恩（156B）	後集卷二〈精怪門・狐虎・虎謝老娘〉	
		田螺姑娘（400C）	後集卷二〈神明門・神靈・井神現身〉	
		黃梁夢（瞬息京華）（725A）	後集卷一〈神仙門・仙異・一夢黃粱〉	
		井水變成酒　還嫌無酒糟（750D.1）	後集卷一〈神仙門・遇仙・井化酒泉〉	
		惡媳變鳥龜（779D.2）	前集卷一〈人倫門・孝行・事姑不孝〉	

		鐘上塗墨辨盜賊（926E）	補遺〈治道門・摸鐘辨盜〉	
		兒子長大後才能報仇（960B1）	前集卷一〈人倫門・父子・母子重見〉	
		冒認親人騙商家（1526）	前集卷一〈人事門・假母欺騙〉	
		一袈裟之地（用和尚袈裟的影子量地）（2400A）	後集卷二〈佛教門・廬六祖・借地〉	
69	南村輟耕錄	畫中女（400B）	卷十一〈鬼室〉	6
		葬人者得好報（505B*）	卷四〈發宋陵寢〉	
		窮秀才年關救窮人（750B.2）	卷十二〈陰德延壽〉	
		夫妻離散各執信物終得團圓（881A*）	卷四〈妻賢致貴〉	
		貞節婦爲夫復仇（孟姜女）（888C*）	卷三〈貞烈〉	
		拾金者的故事（926B.1）	卷十一〈賢母辭拾遺鈔〉	
70	異聞總錄	義犬衛主，爲主復仇（201F*）	卷二第3則	2
		漁夫義勇救替身（776A）	卷四第16則	
71	庶齋老學叢談	陸沉的故事（825A）	卷中上第二則	1
72	山居新話	拾金者的故事（926B.1）	卷一第七則	1
73	誠齋雜記	動物變成的妻子（400D）	卷上第39則	4
		生雖不能聚　死後不分離（梁山伯與祝英台）（749A）	卷上第8則	
		生雖不能聚　死後不分離（梁山伯與祝英台）（749A）	卷上第36則	
		自信已經會隱形的傻瓜（1683A）	卷上第58則	
74	稗史	審畚箕（誰是物主）（926F）	〈志政・決蒲團〉	1
75	宋史	解釋怪遺囑（926M.1）	卷二九三〈張詠列傳〉	1
76	蒙古秘史	團結力量大（910F）	卷1〈折箭誨五子〉	1
77	元雜劇	術士鬥法（325A）	〈桃花女鬥周公破法嫁周公〉	1

附錄二：宋元類型故事分類表

一、動物及物品故事

累計	型　　　　　　　　　名	型　號
1	爪子卡在樹縫裡	38
2	狐假虎威	47D.1
3	老虎求醫並報恩	156
4	虎求助產並報恩	156B
5	水牛塗泥鬥猛虎	138
6	義犬衛主，為主復仇	201F*
7	家畜護主被誤殺	286A
8	鷸蚌相爭	290
9	人體器官爭功勞	293

二、一般民間故事

甲、幻想故事（神奇故事）

累計	型　　　　　　　　　名	型　號
1	術士鬥法	325A
2	鳥妻（仙侶失蹤）	400A

3	畫中女	400B
4	田螺姑娘	400C
5	動物變成的妻子	400D
6	亡魂報恩護旅程	505
7	葬人者得好報	505B*
8	蜘蛛鳥雀掩逃亡（蛛網救人）	543
9	三片蛇葉	612
10	神力勇士	650A.1
11	蠱王	714
12	黃粱夢（瞬息京華）	725A
13	財各有主命中定（命中注定的財寶）	745A
14	荒屋得寶（藐視鬼屋裡妖怪的勇士）	745B
15	生雖不能聚　死後不分離	749A

乙、宗教神仙故事

累計	型　　　　　　　　名	型　號
1	窮秀才年關救窮人	750B.2
2	井水變成酒　還嫌無酒糟	750D.1
3	惡地主變馬消罪孽	761
4	漁夫義勇救替身	776A
5	天雷獎善懲惡媳	779D
6	惡媳變烏龜	779D.2
7	陸沉的故事	825A
8	有求必應（各人祈求的天氣不同，女神盡皆賜與）	829
9	仙境一日　人間千年	844A
10	仙境遇豔不知年	844B

丙、生活故事（傳奇故事）

累計	型　　　　　　　　　　　　名	型　號
1	姑娘私奔弄錯人	856
2	姑娘詩歌笑眾人	876B
3	夫妻離散各執信物終得團圓	881A*
4	死而復生續前緣	885A
5	貞節婦為夫復仇（孟姜女）	888C
6	忠心的妓女	889A
7	潑辣妻子被嚇壞而且改正過來了	901D*
8	所得警言皆應驗（買來的或者別人提供的警言證明是正確的）	910
9	團結力量大	910F
10	孩子到底是誰的（灰闌記）（所羅門式的判決）	926
11	到底誰是物主	926A.1
12	拾金者的故事	926B.1
13	鐘上塗墨辨盜賊	926E
14	審畚箕（誰是物主）	926F
15	誰偷了驢馬	926G
16	誰偷了雞或蛋	926G.1
17	一句話破案	926H
18	假證人難畫真實物	926L
19	試抱西瓜斥誣告	926L.2
20	解釋怪遺囑	926M.1
21	這些錢幣是什麼時候造成的	926N*
22	財物不是我的	926P
23	他嘴裏沒灰	926Q
24	偽毀贗品騙真賊	929D
25	命中注定的妻子	930A

26	對自己命運負責的公主	943
27	塞翁失馬	944A
28	少女燭油擒群盜	956B.1
29	寬大使賊改邪歸正	958A1*
30	水泡為證報冤仇	960
31	兒子長大後才能報仇	960B1
32	得寶互謀俱喪命	969
33	弄巧成拙　劣子違遺言	982C
34	財富生煩惱	989A
35	一時氣絕非真死	990
36	富家子終於知艱辛	998

三、笑話、趣事

累計	型　　　　　名	型　號
1	守財奴命在須臾猶議價	1305D.2
2	自認已死	1313
3	盲人和太陽	1317A
4	不識鏡中人	1336B
5	父母為子女擇偶	1362C
6	想學怎樣不怕老婆的丈夫	1375C*
7	大官也怕老婆（我的葡萄架也要塌了）	1375D
8	妻妾鑷髮	1375E
9	公公和兒媳	1441C*
10	大盜留名	1525T
11	冒認親人騙商家	1526
12	鞋值多少錢	1551A
13	三思而後言	1864A

14	自信已經會隱形的傻瓜	1683A
15	忘掉的房子、親戚等等	1687A*
16	蜻蜓與釘子	1703A
17	帽子和烏鴉	1703F
18	喝酒的理由（酒鬼的笑話）	1705A
19	高手畫像	1863
20	老不死的酒鬼	1886A
21	魚吞人和船	1889G
22	大家來吹牛（順著你的謊話說）	1920A
23	如果不信我的謊　那麼就罰錢	1920C.1
24	漫天撒謊　比誰最老	1920J
25	大魚	1960B

四、難以分類的故事

累計	型　　　　　　　名	型　號
1	一袈裟之地（用和尚袈裟的影子量地）	2400A
類型總計：96		

附錄三：《太平廣記》所收宋以前類型故事表

序號	卷　　次	類　　型	引　　書
1	卷 437，畜獸類〈華隆〉	義犬衛主，爲主復仇（201F*）	劉宋・劉義慶《幽明錄》
2	卷 437，畜獸類〈楊生〉	義犬衛主，爲主復仇（201F*）	唐・牛肅《紀聞》
3	卷 437，畜獸類〈崔仲文〉	義犬衛主，爲主復仇（201F*）	唐・不著撰人《廣古今五行記》
4	卷 437，畜獸類〈張然〉	義犬衛主，爲主復仇（201F*）	晉・陶潛《續搜神記》
5	卷 437，畜獸類〈楊褒〉	義犬衛主，爲主復仇（201F*）	唐・薛用弱《集異記》
6	卷 437，畜獸類〈鄭韶〉	義犬衛主，爲主復仇（201F*）	唐・薛用弱《集異記》
7	卷 437，畜獸類〈柳超〉	義犬衛主，爲主復仇（201F*）	唐・薛用弱《集異記》
8	卷 437，畜獸類〈姚甲〉	義犬衛主，爲主復仇（201F*）	唐・薛用弱《廣異記》
9	卷 437，畜獸類〈范翊〉	義犬衛主，爲主復仇（201F*）	唐・薛用弱《集異記》
10	卷 480，蠻夷類〈鶴民〉	小人和鶴（222C）	唐・焦璐《窮神秘苑》

11	卷 65，女仙類〈趙旭〉	鳥妻（仙侶失蹤）（400A）	唐・陳劭《通幽記》
12	卷 64，女仙類〈太陰夫人〉	鳥妻（仙侶失蹤）（400A）	唐・盧肇《逸史》
13	卷 389，塚墓類〈丁姬〉	蜘蛛鳥雀掩逃亡（蛛網救人）（543）	漢・桑欽《水經》
14	卷 23，神仙類〈崔生〉	隱身帽（576F）	唐・盧肇《逸史》
15	卷 34，神仙類〈崔煒〉	蛇液石（672D）	唐・裴鉶《傳奇》
16	卷 400，寶類〈裴談〉	開啟寶藏的口訣（676）	唐・牛肅《紀聞》
17	卷 282，夢類〈沈亞之〉	黃梁夢（瞬息京華）（725A）	唐・不著撰人《異聞集》
18	卷 375，再生類〈李娥〉	死而復生續前緣（885A）	唐・焦璐《窮神秘苑》
19	卷 375，再生類〈河間女子〉	死而復生續前緣（885A）	晉・干寶《搜神記》
20	卷 375，再生類〈徐玄方女〉	死而復生續前緣（885A）	唐・釋道世《法苑珠林》
21	卷 485，雜傳記類〈李娃傳〉	忠心的妓女（889A）	唐・不著撰人《異聞集》
22	卷 171，精察類〈張鷟〉	誰偷了驢馬（926G）	唐・張鷟《朝野僉載》
23	卷 160，定數類〈灌園嬰女〉	命中注定的妻子（930A）	五代・王仁裕《玉堂閒話》
24	卷 159，定數類〈定婚店〉	命中注定的妻子（930A）	唐・李復言《續玄怪錄》
25	卷 481，蠻夷類〈新羅〉第四則	假名諧音巧脫身（1137）	五代・王仁裕《玉堂閒話》
26	卷 272，婦人類〈車武子妻〉	極端忌妒的妻子（1375B*）	梁・不著撰人《要錄》
27	卷 272，婦人類〈段氏〉	極端忌妒的妻子（1375B*）	唐・段成式《酉陽雜俎》
28	卷 272，婦人類〈王導妻〉	極端忌妒的妻子（1375B*）	唐・張鷟《朝野僉載》
29	卷 272，婦人類〈任瓌妻〉	大官也怕老婆（我的葡萄架也要塌了）（1375D）	唐・張鷟《朝野僉載》
30	卷 272，婦人類〈房玄齡夫人〉	大官也怕老婆（我的葡萄架也要塌了）（1375D）	唐・不著撰人《國史異纂》
31	卷 272，婦人類〈楊弘武妻〉	大官也怕老婆（我的葡萄架也要塌了）（1375D）	唐・不著撰人《國史異纂》

附錄四：《太平御覽》、《古今事類備要》、《猗覺寮雜記》、《開顏錄》所收宋以前類型故事表

《太平御覽》

序號	卷　　次	類　　型	引　　書
1	卷 479「白鹿原人」	感恩的動物（544）	漢・辛氏《三秦記》
2	卷 479「弘農楊寶」	感恩的動物（544）	梁・吳均《續齊諧記》
3	卷 479「富陽董昭」	感恩的動物（544）	劉宋・東陽無疑《齊諧記》
4	卷 479「苻堅時有射師」	感恩的動物（544）	劉宋・劉義慶《幽明錄》
5	卷 479「項縣人姚牛」	亡魂報恩護旅程（505）	劉宋・劉義慶《幽明錄》
6	卷 896「晉平公出田」	塞翁失馬（944A）	漢・劉向《說苑》
7	卷 834「任公子好釣巨魚」	大魚（1960B）	先秦・莊周《莊子》

《古今合璧事類備要》

序號	卷　　次	類　　型	引　　書
1	卷 20〈螻蛄活我〉	感恩的動物（544）	晉・干寶《搜神記》
2	卷 26〈夢訟而爭〉	夢或真（681A）	先秦・列禦寇《列子》

3	卷 37〈比山公〉	愚公移山（911A）	先秦・列禦寇《列子》
4	卷 36〈以牛還甥〉	財物不是我的（926P）	唐・張鷟《朝野僉載》
5	卷 21〈女哭不哀〉	蒼蠅揭露傷處（926Q.1*）	唐・段成式《酉陽雜俎》
6	卷 55〈安知非禍〉	塞翁失馬（944A）	漢・劉安《淮南子》
7	卷 26〈夢訟而爭〉	購買別人夢見寶藏的夢（1645A）	先秦・列禦寇《列子》

《猗覺寮雜記》

序號	卷　　　次	類　　　型	引　　　書
1	卷下第 177 則「爛柯多用爲棋事」	仙境一日　人間千年（844A）	漢・桑欽《水經》

《開顏錄》

序號	卷　　　次	類　　　型	引　　　書
1	卷 1「鄭人有買履者」	傻子買鞋（1332D）	先秦・韓非《韓非子》

附錄五：宋元類型故事異說統計表

序號	類　　　型	見於宋元書	異說總數
1	爪子卡在樹縫裡（38）	《嶺外代答》	1
2	狐假虎威（47D.1）	《釋常談》	1
3	老虎求醫並報恩（156）	《侯鯖錄》、《江南餘載》、《夷堅志》、《陶朱新錄》、《太平廣記》、《唐語林》、《葆光錄》、《湖海新聞夷堅續志》、《嘉泰吳興志》	12
4	虎求助產並報恩（156B）	《夷堅志》、《湖海新聞夷堅續志》	2
5	水牛塗泥鬥猛虎（138）	《白孔六帖》、《太平御覽》	2
6	義犬衛主，爲主復仇（201F*）	《異文總錄》、《江鄰幾雜志》、《夷堅志》、《陶朱新錄》、《志雅堂雜鈔》、《續夷堅志》	7
7	家畜護主被誤殺（286A）	《陶朱新錄》	1
8	鷸蚌相爭（290）	《釋常談》	1
9	人體器官爭功勞（293）	《醉翁談錄》、《唐語林》	2
10	術士鬥法（325A）	《北夢瑣言》、《夷堅志》、《元雜劇》	3
11	鳥妻（仙侶失蹤）（400A）	《太平廣記》	1
12	畫中女（400B）	《茅亭客話》、《南村輟耕錄》	2
13	田螺姑娘（400C）	《錦繡萬花谷》、《湖海新聞夷堅續志》	2
14	動物變成的妻子（400D）	《誠齋雜記》	1

15	亡魂報恩護旅程（505）	《避暑漫鈔》、《鬼董》	2
16	葬人者得好報（505B*）	《白孔六帖》、《南村輟耕錄》、《古今合璧事類備要》	3
17	蜘蛛鳥雀掩逃亡（蛛網救人）（543）	《白孔六帖》、《太平廣記》、《曲洧舊聞》	3
18	三片蛇葉（612）	《避暑漫鈔》	1
19	神力勇士（650A.1）	《江南餘載》	1
20	蠱王（714）	《夷堅志》	1
21	黃粱夢（瞬息京華）（725A）	《太平廣記》、《湖海新聞夷堅續志》、《青瑣高議》	4
22	財各有主命中定（命中注定的財寶）（745A）	《太平廣記》、《陶朱新錄》、《夷堅志》、《中吳紀聞》	4
23	荒屋得寶（藐視鬼屋裡妖怪的勇士）（745B）	《古今合璧事類備要》、《燈下閑談》	2
24	生雖不能聚　死後不分離（749A）	《誠齋雜記》	2
25	窮秀才年關救窮人（750B.2）	《南村輟耕錄》	1
26	井水變成酒　還嫌無酒糟（750D.1）	《湖海新聞夷堅續志》	1
27	惡地主變馬消罪孽（761）	《稽神錄》、《夷堅志》、《葆光錄》	4
28	漁夫義勇救替身（776A）	《分門古今類事》、《續夷堅志》、《異聞總錄》	3
29	天雷獎善懲惡媳（779D）	《睽車志》、《夷堅志》	3
30	惡媳變烏龜（779D.2）	《夷堅志》、《湖海新聞夷堅續志》	3
31	陸沉的故事（825A）	《太平廣記》、《太平寰宇記》、《青瑣高議》、《庶齋老學叢談》	4
32	有求必應（各人祈求的天氣不同，女神盡皆賜與）（829）	《宋人笑話》	2
33	仙境一日　人間千年（844A）	《夷堅志》	1
34	仙境遇豔不知年（844B）	《太平廣記》、《醉翁談錄》	3
35	姑娘私奔弄錯人（856）	《清尊錄》	1

36	姑娘詩歌笑眾人（876B）	《開顏錄》	1
37	夫妻離散各執信物終得團圓（881A*）	《南村輟耕錄》、《醉翁談錄》	2
38	死而復生續前緣（885A）	《綠窗新話》、《白孔六帖》	3
39	貞節婦爲夫復仇（孟姜女）（888C）	《南村輟耕錄》	1
40	忠心的妓女（889A）	《醉翁談錄》	3
41	潑辣妻子被嚇壞而且改正過來了（901D*）	《開顏錄》	1
42	所得警言皆應驗（買來的或者別人提供的警言證明是正確的）（910）	《搜神秘覽》	1
43	團結力量大（910F）	《蒙古秘史》	1
44	孩子到底是誰的（灰闌記）（所羅門式的判決）（926）	《太平御覽》、《折獄龜鑑》、《疑獄集》	4
45	到底誰是物主（926A.1）	《折獄龜鑑》、《棠陰比事原編》、《古今合璧事類備要》	3
46	拾金者的故事（926B.1）	《山居新話》、《南村輟耕錄》	2
47	鐘上塗墨辨盜賊（926E）	《古今合璧事類備要》、《折獄龜鑑》、《夢溪筆談》、《湖海新聞夷堅續志》	4
48	審畚箕（誰是物主）（926F）	《疑獄集》、《折獄龜鑑》、《棠陰比事原編》、《稗史》	5
49	誰偷了驢馬（926G）	《太平廣記》、《疑獄集》、《折獄龜鑑》、《棠陰比事原編》、《舊五代史》	5
50	誰偷了雞或蛋（926G.1）	《白孔六帖》、《太平御覽》、《疑獄集》、《折獄龜鑑》	4
51	一句話破案（926H）	《北窗炙輠錄》	1
52	假證人難畫眞實物（926L）	《唐語林》	1
53	試抱西瓜斥誣告（926L.2）	《疑獄集》	1
54	解釋怪遺囑（926M.1）	《國老談苑》、《儒林公議》、《自警編》、《宋史》、《古今合璧事類備要》、《疑獄集》、《北窗炙輠錄》	7

55	這些錢幣是什麼時候造成的（926N*）	《北窗炙輠錄》、《古今合璧事類備要》	3
56	財物不是我的（926P）	《白孔六帖》、《棠陰比事原編》、《折獄龜鑑》、《新唐書》	6
57	他嘴裏沒灰（926Q）	《疑獄集》、《棠陰比事原編》、《折獄龜鑑》、《冊府元龜》	4
58	偽毀贋品騙眞賊（929D）	《疑獄集》	1
59	命中注定的妻子（930A）	《白孔六帖》、《分門古今類事》	2
60	對自己命運負責的公主（943）	《北窗炙輠錄》	1
61	塞翁失馬（944A）	《白孔六帖》	1
62	少女燭油擒群盜（956B.1）	《夷堅志》	1
63	寬大使賊改邪歸正（958A1*）	《白孔六帖》、《澠水燕談錄》	2
64	水泡爲證報冤仇（960）	《雞肋編》	1
65	兒子長大後才能報仇（960B1）	《齊東野語》、《湖海新聞夷堅續志》	2
66	得寶互謀俱喪命（969）	《可書》	1
67	弄巧成拙　劣子遵遺言（982C）	《續博物志》	1
68	財富生煩惱（989A）	《睽車志》、《江鄰幾雜志》、《白孔六帖》、《北窗炙輠錄》	4
69	一時氣絕非眞死（990）	《夷堅志》、《投轄錄》、《清尊錄》	3
70	富家子終於知艱辛（998）	《貴耳集》、《養痾漫筆》	2
71	守財奴命在須臾猶議價（1305D.2）	《宋人笑話》	1
72	自認已死（1313）	《陶朱新錄》	1
73	盲人和太陽（1317A）	《中國歷代寓言選集（引蘇東坡文）》	1
74	不識鏡中人（1336B）	《北夢瑣言》	1
75	父母爲子女擇偶（1362C）	《艾子雜說》	1
76	想學怎樣不怕老婆的丈夫（1375C*）	《宋人笑話》	1
77	大官也怕老婆（我的葡萄架也要塌了）（1375D）	《醉翁談錄》	1

78	妻妾鑷髮（1375E）	《邂齋閑覽》	1
79	公公和兒媳（1441C*）	《宋人笑話》	1
80	大盜留名（1525T）	《諧史》	1
81	冒認親人騙商家（1526）	《隨隱漫錄》、《湖海新聞夷堅續志》	2
82	鞋值多少錢（1551A）	《歸田錄》	1
83	三思而後言（1864A）	《籍川笑林》	1
84	自信已經會隱形的傻瓜（1683A）	《誠齋雜記》	1
85	忘掉的房子、親戚等等（1687A*）	《古今合璧事類備要》	1
86	蜻蜓與釘子（1703A）	《宋人笑話》	1
87	帽子和烏鴉（1703F）	《宋人笑話》	1
88	喝酒的理由（酒鬼的笑話）（1705A）	《艾子雜說》	1
89	高手畫像（1863）	《五代史補》、《五代史闕文》	2
90	老不死的酒鬼（1886A）	《善謔集》、《醉翁談錄》	2
91	魚吞人和船（1889G）	《東軒筆錄》	1
92	大家來吹牛（順著你的謊話說）（1920A）	《艾子雜說》	1
93	如果不信我的謊　那麼就罰錢（1920C.1）	《事林廣記》	1
94	漫天撒謊　比誰最老（1920J）	《仇池筆記》、《東坡志林》	2
95	大魚（1960B）	《夷堅志》	1
96	一袈裟之地（用和尚袈裟的影子量地）（2400A）	《湖海新聞夷堅續志》	1

附錄六：宋元故事類型初見朝代表

初見於宋元的故事類型於型號下畫線標記，共 45 個；前代已見流傳類型有 51 個。

序號	型　　　　　　　　　　　名	初見朝代
1	爪子卡在樹縫裡（<u>38</u>）	宋
2	狐假虎威（47D.1）	漢
3	老虎求醫並報恩（156）	劉宋
4	虎求助產並報恩（156B）	晉
5	水牛塗泥鬥猛虎（<u>138</u>）	宋
6	義犬衛主，為主復仇（201F*）	晉
7	家畜護主被誤殺（<u>286A</u>）	宋
8	鷸蚌相爭（290）	漢
9	人體器官爭功勞（<u>293</u>）	宋
10	術士鬥法（325A）	晉
11	鳥妻（仙侶失蹤）（400A）	晉
12	畫中女（400B）	唐
13	田螺姑娘（400C）	晉
14	動物變成的妻子（400D）	唐
15	亡魂報恩護旅程（505）	唐

16	葬人者得好報（505B）	魏
17	蜘蛛鳥雀掩逃亡（蛛網救人）（543）	漢
18	三片蛇葉（612）	漢
19	神力勇士（650A.1）	宋
20	蠱王（714）	唐
21	黃粱夢（瞬息京華）（725A）	劉宋
22	財各有主命中定（命中注定的財寶）（745A）	唐
23	荒屋得寶（藐視鬼屋裡妖怪的勇士）（745B）	晉
24	生雖不能聚　死後不分離（749A）	晉
25	窮秀才年關救窮人（750B.2）	元
26	井水變成酒　還嫌無酒糟（50D.1）	元
27	惡地主變馬消罪孽（761）	唐
28	漁夫義勇救替身（776A）	宋
29	天雷獎善懲惡媳（779D）	宋
30	惡媳變烏龜（779D.2）	晉
31	陸沉的故事（825A）	先秦
32	有求必應（各人祈求的天氣不同，女神盡皆賜與）（829）	宋
33	仙境一日　人間千年（844A）	晉
34	仙境遇蠱不知年（844B）	晉
35	姑娘私奔弄錯人（856）	宋
36	姑娘詩歌笑眾人（876B）	隋
37	夫妻離散各執信物終得團圓（881A*）	唐
38	死而復生續前緣（885A）	晉
39	貞節婦爲夫復仇（孟姜女）（888C）	晉
40	忠心的妓女（889A）	唐
41	潑辣妻子被嚇壞而且改正過來了（901D*）	宋
42	所得警言皆應驗（買來的或者別人提供的警言證明是正確的）（910）	劉宋

43	團結力量大（910F）	北齊
44	孩子到底是誰的（灰闌記）（所羅門式的判決）（926）	漢
45	到底誰是物主（926A.1）	漢
46	拾金者的故事（926B.1）	元
47	鐘上塗墨辨盜賊（926E）	宋
48	審畚箕（誰是物主）（926F）	梁
49	誰偷了驢馬（926G）	唐
50	誰偷了雞或蛋（926G.1）	梁
51	一句話破案（926H）	宋
52	假證人難盡真實物（926L）	五代
53	試抱西瓜斥誣告（926L.2）	宋
54	解釋怪遺囑（926M.1）	漢
55	這些錢幣是什麼時候造成的（926N*）	宋
56	財物不是我的（926P）	唐
57	他嘴裏沒灰（926Q）	宋
58	偽毀贗品騙真賊（929D）	宋
59	命中注定的妻子（930A）	唐
60	對自己命運負責的公主（943）	宋
61	塞翁失馬（944A）	漢
62	少女燭油擒群盜（956B.1）	宋
63	寬大使賊改邪歸正（958A1*）	宋
64	水泡為證報冤仇（960）	宋
65	兒子長大後才能報仇（960B1）	宋
66	得寶互謀俱喪命（969）	宋
67	弄巧成拙　劣子遵遺言（982C）	唐
68	財富生煩惱（989A）	宋
69	一時氣絕非真死（990）	唐

70	富家子終於知艱辛（998）	宋
71	守財奴命在須臾猶議價（1305D.2）	宋
72	自認已死（1313）	宋
73	盲人和太陽（1317A）	宋
74	不識鏡中人（1336B）	魏
75	父母為子女擇偶（1362C）	宋
76	想學怎樣不怕老婆的丈夫（1375C*）	宋
77	大官也怕老婆（我的葡萄架也要塌了）（1375D）	唐
78	妻妾鑷髮（1375E）	梁
79	公公和兒媳（1441C*）	宋
80	大盜留名（1525T）	宋
81	冒認親人騙商家（1526）	宋
82	鞋值多少錢（1551A）	宋
83	三思而後言（1864A）	宋
84	自信已經會隱形的傻瓜（1683A）	魏
85	忘掉的房子、親戚等等（1687A*）	隋
86	蜻蜓與釘子（1703A）	宋
87	帽子和烏鴉（1703F）	宋
88	喝酒的理由（酒鬼的笑話）（1705A）	宋
89	高手畫像（1863）	宋
90	老不死的酒鬼（1886A）	劉宋
91	魚吞人和船（1889G）	宋
92	大家來吹牛（順著你的謊話說）（1920A）	宋
93	如果不信我的謊　那麼就罰錢（1920C.1）	宋
94	漫天撒謊　比誰最老（1920J）	先秦
95	大魚（1960B）	晉
96	一袈裟之地（用和尚袈裟的影子量地）（2400A）	元

附錄七：宋元國際類型統計表

　　初見於宋元的故事類型於型號下畫線標記，共 25 個。宋元類型故事結構、內容與各本外國類型索引相似，型號相同者打「○」，以註明國外亦見流傳。型號相同，即包含與「AT」、「ATT」之原來型號相同者。型號不同者註明該本（表）所使用之型號，如下表：

序號	型　名	型　號	ATK	AT	ATU	(日本)池田本	(印度)杰遜本	(印度)羅伯斯本	(阿拉伯)哈森本	(愛爾蘭)克里斯琴森本	(以色列)杰遜對照表
1	爪子卡在樹縫裡	<u>38</u>		○	○			○	○	○	
2	狐假虎威	47D.1 (ATT: 101*)	○	○	47D						
3	老虎求醫並報恩	156	○	○	○	○		○	○	○	
4	虎求助產並報恩	156B (ATT: 156B*)		○	○	○			○	○	
5	水牛塗泥鬥猛虎	<u>138</u> (ATT: 181b)	○	○	○			○			
6	義犬衛主，為主復仇	201F*			○						

序號	故事名稱	類型	C1	C2	C3	C4	C5	C6	C7	C8
7	家畜護主被誤殺	<u>286A</u>(ATT:178A)	○	○	○			○		
8	鷸蚌相爭	290(ATT:160A*)			○					
9	人體器官爭功勞	<u>293</u>	○	○	○					
10	術士鬥法	325A	○						325A§	
11	鳥妻（仙侶失蹤）	400A	○							
12	畫中女	400B	○							
13	田螺姑娘	400C	○							
14	動物變成的妻子	400D	○							
15	亡魂報恩護旅程	505(ATT:506)	○	○		780:IV		505A Ind		506 A+B
16	葬人者得好報	505B*	○							
17	蜘蛛鳥雀掩逃亡（蛛網救人）	543(ATT:967)		○	○	○		○	○	○
18	三片蛇葉	612	○	○	○	○	○	○	○	
19	神力勇士	<u>650A.1</u>(ATT:650A1)	○	○	650A	○			650A	650
20	黃梁夢（瞬息京華）	725A(ATT:681)	○	○	○	○		○		
21	財各有主命中定（命中注定的財寶）	745A	○	○	○				○	○
22	荒屋得寶（藐視鬼屋裡妖怪的勇士）	745B(ATT:326E*)	○							

編號	類型名稱	類型號								
23	生雖不能聚　死後不分離（梁山伯與祝英台）	749A (ATT:970)	○	○	○				○	○
24	窮秀才年關救窮人	750B.2	○							
25	惡地主變馬消罪孽	761	○	○						
26	陸沉的故事	825A (ATT:825A*)	○			912				
27	仙境一日人間千年	844A (ATT:470, 471A)	○	471	○	○	○		471	470 471A
28	仙境遇豔不知年	844B (AT:470*)	○	○	○	○				470*
29	姑娘私奔弄錯人	856		○	○		○	○		
30	死而復生續前緣	885A	○		○				○	
31	貞節婦爲夫復仇（孟姜女）	888C (ATT:888C*)	○							
32	所得警言皆應驗（買來的或者別人提供的警言證明是正確的）	910	○	○	○		○	○	○	
33	團結力量大	910F	○	○	○		○	○	○	
34	孩子到底是誰的（灰闌記）(所羅門式的判決)	926	○	○	○	926A:I		○	○	

35	到底誰是物主	926A.1 (ATT: 926*)	◯							
36	拾金者的故事	926B.1 (ATT: 926B1*)	◯							926 C:A
37	鐘上塗墨辨盜賊	926E (ATT: 926E*)	◯							926 E:B
38	審畚箕（誰是物主）	926F (ATT: 926F*)	◯							
39	誰偷了雞或蛋（嘔食破案）	926G.1 (ATT: 926G1*)	◯							
40	假證人難畫真實物	926L (ATT: 926L*)	◯							
41	偽毀贗品騙真賊	929D	◯							
42	命中注定的妻子	930A	◯	◯	◯	◯		◯	◯	
43	對自己命運負責的公主	943 (ATT: 923B)	◯	◯				◯		
44	少女燭油擒群盜	956B.1	◯	◯	◯			◯	◯	
45	水泡為證報冤仇	960	◯	◯	◯			◯	◯	
46	得寶互謀俱喪命	969	◯							
47	弄巧成拙劣子遵遺言	982C	◯							
48	財富生煩惱	989A (ATT:754)	◯	◯	◯			◯		
49	一時氣絕非真死	990		◯	◯	737B*: I (3)		◯		
50	守財奴命在須臾猶議價	1305D.2 (ATT: 1305D2)	◯							

51	自認已死	<u>1313</u>		○	○	○					
52	不識鏡中人	1336B	○			1336A					
53	妻妾鑷髮	1375E (ATT: 1375E*)	○								
54	公公和兒媳	<u>1441C*</u>		○							
55	冒認親人騙商家	<u>1526</u>	○	○	○				○		
56	三思而後言	<u>1684A</u> (ATT: 1562)	○	○	○		○	○	○	○	
57	自信已經會隱形的傻瓜	1683A (ATT: 1539A)	○								
58	喝酒的理由（酒鬼的笑話）	<u>1705A</u>									1703
59	老不死的酒鬼	1886A									1703
60	魚吞人和船	<u>1889G</u>		○	○				○		
61	大家來吹牛（順著你的謊話說）	<u>1920A</u>	○	○	○			○	○	○	
62	如果不信我的謊那麼就罰錢	<u>1920C.1</u> (ATT: 1920C1)	○								
63	漫天撒謊比誰最老	1920J	○		○	1928: (II)					
64	大魚	1960B		○	○				○	○	
65	一袈裟之地（用和尚袈裟的影子量地）	<u>2400A</u>	○			2400